남이섬

남이섬

전상국

중
단
편
소
설
전
집
10

차
례

꾀꼬리 편지

초여름 숲속의 고요. 집 아래 언덕바지에 올라앉아 아랫마을 신작로를 헤아린다. 잘하면 오전에 올라올 수도 있을 것이란 우목의 유해는 오후 두시가 넘었는데도 감감이다. 화장터 사정일 게다. 송장을 거꾸로 세워도 탈이 없다는 윤달이 아닌가. 삼 년 전 초헌의 일을 치를 때도 새벽에 대기표를 받았지만 한낮이 지나서야 물푸레원목 민자 유골함이 그의 큰아들 가슴에 안겼다. 윤달 묘 이장의 개장유골이 워낙 많이 밀린 탓이었다.

오늘 우목의 유해는 누구 가슴에 안겨 복사골에 올라올 것인지. 발인도 제대로 못 보고 서둘러 복사골로 돌아온 것은 화장터에서의 그 막막한 기다림 속에서 이런저런 눈길에 부대낄 일이 난감했기 때문이다. 조카님처럼 복사골 나무 밑에 뿌려지고 싶다는 생전의 우목 유언이 있었다고는 하나 그 일이 모두 내 농간이라고 생각할 불온한 눈길이 한둘이 아닐 터.

아재비 조카가 모두 저 여시한테 빠져 살았다는구먼. 듣지 않아도 들리는 말이다.

여우가 둔갑한 게 분명하이. 저 행색을 누가 육순 나이로 보겠어.

후처에 감투 벗어지는 것도 모른다는 말이 달래 생겼겠나. 초헌 어른이 잘나가던 출세 가도를 한창 나이에 헌신짝 벗어던지듯 떠난 일만 해도 그게 다 뉘 때문이겠어.

우목 선생이 끝내 재취를 하지 않고 산 것도 저 여자 쳐다보느라 그랬다면서.

계곡 물소리가 청량하다. 어제까지 내린 비로 한결 생기를 띤 숲의 나뭇잎들이 수런거리며 볕 쪼임을 한다. 가장 먼저 햇볕이 드는 서쪽 병풍바위의 골 깊은 틈 사이사이에 놓인 벌통 주위로 일벌들의 움직임이 부산하다. 그러고 보니 엊저녁 비 그친 뒤 하늘이 활짝 개면서 아침부터 멀리 아랫마을 강변에서 올라오는 아카시 향이 유달리 그윽했다. 가뭄이나 냉기로 꽃이 실하지 않을 때는 벌들의 움직임이 신경질적이다. 그러나 오늘처럼 햇볕이 좋은 날은 저리 활기가 넘친다. 특히 먼 곳의 만개한 꽃을 찾아 나서는 일벌들은 그 비상이 높고 날쌔, 말 그대로 쏜살이다.

그러나 다소 불안한 기색으로 복사골을 씽씽 휘젓고 다니는 한 떼의 벌들이 보인다. 며칠 전부터 병풍바위 근처 나무 꼭대기를 살피고 다닌 용씨의 예사롭지 않은 조집으로 보아 오늘 어디선가 분봉이라도 있을는지 모르겠다. 용씨의 분봉 내려받는 재주에는 모두 혀를 내둘렀다. 이십여 년 가까이 토종 벌통 숫자가 줄어들지 않고 있는 것도 용씨의 그 분봉 솜씨 덕일 게다. 아무리 험한 절벽이나 높은 나무에 엉겨 붙은 분봉군도 용씨가 나서면 자석에 끌리듯 순식간에 새 통으로 옮겨졌다.

　왜 하필 오늘 분봉을 하려는 건가, 싶으면서도 벌들의 부산함이 싫지 않다. 지레, 영별의 그 서러움을 어찌 혼자 감당하랴 싶은 것이다. 우목이 숨을 거뒀다는 전갈이 온 그저께는 굴참나무 고목 구멍에 둥지를 튼 원앙 수컷이 자취를 감췄다. 아니나 다를까, 구멍 속의 둥지를 들여다보니 암컷이 알을 품고 있었다. 원래 원앙 수컷은 암컷이 알을 낳기가 무섭게 도망쳐버린다. 그 고약한 생이별의 떠남을 놓고 초헌과 우목이 갑론을박한 적도 있었다. 그것이 수컷의 비정한 바람기라는 우목의 말에 초헌은 수컷이 화려한 제 외모로 해서 부화 중의 제 새끼가 피해를 입을 것을 염려한, 종족 보존의 생태 본능일 수도 있다는 의견을 내놓았다.

　수컷 원앙처럼 초헌도 우목도 다 떠났다. 아니 그 별리를 어찌 수컷 원앙에 비할 것인가. 다시 돌아올 수 없는 떠남은 허파가 허옇게 타는 그 아득한 기다림을 거두는 대신 이제 무엇을 남겨놓을 것인가. 밖으로 향한 기다림의 불빛이 꺼지면서 내 속은 더 막막하게 밝아오는지도.

　끙, 하고 마른 몸피를 일으키는 순간 가슴이 덜컥한다. 복사골에 가루로 뿌려지고 싶다는 고인의 뜻을 받아달라는 유족의 그 간청이 아무래도 현실의 일 같지가 않은 것이다. 그것이 사실이었다고 해도 유족들이 어느 순간 그 생각을 바꿨을 수도 있다는 불길한 느낌이 머릿골을 띵하니 울린다.

　습관의 관성은 집요하다. 한 줌 재가 되어 나타날 사람을 이토록 초조하게 기다릴 건 뭐람. 먼 길을 줄곧 가늠하려니 생전의 그를 향했던 기다림까지 한꺼번에 조여들어 흐린 시야를 채운다. 실상 우목이 복사골에 나타나면서 기다림 병이 도졌다. 우목이 올라온다고 한 날은 온대서 마냥 들떴고 약속이 없는 날은 혹시나 하면서 기다렸다. 뇌일혈로 쓰러진 우목이 거동을 못하는 그 괘씸하고도 괘씸한 상황 속에서도 나는 올라오는 승용차가 없나 하루 내내 아랫마을 신작로에서 눈을 떼지 못했다.

초헌이 옆에 살아 있을 때도 사람 기다리기의 달뜬 마음은 한결같았다. 금학산 등산객들이 어쩌다 하산 길을 잘못 잡아 복사골로 내려올 때도 반색을 하며 내달았다. 사람을 들일 마음 방이 넓어서 그런 거요. 방문객들이 돌아간 뒤 그 뒷설거지로 학학거리는 나를 향해 초헌이 말하곤 했다. 사람이 사람 좋아하는 게 잘못된 일은 아니지.

사람한테 너무 깊이 빠지는 것이 문제였다. 몰입의 깊이가 같을 경우에는 서로가 목을 빼 기다리기 때문에 문제 될 것이 없었다. 그러나 영원한 것은 없는 법. 모든 것은 변하게 돼 있다는 초헌의 말에 앙하고 맞선 적이 있다. 더 가치 있는 것이 나타나서 그럴 거예요. 배신하듯 언제부터인가 사람이 완전히 달라진 초헌을 원망하는 말이었지만 사실은 그때 나는 우목을 생각하고 있었다.

그래, 영원한 것은 없어. 초헌도 갔고 이제 우목도 없다. 없다. 그 형상의 바뀜, 신체의 죽음과 함께 그 마음도 따라 죽고 마는 것이라는데 저 새소리는 왜 이리도 가슴을 치나.

워, 워꾹 워꾹…… 어제 오후 비 그친 뒤 복사골 아랫마을 강변에 무지개가 서면서부터 뻐꾸기 울음이 기차다. 새소리의 서로 어울리는 짝을 찾는다면 아늑하고 깊숙한 뻐꾸기 소리에 야물딱지게 간드러진 꾀꼬리 소리가 제격이다. 호오오오 익. 오늘은 꾀꼬리 소리가 더 가깝다. 초헌의 뼛가루가 뿌려진 그 땅 위에 다시 우목의 것이 뿌려질 목련나무 숲이다. 유월의 목련나무 숲은 꽃이 만발했을 때 못지않게 그 신록이 낭창하니 화사하다. 아침나절 우목의 발인을 보고 돌아와 둘러본 목련나무 숲은 그 어느 때보다 그윽하고 정갈했다.

유해가 정말 별일 없이 올라만 온다면, 아니, 용씨가 외고집으로 훼방을 놓지만 않는다면 오늘 우목의 수목장 날씨로는 그만이다.

용씨와 통하는 농인식 수화로 엄지손가락은 초헌, 우목은 검지다. 내가 엊그저께 검지를 용씨 앞에서 접어 보이는 것으로 우목이 이제 이 세상 사람이 아니라는 것을 알릴 때 용씨의 반응이 심상찮았다. 말 못하는 사람이 눈치 하나는 귀신이다. 우목의 별세 소식에 용씨는 다짜고짜로 목련나무 숲을 가리켜 보이며 손을 홰홰 내저었다. 삼 년 전 초헌의 뼛가루가 목련나무 숲에 뿌려지는 걸 지켜본 용씨라 그 손사래의 의미는 뻔했다. 용씨의 이런 불퉁 밸에는 다른 약이 없었다. 쇠눈처럼 뒤룩거리는 용씨의 눈에 이쪽의 눈길을 딱 하니 제대로 맞춘 뒤 눈싸움을 벌여야 한다. 오직 눈을 통해 상대의 생각을 읽어내는 용씨는 믿어지지 않을 정도로 눈싸움에 약했다. 그러나 그날 용씨는 아예 이쪽의 눈길이 가기도 전에 몸을 돌렸던 것이다. 보름 전 우목이 휠체어에 실려 복사골에 올라왔을 때도 용씨는 얼굴 한 번 보이지 않았다.

처음부터 용씨는 우목의 복사골 출입을 반기지 않았다. 그 정도가 더 심해진 건 자신이 직접 지어 요긴하게 사용하던 농기구 창고를 우목이 헐게 하면서다. 창고가 백합나무 고목 밑에 자리한 것이 문제였다. 우목은 산림대 교수답게 모든 나무에 대한 관심이 많았다. 나무는 그 수령이나 품위에 맞는 대우를 해줘야 한다는 게 우목의 생각이었다. 목련나무 숲 곁에서 수십 년 동안 키 자람 경쟁을 벌여온 백합나무 고목은 우목이 유달리 좋아하는 나무였다. 우목은 잎이 나기도 전에 꽃이 피는 나무들보다 산목련이나 백합나무처럼 무성한 잎 속에서 없는 듯이 은근히 꽃을 피우는 나무를 좋아했다.

우목이 복사골에 들어와 있는 날은 용씨의 불만이 눈에 띄게 유난했다. 네댓 살 나이에 귀청을 잃었다는 용씨는 아직 자기 목소리만은 정상이라고 믿고 있는지도 몰랐다. 내가 우목과 금학산 산행이라도 함께하고 있을 때면 용씨가 거칠게 내지르는 괴성이 골짜기에 쩌렁쩌렁 메아리쳤다.

말 못하는 저 사람 눈에 비친 내가 참 나일 겁니다. 말은 그렇게 대범하게 하면서도 우목은 용씨가 자신을 멀리하는 일에 대해 마음이 꽤 쓰이는 것 같았다. 저 사람이 보기에 나야말로 이 복사골의 평화를 깨는 침입자가 분명할 겁니다.

생전의 초헌이야말로 용씨를 대하는 일에 정중했다. 용씨가 여기 복사골의 진짜 주인이라고 했다. 땅의 참주인은 그 땅의 속성을 속속들이 꿰뚫어 알아 그것을 손수 가꾸는 사람이라는 얘기였다. 우목, 그러니까 용씨 보는 데서는 담배를 피우지 마셔야 합니다.

초헌과 용씨 모두 산불을 되게 겁냈다. 어느 때인가 용씨는 우목이 피우다 버린, 그때까지 불이 꺼지지 않고 있는 담배꽁초를 들고 와 꽤나 거칠게 벅벅거린 적도 있었다.

용씨가 우목을 마뜩찮게 여기는 또 한 가지 짚이는 게 있었다. 부동산 업자들이 복사골에 올라올 때마다 우목부터 찾은 일이다. 복사골이 펜션 단지로서 최적지라는 업자들의 끈질긴 회유를 도맡아 처리하는 자리에 늘 우목이 있었다. 언제고 우목이 그 일을 주선하고 나설는지 모른다는 생각을 용씨가 하고 있었는지도 모른다.

그러고 보니 오전에 병풍바위 근처에 잠깐 나타났던 용씨의 기척이 어디에도 없다. 평소 용씨는 껑 끄엉, 수꿩이 까투리 생식샘을 자극하기 위해 내지르는 소리처럼 거칠고 단조로운 농아인 특유의 목소리로 자신이 복사골 어디쯤에 있다는 걸 알렸다. 으어어, 어버버, 어버어.

이따금 들리는 용씨의 그 괴성 인기척이야말로 이 복사골의 또 다른 숨소리였는지 모른다. 복사골의 아침이 열리는 것도 저녁이 되어 새들이 깃을 찾아 들어가는 것도 용씨의 복사골 출몰과 시간을 같이했다.

가뭇없이 잊고 살던 세상사가 용씨의 인기척으로 불현듯 살아날 때가 많았다. 산속에 혼자 있다 보면 무념무상 생각의 갈피를 놓쳐버리기 일쑤다. 시간 흐름의 덧없음이다. 오늘이 어제이고 어제가 오늘이다. 아니, 어제도 없고 오늘도 없다. 나무의 우듬지가 까마득히 높아져 하늘을 가리었을 뿐 이십 년 전의 목련나무가 지금의 저 고목이다. 그때도 바위말발도리가 저 절벽 끝에 소담스레 피었고 금학산 중턱에서 솟은 샘이 복사골 골짜기를 적시며 여전히 같은 수량으로 촐촐거린다. 그때와 지금이 다르지 않다는 시간의 죽음, 그 무위로부터 솟아나는 유일한 길이 기다림이었는지 모른다.

우목 말고도 그 기다림의 휘장을 들추면 희미하나마 아직도 몇몇 얼굴이 보였다. 정말 진저리나게 기다렸다. 몸과 영혼이 온통 기다림이란 날줄과 씨줄로 직조되었다는 생각이 들 때도 있었다. 병이야 병, 지랄 같은.

오래오래 머리를 땋아주던 여자의 떨리던 손길이 기억난다. 까마득한 세월에도 삭지 않은 기억이다. 미루어 그때 그 여자가 어머니였다면 머리를 땋아주며 몇 번씩 끌어안고 울었을 게 분명하지만 그런 일은 생각나지 않는다. 생애 최초의 각인된 그 기억 속에는 이글이글 끓던 하늘과 개천 둑의 노란 꽃(나중에 그것이 달맞이꽃이라는 것을 알았다) 그리고 짜앙 하고 하늘을 날카롭게 찌르던 제재소의 나무 켜는 톱 소리가 있다. 어떻게 거기 혼자 남겨져 있었는지도 알 수 없다. 그냥 그 제재소 앞에서 아주 오랜 시간을 서서 울고 있었다는 것밖에. 그것이 아마 최초의 기다림이었을 것이다. 그 여자의 얼굴이 어떻게 생겼는지 그때 함께 살던 사람이 누구였는지를 기억해내야 한다는 사람들의 집요한 주문이 있을 때마다 가위에 눌리듯 가슴이 답답했다.

제재소 이후 두번째 기억 속의 기다림은 화물차였다. 그 무렵 내가 살던 읍내의 양조장집엔 화물차가 있었다. 미곡상까지 하는 양조장집 화물차는 시골장을 돌면서 모은 잡곡을 서울 등지의 큰 도시에 넘기고 돌아오는 일을 했다. 한번 떠나면 이삼 일씩 모습을 보이지 않았다. 털보 운전수 옆에는 장이라 불리던 눈이 작고 턱이 뾰족한 조수가 붙어 있었다. 차 시동을 걸 때마다 장이 니은자와 기역자를 합쳐놓은 모양의 쇠꼬챙이를 들고 나와 차 앞 구멍에 꽂고는 죽을힘을 다해 돌려댔다. 그러나 시동은 쉽게 걸리지 않았고 그럴 때마다 운전석에 있던 털보가 장을 향해 소리를 꽥꽥 질러댔다. 장의 얼굴에 땀이 번질거릴 쯤에야 화물차는 시동이 걸리곤 했다. 시동이 걸리기가 무섭게 털보는 차를 몰았고 그럴 때마다 장은 쇠꼬챙이를 들고 뛰어가 화물차에 아슬아슬하게 올라타곤 했다. 장처럼 그렇게 날렵하게 화물차에 올라타고 어디론가 떠나고 싶었다. 그 화물차가 언제고 나를 태우고 읍내를 떠날 것만 같았다.

화물차가 읍내를 떠난 날은 오줌이 자주 마려워 하루 내내 안절부절못했다. 아이들하고 놀다가도 그 화물차만 나타나면 달려와 턱을 괸 채 몇 시간이고 그것을 쳐다보고 앉아 있었다. 장이 그것을 눈치챘다. 어느 날 저녁에는 장이 나를 화물차 조수석에 태웠다. 너, 나 보고 싶었지? 내 몸을 더듬으며 장이 물었다. 너무 무서워 몸을 와들와들 떨면서도 고개를 끄덕였다. 더이상 무슨 일이 있었던 것 같지는 않다. 그러나 그때 화물차 조수석에 오줌을 쌌던 일만은 오래 기억했다. 뭔가 기다림의 뒤끝이 늘 그렇게 짐짐했다.

나이가 들면서 기다림은 욕정과 한 몸이 되어 뜨거워졌다. 감당 못할 뜨거움에 혼절이라도 하듯 닥치는 대로 얼싸안고 불속으로 뛰어들었다. 수컷들이 탐낼 만한 얼굴과 몸을 가졌다는 자부이기도 했다. 그러나 대책이 없는 질주, 그 간난신고 끝의 만

16

남 역시 허망했다. 막상 움켜쥐고 보면 기대했던 그것이 아니었다. 몸과 마음의 조화로운 합일이 어려웠다. 펄펄 끓는 마음과 달리 몸은 열리지 않았다. 몸이 흥건히 젖을 조짐이면 마음이 차갑게 식었다. 배신감으로 돌아서는 한 수컷의 입을 통해 돌계집이란 말까지 들었다. 정신 상태도 몸도 더 이상 기대할 수 없는 미숙아, 생산 능력도 없이 날개옷만 찾고 있는 철딱서니 없는 선녀. 그 방면 전문의라는 어떤 이에게선 천만 명에 한 명꼴로 나타날 수 있는 선천적 증상이라는 말이 나오기도 했다.

몸과 마음이 하나로 열릴 수 있는 그런 대상에 대한 그리움이었을 것이다. 영 만나지 못할 줄 알았다.

확 내닫던 마음, 초헌을 처음 만나던 날의 그 떨림이 아직도 생생하다. 설명할 길은 없지만 몸과 마음이 하나라는 것이 대번에 확인되는 만남이었다. 그때만 해도 초헌은 혼자 몸이 아니었다. 그러나 그늘 속의 사랑이 더 잘 자란다. 초헌은 칠 년 세월의 방황, 그 그늘에서 사람 하나를 건져 올렸다. 초헌으로선 처음이자 마지막인 열정의 봇물이 터진 것이다. 좋아하는 사람을 햇빛 속에 끌어내기 위해 초헌은 모든 것을 버렸다. 어쩌면 모든 것을 버리기 위해 사람 하나를 선택했다는 말이 맞을는지도 모른다.

쉰아홉, 그중 삼십 년 가까운 세월을 초헌과 함께 보냈다. 복사골 초헌당 안주인이 되면서 계절의 바뀜과 사람의 피돌기가 다르지 않았다. 골바람이 매섭게 찬 해토 무렵이면 건너편 산비탈 음지의 눈이 녹기를 애타게 기다렸다. 자연 속에서의 기다림, 그리고 그 만남은 온통 덧셈이었다. 아침에 눈을 떠 복사골의 햇빛을 보는 것이 삶의 경이였다. 골안개가 스멀스멀 산자락과 희롱하는 사이 골짜기의 나무들은 햇빛 싸움을 벌이기 시작한다. 일찌감치 집을 나선 초헌이 그 시간이면 복사골 어디에선가 기척을 냈다. 평생의 그리움이 꽃으로 피었고 이제 더 이상 부질없는 기다림은 없다는 확신으로 울컥 가슴이 뜨거워지곤 했다.

수목의 물오름 같은 속수무책의 관능으로 온몸이 뜨겁던 나이에 초헌을 따라 들어온 복사골은 육정을 태우기엔 최적의 낙원이었다. 두 사람은 눈만 부딪치면 복사골 계곡의 물속에 뛰어들어 몸을 섞곤 했다. 수십만 년 흘러내려 기기묘묘한 형상을 이룬 바위에 올라서도, 만개했던 목련이 함박눈처럼 떨어져 내리는 목련나무 숲에서도 거침없이 옷을 벗었다. 그 일이 남들 눈에는 풍속사범이겠지만 두 사람에겐 복사골에 가득히 넘치는 햇빛과 바람의 만남, 혹은 물총새와 다람쥐 따위들의 그것과 다를 것이 없었다. 자연 속에서 둘이 하나가 되는 절정, 그 열락이 사랑의 본색이라고 믿었다.

그러나 어느 한여름 대낮이었다. 사철 물이 흐르는 절벽 바위 틈에서 작고 여린 꽃 한 포기를 발견했다. 두 사람 모두 처음 보는 꽃이었다. 여느 때처럼 그 산꽃 이름을 알기 위해 도감을 뒤지며 수선을 떨다 보니 느낌이 좀 이상했다. 늘 함께 보고 함께 느끼고 있다고 믿었던 초헌의 표정이 뭔가 다른 때와 달랐던 것이다. 가슴이 철렁, 아니나 다를까.

허망…… 나는 초헌의 말갛게 비어 있는 눈에서 허망을 보았다. 마음이 몸을 떠났고 몸도 마음을 등지고 있었다. 세상에, 그게 병아리난초예요! 내가 펼쳐든 도감을 초헌에게 내밀며 호들갑을 떨었지만 이미 시위 떠난 화살이었다. 비움으로 가득한 마음에 병아리난초가 들어갈 자리가 있을 리 없었다. 그 이름을 알고 비로소 마음이 움직이는 건 진정한 자연 감응이 아닐 터. 초헌이 그렇게 말하지는 않았지만 그 무언 속에서 그런 서늘한 것이 읽혔다. 세상에. 어쩌면 저리 생모를 타인일까.

끝난 것은 초헌과 나누던 환락이었다. 문제는 세월이 흐르면서 보이지 않는 것을 보는, 초헌의 사유 세계와는 딴판으로 한창 농익은 육신과 죽이 맞아 낄낄거리는 내 자신의 감성이었다. 금학산 기슭의 잔설 속에서 복수초 군락을 본 날은 그 어느 때보다 얼굴이 홧홧 달아올랐다. 자연에 감응한 그 뜨거운 마음이 쳐들어가 분탕질할 그런 신명의, 얼마 전까지 초헌과 함께했던 그런 몰아의 황홀경이 환장하게 그리웠다.

초헌의 품에서 끝났다고 생각했던 그리움의 조갈증은 그렇게 다시 시작되었다. 마음을 다스려 안으로 감추는 일이 쉽지 않다. 장자의 생각에 젖어 살던 생전의 초헌의 말을 따른다면 체념이란 비움의 도일 터. 늘 안절부절못하는 내 갈망을 그윽이 바라보는 초헌의 눈이 바로 비어 있음이었다. 그렇게 기다릴 것이 아니라 찾아 나서는 일도 괜찮을 거요. 오십을 넘기기 전이었던가, 내 갈망 불덩어리가 꽤나 딱해 보였던지 초헌이 한 말이다. 내가 두어 번 복사골을 떠났던 반란도 초헌의 방조 덕이었다. 그렇게 밖에 나가서야 비로소 내가 찾고 있는 것이 떠난 자리에 있었다는 것을 터득하곤 허둥지둥 멋쩍은 발길로 돌아오곤 했다.

언제인가 한 달 만에 돌아와 보니 우목이 초헌의 말벗으로 복사골에 머물고 있었다. 두 사람은 나무 얘기에 열중이었다. 나무와 숲에 대한 관심은 두 사람이 같았다. 굳이 구별을 두자면 초헌은 숲 그 자체를 신성시했고 우목은 나무의 무한한 쓰임이나 그 구조에 대해 말하고 싶어 했다. 나무만큼 성능이 좋은 펌프가 없어요. 저 떡갈나무 하나가 하루에 육백여 리터, 무게로 치면 반톤 이상의 물을 빨아올린다고 생각해봐요. 중력과는 반대 방향으로 물을 끌어 올리는 나무줄기의 모세관 역할이나 나뭇잎 하나하나가 물을 증발시키는 과정 등을 얘기할 때의 우목의 상기된 표정은 어린아이만 같았다. 초헌은 고개를 주억거리며 우목의 이야기를 들었다. 그러나 화답의 물길은 늘 다른 데로 흘렀다. 쓰임새가 있어 잘리는 옻나무보다 무용의 쓰임으로 오래 존재하는 나무들이 더 많지요. 유용의 쓰임은 알아도 무용의 쓰임은 모르고 있는 사람들에 대한 나름의 개탄을 하면서도 우목의 눈길은 늘 무연히 먼 숲에 머물고 있었다.

나무는 시간을 초월한 존재지요. 저 퇴침으로 살아 있는 향나무만 해도 그렇지요. 초헌의 비위라도 맞추는 양 우목이 다시 말했다. 저 나무도 우리 나이쯤은 돼 보이네요. 허나 초헌 말씀처럼 쓰임이 없는 나무라, 아마 지금의 우리 나이보다 몇 배는 더 많은 세월을 이 세상에 머물겠지요.

지나치게 사려를 추구하면 위태로운 법. 마음이 어지러이 뒤섞이고 흔들려 근심 걱정이 태산이로다. 내가 초헌의 무언에 그 화법으로 아재비 조카의 대화에 끼어들었을 때 두 남자가 함께 큰 소리로 웃은 적도 있다.

아재비 조카의 말 갈피는 다르지만 생각이 이르는 지점은 늘 같았다. 이것 또한 저것이고 저것 또한 이것이다. 때로 초헌의 무언이 우목의 말을 막았고 그 반대로 우목이 일방적으로 사태를 마무리 짓기도 했다. 바로 그 지점에서 두 사람은 술잔을 들었다.

초헌과 우목은 술 친구였다. 그러나 초헌은 자기보다 세살 아래인 삼촌을 집안 어른으로 깍듯이 예우했다. 우목 또한 연상인 조카한테 함부로 말을 놓지 않았다. 초헌의 뼛가루가 복사골 나무 밑에 뿌려진 일도 온전히 우목의 힘이었다. 초헌의 자식들은 선산에 묘를 쓰고 싶어 했지만 우목이 생전의 조카님 뜻이라며 복사골에 수목장을 관철시킨 것이다. 그러나 초헌은 생전에 누구에게 자신이 죽은 뒤의 일을 말한 적이 없었다. 말을 남기지 않았기에 그 의중이 산 사람들에 의해 더 곡진하게 전해졌는지도 모를 일.

초헌이 살아 있을 때 같지가 않습니다. 삼 년 전 초헌이 고희를 앞두고 세상을 먼저 뜨자 우목은 복사골 출입을 저어했다. 우목의 마음속에 어떤 선이 그어지고 있었을 것이다.

대책 없는 기다림 병이 재발한 것도 그즈음이었다. 사실은 초헌과 함께 있을 때도 나는 우목을 절실히 기다렸다. 우목이 며칠 안 보이니까 많이 적적하구먼. 초헌이 내 심정을 헤이려 수화기를 들곤 했다. 삼촌, 물 좋은 우럭이 있나 수산시장 한번 들러봐요. 매운탕에 넣을 돌미나리는 이 사람이 뜯어놓을 거고. 술이야 작년에 삼촌이 캐온 산더덕으로 담근 게 있잖습니까.

초헌처럼 나도 여기 뿌려지고 싶습니다.

초헌의 수목장을 치른 얼마 뒤 복사골에 올라온 우목이 백합나무 고목 밑에서 한 말이다. 우목 스스로 복사골에 올라올 구실을 찾은 것이다.

유언이세요?

마음 비우기가 쉽지 않습니다. 분명한 건 초헌이나 나나 이 나무숲만큼 마음 편했던 데가 없었다는 것이지요.

초헌이 살아 있을 때 아무런 마음의 걸림 없이 함께했던 나와 우목의 산행 횟수만 해도 서른 번이 넘었다. 내가 기억하는 금학산 산행만 해도 스물두 번. 다섯번째 금학산 산행에서 우목이 발견한 감자난초에 대해서도 두 사람의 기억이 일치했다.

산에 함께 들면 두 사람이 모두 바빴다. 이게 쉬땅나뭅니다. 쉬땅, 이름이 이상해요. 보세요, 꽃 핀 모양이 수수이삭 같다고 해서 그런 이름이 붙여졌답니다. 수수깡, 뭐 그런 말에서 온 것이겠지요. 저 나무는 열매가 저렇게 때글때글 죽 열린다고 해서 때죽나문가 봐요. 하하, 그런가 봅니다. 우목, 이거 노리대가 맞지요? 그렇군요. 줄기가 노란 걸 보니까, 산노리대. 누룩취라고도 하지요. 그 잔대는 뿌리가 꽤 굵겠는데요. 두 사람은 나무 꼬챙이를 만들어 잔대 뿌리를 캐기 시작한다. 어떤 때는 두 사람이 수십 년 묵은 산더덕을 함께 캐기도 했다. 벌목한 소나무 뿌리에 기생하여 혹처럼 크게 자란 복령까지 캔 적도 있다. 송림 속에서 송이버섯은 물론이고 참나무 숲에서는 버섯 중에 으뜸이라는 능이버섯까지 땄다. 복령을 캐던 그날 일만 가지고도 두 사람은 이야깃거리가 넘쳤다. 그냥 장난삼아 저 등산지팡이로 찌른 건데 느낌이 이상했지요. 실바가 사람을 놀라게 한 거네요. 그날 초헌도 쪼개놓은 분홍빛 적복령 속을 보고는 입을 다물지 못했잖아요.

산속의 그런 몰입에서 이따금 우목이 초헌 얘기를 꺼내곤 했다. 외물에 취해 본성을 잃는 이런 우리 모습이 초헌 눈에는 얼마나 슬퍼 보이겠습니까. 부처님의 손바닥이구려. 나는 속으로 웃으며 대답했다. 우릴 바라보며 슬퍼하는 초헌이 더 슬퍼 보이는 건 어쩐 일인지요?

두 사람이 산행에서 돌아오면 초헌은 느티나무 아래 평상 위에 주안상을 차려놓고 기다렸다. 용씨가 강촌 강에서 잡아 왔다는 모래무지며 그 억센 쏘가리 뱃까지 말갛게 따놓았고 화덕에는 숯불이 이글거렸다. 서둘러 매운탕을 끓이는 사이 우목과 초헌은 평상에 앉아 장자를 만나곤 했다.

지언은 무언이라, 지극한 말은 이미 말을 넘어서 있다는 것이겠지요.

하하, 무언의 도라. 그렇다면 지이불언, 알면서도 말하지 않음과 노자의 지자불언, 즉 아는 자는 말하지 않는다는 것 중 어떤 것이 더 낫습니까.

아는 것은 쉬우나, 그것을 말하지 않는 것은 어려운 법이겠지요.

알면서도 말하지 않는다, 그게 한결 인간적이겠습니다.

그것이 바로 천도, 즉 자연을 따르는 길이기도 하겠지요.

초헌, 난 둘 다 아닙니다. 어차피 허망한 삶, 말을 아낀다고 뭐가 달라지겠습니까.

한순간 두 사람의 목소리가 자근자근 낮아졌다. 그때 한결 나빠진 초헌의 건강 얘기였을 것이다. 귀에 익은 구절. 이미 자연의 조화에 따라 생을 받았으니 이제 자연의 조화에 따라 죽음을 얻으리라. 그러나 초헌은 허무로 돌아가는 결정적인 순간에 자연의 섭리를 잠시 거부했다. 신도 그 처사에 혀를 내둘렀을 터. 몸속에 퍼진 종양을 제거하는 일을 그만둔 일도 그렇지만 의식이 명료한 상태에서 스스로 곡기를 끊는 결기를 보였던 것이다.

상수리나무 밑에 꾀꼬리 편지가 하나 떨어져 있다. 우목이 남긴 마지막 말이라도 담겨 있는 것일까. 아니면 뒤늦게 짝짓기에 나선 조금 전의 그 간드러진 꾀꼬리가 이승의 연으로 우목의 죽음을 애도라도 하는 것인지. 그러나 나는 야무지게 똘똘 접힌 채 땅에 떨어져 있는 꾀꼬리 편지를 줍지 않았다. 그것을 무심코 주워 펴본 지난해 어느 봄날 우목이 뇌일혈로 쓰러졌다는 전갈을 받았던 것이다.

꾀꼬리 편지를 손에 들고 가슴 설레던 몇 년 전만 해도 복사골의 오월은 온통 우목의 체취로 가득했다. 아, 오월해라. 우목이 평소 즐겨 쓰던 감성 화법만으로도 하루가 충만했다.

꾀꼬리가 드디어 편지를 보내왔군요. 언젠가 우목이 내 손바닥에 위에 상수리나무 잎이 똘똘 접힌 것을 올려놓았다.

녀석이 그렇게 애타게 노랠 불러대더니만 결국 편지까지 보내왔습니다.

길쯤한 상수리나무 잎 하나를 새끼손가락 두 마디쯤의 크기로 정교하게 접어놓은 것이다. 그것이 분명 나무 밑에 떨어져 있는 걸 내 눈으로도 직접 본 것이라 꾀꼬리 편지라는 말을 그대로 믿을 수밖에. 어쩌면 이렇게 꾀꼬리가 나뭇잎을 예쁘게 접을 수 있다니. 숨을 죽여 조심스레 펴본 나뭇잎 맨 끝에 좁쌀 크기의 샛노란 것이 들어 있었다.

꾀꼬리가 아닌 거위벌레의 작품이었다. 거위벌레 성충이 낳은 알이 우화되기까지의 집이며 먹이였다. 애벌레에서 성충이 된 뒤 불과 이십여 일 사는 동안 거위벌레 암컷은 짝짓기를 한 뒤에는 곧장 산란할 나뭇잎 하나를 선택해 오랜 시간 재단을 한다. 잎 하나를 이리저리 깔축없이 재고 난 뒤에는 잎의 위쪽 부분을 가로로 삼분의 일쯤에서 삭삭 절단, 다시 잎의 아래위를 오르내리며 엽맥 깨물기. 마지막으로 잎 끝에 구멍을 뚫고 거기에 한 개의 알을 낳은 뒤 잎을 착착 말아 올려 만든 요람이다. 그렇게 거위벌레가 말아놓은 잎이 간댕거리고 있으면 호기심 많은 꾀꼬리가 그것을 부리로 쪼아 땅에 떨어뜨렸다……꾀꼬리 편지.

등빨간거위벌레 암컷이 졸참나무 잎에 산란을 한 뒤 잎을 말아 올리는 일을 하루 내내 우목과 함께 지켜보던 그 봄날의 숨죽였던 시간을 나는 생의 절정이라고 생각했다. 사진을 찍고 싶었지만 우목이 고개를 저었다. 생전의 초헌도 자연을 모사하는 일을 그리 달갑지 않게 생각했다. 세상의 온갖 예술은 자연을 모방하는 것인데 그것이 자연보다 낫다는 자신이 없으면 아예 손을 대지 말 일. 그러나 초헌은 목련이 만개할 때마다 화구를 들고 복사골에 올라와 하루 종일 그림을 그리는 사람들을 막지는 않았다.

초헌이 세상을 뜨고 삼 년 동안 우목은 복사골에 발길을 자주 하지 않았다. 산행을 하더라도 다른 길을 통해 올라갔다가 복사 골로 내려와 잠시 머물다 가곤 했다. 생전의 초헌보다 말을 더 아꼈다. 어차피 허망한 삶, 무엇 때문에 말을 아낄 것이냐던, 평 소의 우목이 아니었다. 내가 먼저 이야기를 꺼내 열심히 물어야 몇 마디 마지못해 대꾸하는 것이 고작이었다. 우목이 말을 아끼 자 대신 이쪽이 더 수다스러워졌다. 말을 조심하는 일도, 필요 이상 말을 많이 하는 일도 알고 보면 모두 상대에 대한 배려일 터. 초헌이 살아 있을 때는 전혀 의식하지 못했던 내외하기, 우 목의 눈길이 많이 흔들리고 있었다.

그러나 전화는 달랐다. 우목이 전화를 먼저 걸어와야만 열리 는 길이었다.

곤줄박이 알 여섯 개가 모두 부화했어요. 나는 그동안 복사골 에 있었던 일을 숨 가쁘게 전하곤 했다. 곤줄박이가 서나무 고 목 구멍에 이끼를 모아다 둥지를 틀 때부터 우목을 기다렸다. 어제부터 곤줄박이 암놈이 보이지 않아요. 들쥐나 뱀한테 잡혀 먹힌 건지도 몰라요. 수놈 혼자서 먹이를 물어다 먹이는데 너무 힘들어 보여요. 초헌이 쓰던 사랑채 서재 서쪽 창 위에 말벌이 집을 짓기 시작한 일도 이야기했다. 말벌 건드리면 정말 큰일 납 니다. 그리고 살모사를 또 맨손으로 잡아서도 안 됩니다. 수화 기 속에서의 우목은 진심으로 걱정스러워 하는 목소리였다. 새 알을 노리고 나무에 올라간 구렁이를 얼결에 나무막대기로 떼 어내 던진 것이 어쩌다 살모사를 맨손으로 잡았다는 얘기로 번 졌다. 뱀 사건이 아니라도 그와 비슷한 일이 많았다. 옥잠화 꽃망울을 작살내는 너구리를 쫓다가 다리가 부러진 적도, 옥수수밭을 망친 멧돼지 떼를 향해 한밤중에 달려갔던 일도 있었다. 원래 겁이 없었다. 기억 회로 중에서 나빴던 일, 무서웠던 것을 되살려 방어하는 신경이 아예 마비되었는지도 모른다는 생각이 들기도 했다. 두 번 다시 사람을 기다리지 않겠다는 앙칼진 작심이 번번이 흐트러지는 것도 그 때문일는지도 몰랐다.

보고 싶어요. 나는 하루에도 몇 번씩 목련나무 숲에서 달뜬 목소리로 중얼거렸다. 초헌, 제가 우목을 기다리고 있는 거 알고 있지요. 초헌이 살아 있을 때도 그런 말을 몸 전체로 드러내며 복사골을 헤매고 다녔다. 그 열정의 출처가 탐심이라는 것을 모르지 않았다. 갈증처럼, 안에서 끊임없이 갈구하고 있는 어떤 신명이 쉬 채워지지 않던 것이다. 초헌이 권하는 대로 붓글씨도 써보았고 복사골의 사계를 물감으로 풀기도 했다. 두어 해 전에는 단소에 미치기도 했다. 빠지는 일마다, 재능이 놀랍다. 이렇게 빠른 진전은 보기 드물다는 말을 들었다. 바로 거기까지였다. 그때쯤에는 처음 시작할 때의 신명이 몸 어느 구석에도 남아 있지 않았다.

갈망에서 번뇌로, 어떤 것에의 몰입에서 깨어나는 순간 신 내림하듯 몸이 아팠다. 전생에 지은 죄가 많아 그래요. 이렇게 실토를 했을 때 초헌이 웃으면서 한 말이 있다. 전생의 업을 이승까지 짊어지고 온 사람이니 정말 대단하잖소. 참나무는 다 탄 뒤에 다시 숯이 되어 더 좋은 화기를 내는 법이요.

으어어, 어버어, 어버버,

느닷없이 목련나무 숲에 용씨가 나타났다. 한눈에 그 차림이 환하다. 복사골에서 일할 때의 옷이 아니다. 풀색 바지에 하늘색 여름잠바. 우목이 선물한 그 옷이 분명하다. 삼 년 전 초헌의 수목장을 치르고 나서 우목이 복사골에 올라올 때 들고 와 펴 보이며 용씨에게 건네던 그 옷이다. 힘들게 지은 농산물을 얻어 가는 답례로 우목은 가끔 소소한 생필품을 용씨가 쓰는 농기구 창고 앞에 놓고 가기도 했다.

그러나 용씨가 이렇게 우목이 준 선물을 직접 챙겨 입고 나온 일은 단 한 번도 없었다. 용씨는 느티나무 밑의 평상 위에 떨어진 벌레 똥을 비로 쓸어낸 뒤 헛간 벽에 말아 걸었던 멍석까지 들고 나왔다. 백합나무 밑에 멍석을 편 뒤 그 위에 민무늬 왕골돗자리를 깔았다. 용씨는 내가 아침 일찍 안채에서 내다놓은 작은 제사상을 돗자리 위에 놓으면서도 눈길만은 애써 마주치지 않으려 딴전을 본다. 삼 년 전 봄날 초헌의 유해가 복사골에 올라왔을 때도 용씨가 저런 모습으로 부지런을 떨었다는 생각이다.

신록에서 녹음으로 들어서는 복사골의 오후가 마냥 한적하다. 사람은 죽어서도 어딘가에 정처를 두고 싶어 한다. 육신은 흙으로 물로 바람으로 흩어지지만 그 육신에 담겨 있던 마음이 영원히 머물 곳을 걱정한다. 죽은 자의 생전 행적이 흩날리는 꽃잎 하나가 어딘가에 잠시 머물듯 그렇게 산 사람의 마음속에 잠시 깃드는 일도 망인이 원하는 정처리라.

고약한 양반들 같으니. 그 정처를 왜 하필…… 이제 또 한 사람의 육신이 복사골 나무숲에서 바람을 타고 온전하게 소멸하고 나면 그 영혼은 살아남은 사람에게 덮씌워져 번뇌로 머물 터.

눈앞에 무엇인가 어지러이 움직인다. 복사골이 꽉 차게 휘날리는 만장. 상여 뒤를 따르는 조문객들의 묵묵한 발걸음. 헛보이는 것에 소리까지 숙연하다. 어허이 어허. 요령을 흔드는 앞소리꾼의 북망산이 머다더니 바로 여기 복사골이 북망이네— 하는 선창에 어허이 어허 뒷소리가 따른다. 초헌이 그랬듯 결코 요란한 장례가 아닐 터지만 귀에 생생한 이 환청은 용씨의 저 느닷없는 수선 때문일 터. 또 한 번 가슴이 덜컥. 아직 올라오지 않고 있는 유해도 그렇거니와 용씨의 저 행동거지가 수상쩍다.

이십여 년 전 초헌을 따라 복사골에 들어와 보니 용씨가 낡은 한옥 사랑채에 살고 있었다. 용씨 부인도 어릴 때 뇌막염을 앓아 사지를 제대로 쓰지 못하는 장애인이었지만 달덩이 같은 딸애를 안고 있었다. 낡은 집을 헐어내고 다시 집을 세울 때 용씨네 가족 거처를 복사골 아래 강촌마을로 옮겼다. 몸 불편한 사람들이 애를 제대로 키우기 위해서는 아무래도 마을로 내려가 사는 게 좋겠다는 초헌의 배려였다. 그 딸이 지금은 서울 근처 어딘가에서 자개장롱에 옻칠을 하는 기술자한테 시집을 가 벌써 아이를 둘이나 두었다고 했다.

복사골 산자락 일 정보, 삼천여 평과 밭으로 일군 산비탈 임야 팔백여 평이 용씨 이름으로 등기가 났다. 복사골에서 강촌마을로 용씨네 가족을 내려보낼 무렵 초헌이 한 일이다. 용씨가 자기 선친 때부터 대를 이어 산을 관리해준 데 대한 당연한 처사라고 했다. 초헌은 당신 큰아들이 있는 자리에서 지적도까지

펴놓고 손짓발짓까지 하며 용씨에게 그 땅문서를 내놓았다. 그러나 용씨가 그 땅문서를 집어 던지고 자기 집으로 내려가 보름여나 발길을 하지 않았다. 자기 땅이라는데 저렇게 역정을 낼건 뭐고. 초헌이 아랫마을에 내려가 사정사정 그 일은 없던 것으로 한다는 다짐이 있고서야 용씨의 복사골 출입이 다시 시작되었던 것이다.

초헌이 생전에 그런 당부를 한 적이 있어 장례를 치르고 곧장 용씨한테 그 땅문서를 내놓았다가 다시 한번 먼저와 같은 난리를 치렀다. 초헌은 용씨 앞으로 복사골 땅 일부를 등기를 낼때 함께 산 사람인 나에 대한 배려도 잊지 않았다. 그때 큰아들을 불러올렸던 것도 훗날 있을 수도 있는 분란을 생각했기 때문일 것이다.

지난해 봄인가 초헌의 큰아들이 매우 조심스럽게 전화를 걸어왔다. 산골에 혼자 살기 불편하면 시내에 새로 짓는 아파트 하나를 장만해보겠다는 얘기였다. 가슴이 철렁했지만 이때다 싶어, 여기 복사골에서 살다가 여기서 죽고 싶다는 말을 분명히 해두었다. 그러나 까마귀 날자 배 떨어진다고, 그 뒤로 부동산업자들이 두어 번 다녀갔다. 다행히 그때마다 우목이 복사골에 올라와 있어 그 업자들을 상대했다.

김씨네 종중 수목장 묘지라고 했지요. 그렇게라도 소문이 나야 저 나무들이 무사할 겁니다.

그러면서 우목은 초헌의 큰아들한테 내가 죽은 뒤에도 복사골이 훼손돼서는 안 된다는 것을 당부해뒀다는 말을 잊지 않았다. 그게 다 우목이 살아 있을 때의 일이다.

백합나무 아래 깔아놓은 돗자리 위에 뭔가 툭 떨어진다. 세상에! 이건 분명 숲속 새들의 조문이다. 멍석에 떨어진 꾀꼬리 편지를 용씨도 보았다. 아무렇든 우목의 마지막 길이 상서롭다. 우목의 유해를 맞이하기 위한 용씨의 저 옷차림이 그렇고 두 사람이 그처럼 좋아하던 복사골의 나무들도 푸른 그늘을 만들면서 술렁인다. 용씨의 얼굴 표정이 그 어느 때보다 부드럽다. 나는 비로소 마음을 놓는다. 저런 얼굴로 우목의 마지막 길을 훼방 놓을 턱이 없지.

아니 저 양반이…… 용씨가 멍석 위에 떨어져 있는 꾀꼬리 편지를 주워 제사상에 올려놓는다. 맞바로 눈까지 맞추는 것으로 보아 긴한 이야기라도 할 낌새. 의외로 손을 많이 쓰지 않는 용씨의 오늘 수화가 꽤나 수선스럽다. 손짓이 아니라도 그 눈빛만으로도 용씨의 생각이 읽힌다. 용씨의 수화를 앞질러 내 생각이 나간다.

그래, 초헌도 우목도 다 죽었다. 우리도 곧 죽는다. 이쪽이 먼저일까 그쪽이 먼저일까. 나중 죽는 사람이 먼저 죽은 사람 유해 기두기. 이렇게 훌훌 뼛가루 뿌리기, 복사골 이 목련나무 숲에.

금학도원. 금학산 자락의 복사골이 오래전에는 복숭아나무가 많았다고 한다. 북한강 물줄기를 멀리 내려다보며 남향으로 앉은 복사골은 골 입구가 좁은 것과는 달리 안쪽이 삼태기 모양으로 넓어 햇볕이 좋고 바람도 차지 않아 과수 재배에 적지였던 것이다.

그러나 복사골이 유실수 대신 도시 조경에 필요한 관상수나 화목류 묘목장으로 바뀐 것은 초헌의 선친 때였다고 한다. 토심이 깊고 배수가 좋을 뿐 아니라 습기도 적당해 복사골이 조경 관상수 묘목장으로는 그만이었던 것이다. 실제로 오십년대 복사골 묘목장에서 길러낸 나무들이 지방에 처음으로 생긴 대학이나 관공서 등의 조경용으로 들어갔다는 얘길 많이 들었다.

내가 초헌과 함께 복사골에 들어왔을 때 아직 밖으로 실려 나가지 않고 남겨진 오십여 그루가 넘는 목련 · 회화나무 · 백합나무 등의 고목이 울울하게 숲을 이루고 있었다. 나무를 밖으로 낼 때 이미 복사골의 조경을 염두에 둔 듯 수목 간격이 넓어 숲이 훤하고 통풍까지 좋았다.

처음부터 나무 가지치기를 높이 한 탓에 하늘 높이 솟은 목련 나무들이 우리가 언제 꽃을 피웠느냐 듯 무성한 잎으로 지붕을 만든 채 시치미를 뗀다. 꽃이 피면 마치 갈까마귀 떼 수백 마리가 올라앉은 것 같은 자목련 고목 그 옆으로 멀찍이 백합나무 고목이 푸른 그늘을 만들면서 우뚝 서 있다. 두 갈래 혹은 네 갈래의 백합나무 잎 속에서 조심스레 얼굴을 내민 튤립 모양의 녹색 꽃망울이 보인다.

으어어. 어버어. 어버버.

계곡 쪽으로 내려갔던 용씨가 급한 걸음으로 올라온다. ㅎㅎ. 드디어 오셨구려. 긴장했던 탓인가, 목덜미가 뻐근하다.

유골이 아닌 생전의 우목 모습을 마지막으로 본 것이 보름 전이었다. 우목이 휠체어 신세로 간병인의 부축을 받으며 복사골에 올라온 것이다. 아버지가 거길 한번 다녀오시고 싶은 눈치세요. 우목의 딸이 그날 아침 전화를 걸어왔다. 자기가 모시고 가야 도리겠지만 일이 여의치 않아 간병인을 딸려 보내니 이해해달라는 내용이었다. 아버님께서 유난히 백합나무를 좋아하셨지요. 우목의 딸 전화에 하릴없이 그 말을 해놓고 나는 혼자 얼굴을 붉혔다.

그날 복사골에 올라온 우목은 많이 수척한 모습이었지만 얼굴은 평화로웠다. 심하게 어눌하긴 해도 자신의 의사 표시쯤은 한다는 얘길 들었지만 그날 우목은 복사골을 내려갈 때까지 말은커녕 얼굴 근육 한번 흩뜨리지 않았다.

초점이 흐리긴 해도 복사골에서 다시 보는 우목의 눈은 여전히 맑았다. 그 눈길이 어느 한 곳에 머물기 위해 힘겹게 움직이고 있다는 느낌. 무안하기 짝이 없는 우목의 그 눈길을 피하기 위해서라도 간병인한테 휠체어를 받아 밀지 않을 수 없었다. 이 숲을 참 좋아하셨어요. 특히 저 나무를요. 그러나 더욱 낭패스러운 일은 그 백합나무 밑에 가서도 우목의 눈길이 머무는 곳은 정해져 있었다는 것이다. 이상한 낌새를 눈치챈 간병인이 자리를 피한 사이에 나도 눈싸움을 하듯 우목을 맞바로 쳐다보았다. 질질한 기다림 속에 빚어뒀던 말. 못할 이유가 없었다. 저도 많이 뵙고 싶었어요.

복사골에 올라온 사람은 우목의 딸과 사위, 그리고 재작년에 결혼을 한 우목의 아들 내외다. 조문객들이 복사골을 가득 채웠던 초헌 때와는 달리 분위기가 한결 단출하고 숙연하다.

우목 아들이 안고 올라온 나무로 된 유골함은 엷은 분홍 보자기에 싸여 있었다. 아들 내외가 내 손짓에 따라 노제라도 지내 듯 나무숲을 한 바퀴 돈 뒤 유골함을 작은 제사상에 올려놓는다. 발인 때 나왔던 화환 하나가 그 옆에 놓이고 제사상 위에 간단 한 제수가 차려진다. 나는 미리 준비했던 향로에 향을 피웠다.

우목이 즐겨 찾던 자리, 보름 전만 해도 휠체어를 탄 채 초점 흐린 눈으로 나를 뚫어지게 바라보던 백합나무 밑의 그 장소에 유골함이 놓여 있다. 망자를 보내는 마지막 의식은 이미 화장장 에서 끝났을 터이지만 산 사람들의 정의 표시는 계속된다. 용씨 가 느티나무 밑에서 두 손을 모은 채 우목이 이 세상을 떠나는 마지막 의식을 지켜본다. 아니 저이가…… 용씨가 분명한데 아 무래도 용씨 같지 않다. 용씨보다 더 낯익은 사람, 초헌이다. 아 니, 보름 전에 휠체어를 타고 왔던 우목의 그 눈길이다.

우목의 아들 내외가 유골함에 두 번 절한 뒤 뒤로 물러서자 딸 내외가 그 앞에 무릎을 꿇는다. 용씨가 제상 옆으로 다가가 주머니에서 담배를 꺼낸다. 불 붙여진 담배 한 개비가 향로 언 저리에 놓인다. 우목의 딸 내외가 기도를 끝내자 용씨가 그 자 리에 선 채 두 손을 모아 이마까지 올린 뒤 유골함에 두 번 절한 다. 절을 끝낸 용씨가 잠바 안주머니에서 구깃구깃한 조의금 봉 투를 꺼내 제상 앞에 놓는다. 제상 위 향로 언저리에서 타는 담 배 연기가 만(卍)자 형상으로 피어오른다.

용씨가 뒤로 물러선 뒤에도 유골함 앞에 형상 없는 형상으로 문상하고 있는 사람, 초헌이다. 아니, 우목이 자신의 유골을 빠 져나와 거기 형상 없는 형상으로 서 있다. 약간 꾸부정하게 허 리를 굽히고 서 있는 모습이나 바른손으로 머리를 쓸어 올리며 뒤로 물러서는 자세까지 똑같다. 백합나무 아래 둘러선 우목 가족들의 몸가짐도 어른을 대하는 그런 정중함이다. 먼저 서 있던 느티나무 밑으로 걸어가는 용씨의 등 위에 햇살 한 자락이 어룽거린다.

우목의 아들 딸 내외가 한군데 모여 무슨 말인가를 잠깐 주고 받더니 그 딸이 내 앞으로 다가온다.

이제 저희들은 그만 가겠습니다. 아버지의 뜻인 것 같아서요.

평소 만날 일도 별로 없었던 터라 호칭이 없다고 해서 이상할 것도 없었다. 거두절미, 이제 저희들은 그만 가겠습니다. 보름 전 우목을 휠체어에 태워 복사골에 올려 보냈던 일도 그렇거니와 오늘 우목의 자식들이 결정한 일의 매듭이 놀랍다. 유골을 땅에 묻든가 뿌리든가 하는 것은 아예 이쪽에 맡기겠다는 그 처사의 명료함이라니!

초헌 때는 단 두 줌의 유골 가루를 만져보았을 뿐 그 자식들이 나무숲에서 행하는 수목장을 그냥 묵묵히 지켜보기만 했다. 더구나 그 수목장의 시작과 끝을 모두 우목이 알아서 한 일이라 아무런 마음의 부담도 없었다.

아버지의 뜻인 것 같아서요. 오늘 우목의 가족들이 조문객들을 복사골까지 데리고 오지 않는 이유도 분명해졌다. 결코 쉽지 않았을 우목 가족들의 그 결연한 선택 앞에 나는 말을 잃은 채 우두커니 서 있었을 뿐이다.

인사를 하고 가려는데 안 보이시네요.

우목의 딸이 숲 주위를 두리번거린다. 없다. 백합나무 고목 밑에 서 있던 형상 없는 형상의 초헌도 없고 유골을 빠져나온 형상 없는 형상의 우목도 거기 없다. 우목이 선물한 잠바를 걸치고 있던 용씨의 모습도 보이지 않는다.

　드디어 늙음도 없고 죽음도 없으며 늙음과 죽음이 모두 없어졌다는 생각조차 없다는 절간의 말씀처럼 모든 것을 관통하여 하나 되기, 그 없음이 바로 죽음이 아니겠는가. 화살이 시위를 벗어나 과녁에 맞는 그 순간까지가 인생일 터. 화덕을 거쳐 기계공이로 빻은 뼛가루가 이렇게 산 사람의 손가락을 통해 술술 빠져나가 바람으로 물로 사라지는 이 투명한 비움.

　우목의 가족이 돌아간 뒤 유골함을 열고 그가 생전에 좋아하던 백합나무 밑에서부터 목련나무 숲 전체로 뼛가루를 뿌리기 시작한다. 초헌 때는 잘 몰랐는데 우목의 뼛가루는 손을 대기 어려울 정도로 뜨겁다.

　뼛가루에 아직 머물고 있는 우목의 온기, 화덕의 열기가 아직 식지 않고 있는 것이겠지만 이 순간 이 열기가 우목의 마지막 몸이며 마음이라는 감회에 젖는다. 산행 때 오르막길에서 이따금 부축해주던 그 손길의 온기가 아닌, 평생 처음이자 마지막인 우목의 몸과 마음 전부를 온전히 만지는 뜨거움이다. 아직 이승에 발을 끌고 있는 자의 이 더러운 미련. 허리를 펴는 순간 나는 가벼운 어지럼증으로 이마를 짚는다.

　샘물이 솟아나듯 생명이 태어나는 것 막을 수 없고 구름이 흩어지듯 허무로 돌아가는 것 막을 수 없나니. 지금 복사골 계곡을 졸졸거리는 저 물과 수천 년 전 흘러갔던 그 물이 무엇이 다르겠는가. 먼저 간 초헌은 어디 있고 지금 뼛가루로 흩어지는 우목은 또 어디에 머물 것인가. 말을 떠나 있는 이 지극한 슬픔도 슬픔을 지닌 사람이 사라지기도 전에 이미 잊힐 터. 슬픔 중 가장 큰 슬픔이 마음이 죽는 일이라 했던가. 우목의 뼛가루가 손가락에서 다 빠져나가자 생전의 그 형체가 기억에서 아득히 멀다.

　기우는 햇살이 목련나무 숲 사이사이로 뻗어들어 뿌려진 뼛가루를 살그머니 어루만진다. 우목의 뼛가루에 현혹되었던 눈이라도 뜨인 것일까. 평소에 무심했던 미물들의 움직임이 경이롭다. 다람쥐의 앙증스러운 발톱이 보이고 나뭇가지를 건너뛰는 청설모의 긴 꼬리와 그 이빨도 보았다. 두더지가 파헤치기라도 한 것일까, 알을 물고 갈팡질팡 이사를 가는 개미 떼의 긴 행렬. 짝짓기를 한 채 볕 쪼임을 하고 있는 잠자리 한 쌍. 워꾹 워, 워꾹. 어미 뻐꾸기의 저 뻔뻔스런 모성. 가짜 어미에게 먹이를 받아먹고 있을 개개비 둥지 속 제 새끼에게 말을 가르치는 걸 게다. 불현듯 갈참나무 구멍에서 혼자 알을 품고 있을 원앙 암컷이 생각난다.

　으어어, 어버어 어버어……

　……! 그긴의 수상쩍었던 용씨의 행색이 어림 잡힌다. 용씨가 계곡 병풍바위에 붙어 있다. 노송 줄기에 밧줄을 매고 곡예를 하듯 절벽에 매달려 있는 것이다. 노송 아래쪽 쪽동백 중긴 가지에 엉겨 있는 분봉군을 새 벌통에 옮기기 위한 작업이다. 으어어, 어으어 어버어…… 저것은 용씨가 부르는 노래다. 용씨는 분봉을 내려받을 때면 저처럼 신명을 낸다. 일벌 식구가 새 여왕벌을 가운데 두고 뒤엉겨 분가를 할 때의 그 장엄한 역사를 자

기 손으로 해결하는 신명이다. 분봉 유인이 쉽지 않은 높은 나뭇가지나 바위틈일 때 쓰는 포봉기가 있었지만 용씨는 언제나 저렇게 자기 손으로 해냈다.

으어어, 어버어 어버어……

분봉군을 새 벌통에 털어 넣은 듯 절벽에 매달린 용씨의 괴성이 더 힘차다. 긴 산울림. 소리로써 산울림을 그치게 할 수는 없는 법. 이제 그 지랄 같은 기다림도 끝이라고 마음을 다부지게 눙쳐보지만 몸과 마음이 목련나무 숲에서 쉬 떠나지 못한다.

우목, 저 사람 많이 슬프네요.

우뚝 치솟은 자목련이다. 백합나무가 더 높다.

초헌, 남을 슬퍼하는 사람의 슬픔까지 슬퍼하니 이제 비로소 슬픔에서 벗어나신 겁니까.

새들이 두려운 것은 어둠이다. 복사골을 벗어났던 새들이 서둘러 깃을 찾아든다. 어떤 것은 우아하게, 어떤 놈은 화살처럼 숲속에 내리꽂힌다.

○ 2006년 『세계의문학』 겨울호

춘심이 발동하야

혈압 약을 타러 간 대학병원 복도에서 그네를 만났다.

"어머, 박 선생님!"

손까지 내밀어 악수를 청하는 여자의 호들갑에도 나는 그네를 알아보지 못했다. 떠들썩한 목소리만큼 요란한 차림에다 알이 큰 뿔테 선글라스 탓도 없지 않았다. 내민 손을 맞잡긴 했지만 여전히 어리벙벙한 내 처지를 눈치챈 듯 여자가 재빨리 자기소개를 했다.

"병신이, 안병신이…… 에요."

아, 병신이 마누라, 아니 안병신의 전처 성춘양이 그렇게 바뀐 모습으로 내 앞에 서 있었다. 눈도 코도 광대뼈도 다 뜯어고친 모양이지만 항상 내밀고 다니는 그 저돌적인 큰 젖가슴만은 예전 그대로였다. 안병신을 대하는 우리들의 마음 한가운데가 늘 뒤틀려 있었던 것도 그의 마누라 젖가슴이 불러일으키는 색정 자극 때문이었을 것이다.

"여보 여보, 이분, 안병신이 친구예요. 안 선생하고 같이 초등학교 선생 하던……"

몇 발짝 떨어진 자리에서 우람한 체구의 사내가 거오스레 내 아래위를 훑어봤다. 나는 첫 부임한 학교에서 교장 선생한테 하듯 허리를 깊이 숙여 인사했다. 육십쯤 돼 보이는 그네의 여보는 내 인사를 건성으로 받으면서 말했다.

"으흠, 이 양반이 안병신이 후견인을 자처한다는 바로 그 사람이구먼."

……그 사람. 졸지에 안병신의 후견인이 되어버린 나는 그냥 어안이 벙벙 멍청히 서 있었을 뿐이다. 그네가 더 거침없이 높은 톤으로 말했다.

"안 선생 정말 불쌍한 사람이에요. 제일 친하니까 잘 아시잖아요. 박 선생님, 그 사람 잘 돌봐주셔야 해요."

당부하는 그 말투가 어찌나 애틋한지 나는 하릴없이 예, 예 하며 고개를 주억거렸을 뿐이다.

"비뇨기과에 왔어요. 소변이 좀…… 이이가 병 키우면 안 된다고 해서 그냥 와본 거예요."

그러더니, 누가 묻기라도 한 듯 그네가 빠르게 덧붙였다.

"외국에선 병원 가기도 쉽지 않다던데요. 우리 캐나다로 이민 갈 거거든요."

그 말을 끝으로 그네는 마치 영화제 시상식 때의 무대 위를 걷는 여배우처럼 덩치 큰 그 사내의 팔짱을 낀 채 젖가슴을 불쑥, 엉덩이를 홰홰 내저으며 내 눈앞에서 사라졌다. 나 요즘 이렇게 산다우, 행복해서, 너무 행복해 미치겠어요, 그런 몸짓을 하며.

아무튼 내가 그네들 앞에서 입 밖에 낸 소리는 고작 예, 예,

그 몇 마디뿐이었다.

말은 부처지만 맘은 뱀 같은 그 여편네한테 농락당한 기분이 영 말이 아니었다. 병신, 이런 벼엉신! 안병신이 마누라를 몰라본데다 그 한심한 작태에 꼼짝없이 당한 한심한 내 꼬락서니에 대한 자조부터 할밖에. 그네들이 사라진 뒤에야 나는 비로소 성춘양을 한 방에 날릴 수도 있었을 말들을 찾아내기 바빴다.

안병신이가 불쌍하다고? 그래서 잘 봐주라고? 이봐요, 나 요즘 안병신이가 부러워 죽겠다니까. 띠동갑, 열두 살 아래 젊은 여자와 결혼까지 해 알큰 달콤 잘 살고 있는 사람이 뭐가 불쌍해? 엉덩이도 팡팡 입술도 도톰, 성춘양 당신 무식하게 내밀고 다니는 그 젖통보다 백번 섹시해.

실제로 안병신은 폐인 신고나 다름없는 이혼 도장을 찍은 그다음 해 열두 살이나 젊은 여자 하나를 만나 새 인생을 시작했다. 금슬 좋던 부부 중 한 사람이 먼저 가면 남은 사람이 혼자 살기가 더 힘들다는 말처럼 이혼당한 병신은 처음 얼마 동안은 꽁지 빠진 꿩 모습을 하고 비실거리더니 어느 날 느닷없이 여자 하나를 꿰차고 나타났다.

보험회사 설계사에 독실한 기독교 신자라나, 함께 살게 된 여자를 동네방네 떠벌리고 다니는 병신의 벌어진 입이 다물어질 줄 몰랐다. 처음에는 이혼당한 상처가 얼마나 크면 저럴까 싶었지만 병신이 새 마누라한테 하는 짓이 시종여일 싱글벙글 그 푼수가 도를 넘자 그를 아는 사람들이 비아냥댔다.

"옛날처럼 너 지금도 새 마누라 젖 쥐고 자냐?"

병신이 결혼 이십 주년 기념을 한다고 떠들썩하니 친구들을 집에 초대해놓고 자기 마누라 앞에서 하던 말이 생각난 것이다. 이 복 저 복 해도 마누라 복이 최고라며, 자기는 결혼 초부터 지금까지 마누라의 두 젖통을 꼭 그러쥐지 않고는 잠이 오지 않는다고 했다.

더 싱싱한 복 하나를 꿰차고 나타난 병신이 우리들 밸을 뒤틀어놓았다.

"아무래두 그 사람보다 나이가 더 적으니까……"

잠자리만 들면 코맹맹이 소리로 보채는 젊은 여자 엉덩이 토닥이다 보니 저절로 회춘이 되더라고. 그런 중에도 병신은 자기를 내찬 전처 성춘양을 시종일관 '그 사람'이란 호칭으로 높여 불렀다.

그러나 병신의 새 여자와의 동거 생활은 길지 않았다. 팡팡한 엉덩이 토닥이는 중에 눈 뜨고 코 베어 먹힌 것이다. 정확히 동거 여덟 달 만에 병신의 새 여자가 병신의 전 재산 삼천만 원을 빼먹고 자취를 감췄다.

비 오는 날 개 사귄 격으로 병신의 재혼 파경의 그 여파는 자못 컸다. 이천만 원 전세 십삼 평 아파트를 다시 천오백만 원짜리로 바꿔 살아야 했다.

불쌍한 사람. 그때 병원에서 만났던 병신이 전처 성춘양은 병신이 새 여자한테 당한 일을 이미 듣고 있었는지도 모른다. 그래, 그 일을 타산지석 삼아 자기만은 잘 살 거라는 것을 나한테 시위하고 있었는지도.

병원에서 병신의 전처 성춘양을 만났던 일도. 병신의 새 여자가 돈 가로채 도망친 일도 이미 오 년 전 일이다. 바로 그즈음부터 시작된 안병신의 발광 같은 춘심 발동 전말과 그 뒷이야기를 하기에 앞서 그가 마누라로부터 버림받기까지의 과정을 조금 이야기할 필요가 있겠다.

"교감 선생님, 성춘양 여사라는 분이 찾아오셨는데요."
어느 날 병신이 마누라가 느닷없이 내가 나가는 학교로 찾아왔다. 자칭 성춘양 여사가 타고 온, 그때만 해도 읍내에서는 보기 드문 그랜저 승용차가 학교 운동장 한가운데 서 있었다.
"안 선생이 학교를 그만두려고 해요."
안병신이 학교를 그만두고 싶다는 생각을 내비친 일은 벌써 꽤 오래전이었다. 명퇴를 하면 퇴직금도 더 탈뿐더러 연금으로도 자기 쓸 용돈은 충분한데 하기 싫은 선생 생활을 굳이 할 필요가 있느냐 얘기였다.
지역사회에서 초등학교 선생을 해서는 결코 사람대접 받기가 어렵다는 것이 안병신이 학교를 퇴직하려는 이유였다. 병신의 꿈은 지역사회에서 인정받는 감투 하나를 쓰는 일이었다. 평통자문위원이나 문화원장 또는 읍내번영회장이 그의 꿈이었다. 가까운 친구들이 부추긴 것이다. 마누라가 그렇게 돈을 많이 버는데 초등학교 선생이나 할 것이냐고. 특히 학교에서 지진아들만 전담하는 특수 학급 선생만 하다 보니 자기마저 좀 모자라는 사람이 되는 것 같다는 것이 퇴직을 원하는 또 다른 사유였다. 이름처럼 병신이 아니라는 것을 뽐내며 살고 싶다는 그의 소박

한 욕구가 상당한 설득력을 가지고 있었다.

"그 사람, 모자라는 애들만 학교서 가르치더니 머리가 어떻게 된 거 아니에요. 왜 멀쩡한 직장을 그만두려고 해요? 남자가 직장 없이 집에서 빈둥거리는 거 그거 비참하지 않아요?"

안병신과 퇴직 문제로 꽤 부딪친 듯 성춘양 여사의 목소리가 자못 거칠었다. 병신은 좀 모자라는 구석은 있어도 자기 뜻을 관철시키기 위한 그 고집만은 알아줘야 했다.

"안 선생 나름으로 생각이 있을 겁니다. 지역사회에서 인정받는 그런 위치에 있고 싶은 거지요."

불난 데 풀무질한 꼴이 됐다.

"박 선생님이 그런 식으로 그 사람 퇴직을 부추겼다는 말 들었어요. 뭐요, 그 사람이 지역사회에서 인정받는 유지가 돼요? 선생질도 제대로 못하는 주제에. 누가 그 사람 말을 듣는데요? 인감증명 하나도 제대로 못 떼고 절절매는 인간이 뭔 일을 한대요?"

"그게 다 성 여사 믿고 그러는 거 아닙니까. 부부 좋은 게 뭔데요. 좀 부족한 것은 성 여사가 채워주면서 살면 되잖습니까."

허나, 독 깨고 장 쏟게 생겼다.

"내가 채워줘요? 남편 구실도 제대로 못하는 인간을 내가 뭘 어떻게 해줘야 하는데요? 자기 앞이나 제대로 꾸릴 줄 알아야 내가 도와주고 어쩌지, 꼴 보고 이름 짓는다고, 이건 사사건건 병신 짓만 하고 돌아다니는 인간을 내가 뭘 어쩌라고요."

마누라의 결사반대 방해 작전에도 불구하고 병신은 제 뜻을 이뤘다. 인간 대접을 받기 위해 학교를 그만둔다는 명분 그 뒷면에 그 나름의 다른 꿍꿍이셈이 있었던 것이다. 마누라를 저대로 내버려둬서는 안 되겠다고 했다. 그가 마누라를 의심하는 발언을 한 것은 꽤 오래전부터였다.

가게 물건을 떼러 서울 올라가거나 골프를 치러 읍내를 벗어난 날은 으레 하루씩은 자고 들어오는 마누라에 대한 불신이었다. 읍내 시장 포목점 점원으로 시작한 병신이 처는 재물을 모으는 수완이 좋아 결혼 이십 년 만에 사층 건물 하나를 지은 뒤 그 아래층에 '해피룸'이란 상호의 침구 전문 가게를 열었다. 판매 수완이 좋아 읍내는 물론 다른 지역에서도 결혼 혼수를 마련하기 위해 우정 찾아오는 사람들이 많아 직원을 둘씩이나 두고 있었다. 자신이 직접 서울에 올라가 고객 취향과 눈높이에 맞춰 떼어 오는 물건이라며 높은 값 부르기를 판매 전략으로 했다.

"그 사람이 골프할 때 만나는 사람들 명단이야."

어느 날 병신은 친구들 앞에 꽤 이름이 알려져 있는 사람들 명단을 내밀었다. 법무사도 있고 지역기업 대표이사는 물론 퇴임 교장에 병원 원장들 이름도 서넛 들어 있었다.

"공을 같이 쳤다고 뭔 문제가 있다고 보는 건 좀 그렇잖아."

"문제는 그 사람들하고 밤새워 통화를 한다는 거야."

병신은 얼마 뒤에 그 사람들하고 전화 통화를 한 기록들을 어디선가 구해 왔다. 전화 도청 장치까지 집에 했다가 그게 발각돼 마누라와 대판 싸움까지 벌이기도 했다. 아이들 셋 중 적어도 둘은 아무래도 자기 씨가 아닌 것 같다는 말까지 떠벌리고 다니다 보니 그 체신이 말이 아니었다.

학교를 그만두면서 그는 본격적으로 성춘양의 뒤를 밟기 시작했다. 골프장 근처에 대기하고 있다가 뒤를 따라붙는가 하면, 서울 남대문 근처 호텔 부근까지 가 지키고 서 있었다. 성춘양이 자주 간다는 인근 도시 카바레 문지기들까지 병신을 알아볼 정도였다. 그러나 그 현장을 잡힐 만큼 어수룩한 여자도 아니라는 것을 병신이 더 잘 알았다. 뒤를 밟는 일은 그 상대가 몰라야 하는데 병신의 경우는 사사건건 자기 꼬리를 드러냄으로써 상대의 심기에 불을 지르곤 했다.

"여봐유, 우리 딸이 우리 아들 죽이려구 해유."

치매가 있는 병신의 장모가 동네방네 불고 다녔다. 유복자로 생모 얼굴도 모르고 큰 병신은 장모 부양을 자처해, 정신이 오락가락하는 장모가 사위를 아예 아들로 생각할 정도로 장모 공경이 끔찍했던 것이다. 마누라가 이틀이나 외박을 하고 들어온 날 그 사타구니를 조사한다고 칼을 들고 날치던 병신이 그 칼을 뺏기면서부터 전세가 역전된 그 광경을 장모가 봤던 모양이다.

툭하면 칼을 빼는 것 말고도 병신의 또 다른 푼수 짓은 자기 마누라가 바람을 피운다고 동네방네 떠들고 다닌 일이다. 그런 식으로 망신을 주면 마누라가 바람을 피우지 않을 것이란 단순한 생각을 한 모양이지만 꼬부랑자지 제 발등에 오줌 누기였다.

"안 선생이 의처증에 걸린 거 박 선생님도 알고 있죠?"

병신이 처가 나한테 전화를 자주 했다. 자기 집안 불화를 풀어가는 통로로 나를 선택한 것이다.

"지금 두 양반이 사랑싸움하는 거 아닙니까?"

아니 땐 굴뚝에서 연기 나느냐 얘기를 그런 식으로 눙쳐본 것인데 그녀는 이제다 싶었는지 병신의 의처증 증세를 시시콜콜 짚어냈다.

화장만 하면 어디 가느냐고 행선지를 꼬치꼬치 캐물어 기록을 했다가 그게 한 치라도 어긋나면 지랄발광을 한다는 것이다. 골프를 치는 중에도 인근 산속에서 숨어 내려다보고 있어 골프 일행들이 성춘양 남편이 어디 숨어 있는지 돈내기까지 하는 통에 미치고 환장할 노릇이라고 했다. 게다가 학교를 명예퇴직할 때 새로 사준 지프차는 아예 집에 처박아둔 채 읍내에는 없는 렌터카를 다른 도시까지 나가 빌려다 자기 뒤를 쫓는다는 것이다. 더구나 병신한테 술 얻어먹는 재미에 자기 뒤를 밟고 있는 친구 놈들까지 있다고, 언제고 그놈들 눈깔을 호벼 파내고야 말 거란다. 골방에 처박혀 함께 고스톱 하는 친구들을 싸잡아 하는 얘기였지만 그 화살은 곧바로 나한테 와 꽂혔다.

"박 선생님도 안 선생한테 내가 어떤 놈을 옆에 태워가지고 다니는 거 봤다고 그랬다면서요?"

"아, 그거……"

"맞아요. 그날 나도 박 선생님 봤잖아요. 우리 작은애 담임선생이 큰 병원에 가야 한다고 해서 내가 태워가지고 가던 날 말이에요. 애 담임 차에 태운 것도 죄가 돼요, 선생질 하던 사람이 애새끼 교육은 나 몰라라 하면서 그걸 다 의심하느냐 그거예요."

얼렁뚱땅 잘도 둘러대긴 했지만 사실 그날 내가 본 것은 춤판 열기가 아직도 식지 않은 기생오라비 같은 놈이었다.

근거가 있는 의심은 의처증이 아니다. 누가 봐도 의심받을 짓을 하고 다니면서 본인은 남편이 근거 없는 의심을 하고 있다고 똥 싼 년이 됩데 큰소리 한다는. 병신의 개탄이다.

 성춘양이 바람이 났다는 말은 병신의 입이 아니고서도 얼마든지 들을 수 있었다. 그때만 해도 읍내에서 골프를 치러 먼 도시까지 가는 사람은 다섯 손가락 안에 꼽을 때니까 그네가 골프 차림을 하고 나가는 날은 사람들이 이상한 눈으로 볼 만도 했다. 또 직접 다른 남자와 분위기 있는 카페에서 술을 마시는 걸 목격한 사람들도 꽤 있었다. 그런 소문들이 모두 병신이 귀로 들어가게 되면 곧바로 삿대질로 마누라한테 그 근거를 들이미니 삼자대질 소동이 벌어질 수밖에. 자승자박, 이래저래 병신은 친구들한테 기피 인물로 외톨이 신세가 됐고 그럴수록 마누라 뒤를 쫓는 일에 모든 것을 걸었다.

 안병신이 읍내에서 자취를 감춘 사건은 얼마 뒤에 일어났다. 병신이 자주 가는 제일문방구 뒷방 고스톱 판은 물론 단골로 가는 읍내 몇 군데 다방에서도 그를 볼 수 없었던 것이다. 그가 일주일째 모습을 보이지 않자 친구들이 웅성거리기 시작했다. 그의 장모 말처럼 마누라가 병신을 칼로 찔러 죽여 어딘가 내다 버렸는지도. 또는 병신이 스스로 자괴감을 이기지 못해 자살을 했을 수도 있다는 얘기였다. 그 근거로 병신은 마누라가 없으면 단 한 시간도 견디지 못하는 위인이었던 것이디.

 "누가 우리 아들 좀 찾아줘유."

 병신이 집에도 없다는 사실은 장모가 밖에 나와 징징 울고 다니는 일로도 분명했다. 나중에는 장모 모습마저 보이지 않아 알아보니 먼 데 요양시설로 보내버렸던 것이다.

그러나 병신은 죽지 않고 살아 있었다. 인근 도시 신경정신과 개인병원에 입원해 있었던 것이다. 말이 입원이지 어느 날 강제로 잡혀 그 병원에 들어왔다는 것을 그 병원에서 퇴원하는 사람 하나를 통해 병신이 쪽지 하나를 건네온 것이다.

—그 사람이 나를 여기 가뒀다. 의사도 남자 간호사도 모두 그 사람 편이다. 나 좀 살려줘.

성춘양의 집안 정리는 그렇게 시작됐다. 거치적거리는 집안의 두 사람을 그 병 증세에 맞는 시설로 각각 격리해버렸던 것이다. 그 통에 신명이 난 것은 할 일 없이 읍내 다방 레지 손이나 조몰락거리고 앉았던 나를 비롯한 병신의 친구들이었다. 우선 경찰서에 신고부터 해야 할 것 같아 부리나케 읍내 경찰서로 달려갔다.

그러나 읍내 경찰에서도 이미 병신이 정신병원에 잡혀간 일을 알고 있었다.

"안병신 씨 부인이 입원을 시켰답니다."

병신의 처가 이미 선수를 친 탓인가. 경찰은 남의 가정 일에 함부로 나설 수 없다면서 병신이 쓴 쪽지 같은 것은 아예 거들떠도 보지 않았다.

의분이 북받친 친구 몇이 작당을 해 인근 도시 신경정신과 병원으로 쳐들어갔다. 그러나 면회사절 대상인 병신을 만나기 위해 한나절을 병원에서 버틴 끝에 병원 원장을 만날 때쯤은 이미 의기소침 전의를 잃은 상태였다.

"지금 단계에서 얘기할 게 아무것도 없어요. 원래 정신병이란 게 외상 진단하듯 그렇게 간단한 게 아니란 얘깁니다."

거두절미, 진찰 중인 지금 상황에서 병신의 증세에 대해 그 어떤 것도 할 얘기가 없다던 원장이 어쩌자고 병신을 만나고 가라면서 면회를 허락했다.

그러나 지켜보는 사람도 없는 면회실에서 병신은 주위를 두리번거리며 벌벌 떨었다. 병신이 귓속말로 속삭였다.

"큰아들이 애비 점심 사준다고 서울에서 내려왔다는 거야. 그래, 막 그 식당 앞에 차를 세우고 나오는데 깡패 두 놈이 양쪽에서 나를 답삭 들어 올려 병원차에 싣더라구."

그때 생각이 새삼스러운 듯 병신이 몸서리를 쳤다.

"여기 의사가 뭐라는 줄 알아. 우리 집사람이 사설요양원에 보낸다는 걸 자기가 잘 얘기해서 여기 입원시켰으니까 말 잘 들으래. 그런 데 잡혀가면 쥐도 새도 모르게 거기서 죽을 때까지 살아야 한다고, 여기 남자 간호사 놈들도 나를 그렇게 협박하더라구."

병신이 다시 사방을 두리번거리며 목소리를 착 낮췄다.

"이 병원 원장 이름이 신경식이야. 집사람이 이미 여러 번 전화 통화하던 그 명단에두 그 이름이 있었어."

병신의 눈가에 물기가 돌았다.

"바 선생, 나 죽을 거 같아. 여기 잡혀 온 뒤로 더하다고. 눈만 감으면 집사람이 딴 놈하구 그 짓거리 하는 게 보인다 그거야."

"의사한테두 그렇게 얘기했냐?"

"다 알고 물어보는 걸 어떡해."

생각보다 심각했다. 선무당이 사람 잡는다지만 우선 급한 불

춘심이 발동하야

부터 끄고 볼 일.

"안병신, 너 정신 바싹 차리지 않으면 평생 이런 데서 썩는
다. 의처증이 아니라고, 의심할 확실한 증거가 모두 있다고 강
하게 내대라 그거야."

내 다그치는 말에 고개를 주억거리던 병신이 더 낮은 소리로
속삭였다.

"나 여기 들어온 뒤로 그 사람 얼굴 한 번도 못 봤어야. 자네
가 좀…… 보고 싶다고."

그놈이 그놈이라고, 병신이 따로 없네요.

그날 신경정신과 병원을 찾아갔던 나를 비롯한 의분파 친구
들한테 병신의 처 성춘양이 삿대질을 하며 한 말이다. 우리가
병원에 찾아가 병신의 의처증은 말도 안 된다고 의사한테 한 말
은 물론이고 우리가 병신에게 해준 이런저런 말들까지 속속들
이 내대며 삿대질을 했다. 내 남편 내가 병 고쳐 살리려고 병원
에 입원시켰는데 당신들이 뭣 때문에 나서 일을 망치느냐 것이
다. 맞는 그 말보다 우리가 두 손 두 발을 모두 들 수밖에 없었던 일
은 성춘양이 우리들 마누라한테 고주알미주알 일러바친 우리들
사생활의 좀 떳떳치 못한 정보였다. 아무개가 읍내 다방 마담
이랑 속초에 갔던 일이며, 또 다른 아무개는 노름판에서 얼마
를 잃어 집문서까지 잡혔던 일 등을 샅샅이 까발려놓았던 것이
다. 그 모두가 병신이 입을 통해 성춘양에게 넘어간 정보였다.

그로부터 보름쯤 뒤 나는 우리가 찾아갔던 신경정신과 병원

원장으로부터 걸려온 전화를 받았다.

"지금 안병신 씨가 어디 있는지 알고 있습니까?"

이 사람, 돈 사람 아냐? 자기 병원에 갇혀 있는 환자가 어디 있느냐고 묻다니.

"안병신이가 거기서 탈출이라도 했습니까?"

"탈출이 아니라 그 부인이 여기서 안병신 씨를 다른 병원으로 데리고 갔습니다."

환자를 빼앗긴 의사의 입에서 나온 정보였다. 병신의 상태를 진단 중인데 그게 늦다며 불만을 한 뒤 다른 곳으로 데리고 갔다며 넌지시 사태가 좀 심상치 않다는 언질까지 줬다.

다시 한번 실종 상태가 된 병신의 행방이 알려진 것은 며칠 뒤였다. 지방도시에 있는 국립정신병원 의사가 나한테 직접 전화를 걸어온 것이다.

"시를 쓰신다구요?"

병신의 담당 의사는 나를 만나자마자 곧장 그렇게 물었다. 병신이 나를 시인이라고 소개한 모양이었다. 시 형태를 빌려 교육 현장에서 이런저런 느꼈던 것들을 끼적여 교육신문에 투고한 것이 몇 번 실린 적은 있어도 내가 시인 행세를 한 적은 없었다. 또한 나를 시인이라고 부르는 사람도 병신이 한 사람뿐이었다. 병신이 또한 나처럼 교육 관련 잡지에 글을 보내 두어 번 게재가 된 뒤로 직장을 그만두면 본격적으로 시를 쓰겠다고 벼르고 있었던 것이다.

아무튼 나는 병신의 젊은 담당 의사 앞에서 하릴없이 시인 행세를 할 수밖에 없었다. 의사는 내가 구구한 변명을 하기도 전에 이미 자기가 썼다는 시첩 파일을 꺼내놓고 시 얘기를 주저리주저리 늘어놓기 시작했던 것이다.

"아직 정식으로 등단은 안 했지만 저는 인간 심성에 미치는 시적 효능성이 어떠한 것인가는 잘 알고 있지요. 저는 시의 본질인 음악성 즉 시어의 리듬과 은유 내지 이미지가 다른 사람과 통하는 상호주관성이야말로 인간이 추구하는 가장 고상한 정신세계라고 생각합니다. 그래서⋯⋯"

나는 하릴없이 고개를 주억거렸다. 그가 내 앞에 펼쳐놓은 시첩을 통해서 그의 정신세계와 교감하고 있다는 것을 보여주지 않으면 안 되었기 때문이다. 얼핏 눈에 들어오는 '인생은 허망하나니 가슴에서 씻어내리라, 미움도 증오도, 내가 가랑잎처럼 가볍게 놓았기에 내 안에 넘치는 사랑이여'란 그의 시 구절만으로도 그가 말하는 고상한 정신세계를 알 만도 했다.

"제가 환자들한테 제 시를 읽어주는 건 상처받은 영혼과 소통할 수 있는 가장 빠른 길이라는 것을 확신하기 때문이지요."

시를 통해서 인간의 영혼을 구제할 수 있다는 이른바 인문학 치료로서의 시 효용론은 급기야 시의 죽음이 인류의 종말을 가져올 수 있다는 극단론으로 내달았다. 그는 『시인의 죽음』과 『죽은 시인의 사회』란 외국 소설 두 편의 줄거리를 장황하게 좌충우돌 펼쳐낸 뒤 아직 그런 책이 세상에 있는지도 모르는 나한테 다그쳤다.

"선생님은 이 시대를 살고 있는 시인으로서 현대사회에서의 인간 정서의 피폐화, 인간적인 것의 무력화, 획일화, 파편화를 막는 최선책으로서의 시 정신의 부활을 생각해보신 적이 없으십니까?"

이건 질문이 아니라 또 다른 얘기로 넘어가기 위한 추임새였다.

"저는 인간 사랑이 시 정신의 결정체라고 생각합니다. 그것이 어떠한 상태의 사랑이든 사랑을 이야기한 모든 글은 시라고 생각합니다. 불경이나 성경의 그 말씀이 모두 시라는 사실은 우리 인간에게 남겨진 마지막 희망이라고 확신합니다."

의사와의 만남이 한 시간이 넘고 있었다. 지금 내가 상대하고 있는 사람이 바로 이 정신병원의 환자가 아닐까 하는 생각을 한 것도 그때였다.

"저, 사실은 여기 입원한 안병신이를 만나보고 싶어서……"

그러나 의사는 책상 위에 놓인 두어 권의 프린트로 가편집된 시첩을 내 앞으로 내밀면서 말했다.

"이 시첩을 선물로 드리겠습니다. 프린트해놓은 게 몇 부 더 있으니까 부담 갖지 마시고 가져다 읽어보십시오."

나는 그의 시첩에 손도 대지 않은 채 단도직입으로 물었다. 만만한 싹수를 본 것이다.

"안병신은 우리가 볼 때 이런 데 입원해 있을 사람이 아닙니다."

바로 이 대목에서 의사가 놀란 얼굴로 소리쳤다.

"아아, 내가 깜빡했군요. 안병신 환자 때문에 여기 오셨다는 걸."

그다음이 더 문제였다.

"한마디로 게임이 안 됩니다. 안병신 씨와 부인 성춘양 여사는 모든 면에서 비교가 안 된다 그 말입니다."

입원환자와 보호자 사이의 무엇을 위한 무슨 비교란 말인가.

"안병신 씨 얘기론 부인이 초등학교밖에 못 나왔다고 하지만 성춘양 여사의 성취동기는 정말 대단해요."

"성취동기요?"

"남편 병 고쳐서 군수를 만드는 게 성 여사님의 꿈이라는 겁니다."

초등학교 선생 할 자격도 없다고 구박을 하던 여자가 남편을 군수로 만들겠다는 얘기다.

정말 게임이 안 되는 성춘양 여사의 성취동기에 놀랐다는 의사가 불쑥 안병신을 당분간 누구도 면회해서는 안 되는 이유를 장황하게 늘어놓은 뒤 내 손을 덥석 잡았다.

"우정만큼 아름다운 사랑이 또 어디 있겠습니까. 성 여사님 말로는 시인이신 박 선생님께서 환자분 입원에 적극적으로 협조해주셨다는 얘길 들었지요."

청청 대낮에 도깨비한테 홀렸다. 나는 우리의 미래 군수님을 위해 그날 안병신의 얼굴도 보지 못하고 돌아올 수밖에 없었다. 그 대신 안병신의 의처증 인문치료에 요긴하게 쓰인다는 의사의 '사랑의 약'이란 가제본한 시첩 파일 두 권을 똥 먹는 곰 상으로 받아들고 돌아왔다.

그 정신과 의사의 시를 통한 인문학적 치료에도 불구하고 안병신은 금치산자로 선고받은 얼마 뒤 이혼당했다. 증인으로 나선 두 아들과 딸이 이혼 사유가 될 만한 상황에서 결정적으로 자기 어머니 편을 들고 나섰던 것이다. 집에서 칼을 자주 빼들고 가족들을 위협하는가 하면 심한 우울증과 의처증 증세로 주위 사람들을 괴롭힌다는 증언이 결정적 역할을 했다. 이혼은 생각보다 쉽게 이뤄졌다. 부부 공동명의로 돼 있던 건물은 모두 성춘양이 권한을 가진다는 쪽으로 판결이 났고 병신은 자식 모두를 포기한 대신 자신을 아들로 알고 있는 장모를 한 달에 한 번 요양원으로 면회를 가는 조건으로 삼천만 원의 위자료를 받았다.

가는 년이 물 길어다 놓고 갈까. 이혼하자마자 안병신의 전처 성춘양의 성취동기가 물길을 바꿨다. 부부 명의로 돼 있는 건물을 처분해 그 돈을 몽땅 차지한 뒤 자기 몫의 세금만 내고는 안병신 이름으로 나온 세금 삼억 원 모두를 나 몰라라 이쪽에 떠넘긴 것이다. 이혼하면서 금치산자 신세를 면한 안병신이 이번에는 신용불량자가 될 수밖에 없었다. 은행에서 통장을 만들 수도 없었고 매달 나오는 연금은 지불되는 그날로 바로 현금으로 찾아 몸에 두르고 다녔다. 눈물 나게 고마운 건 그 거액 세금을 갚지 않고 신용불량자로 평생을 사는 요령을 가르쳐준 것도 병신의 전처 성춘양이었다는 사실이다.

"재산, 그거 애들 다 줄기시킨 뒤 세상 조용해지면 나한테 반을 딱 갈라 줄 거래."

여러 정황으로 미뤄 안병신은 의처증이 아니라는 것이 밝혀졌지만 읍내 사람 누구도 그 사실을 입에 올리지 않았다. 제가 제 눈 찔렀다고, 사람들은 모든 책임을 안병신한테 뒤집어씌운 뒤 성춘양을 오히려 그 희생자로 보는 분위기였다. 다른 남자 품에 안겨 다니는 성춘양의 활기찬 모습을 보면서 저 여자 이제야 제 인생을 살게 됐다고 고개를 주억거렸다.

애들을 셋씩이나 만들어 함께 키우고 한 솥의 밥을 먹은 부부가 헤어져 남남이 된 뒤 읍내에서 늘 얼굴을 맞대야 한다는 일이 쉽지는 않을 것이다. 그러나 안병신과 그 전처는 사람들의 닫힌 생각을 깼다. 이혼 후에도 마치 서양 사람들처럼 서로 스스럼없이 만나는 모습이 자주 눈에 띄었다. 이혼 후 활보하고 다니는 성춘양의 근황을 병신의 입을 통해서 모두 들을 수 있었다. 건물이 계약 단계에 들어갔다는 등의 재산 정리 상황에다 자기와 이혼한 마누라가 지금 사랑하고 있다는 그 남자의 고향이 어디고 의정부에서 군납업을 해 기반을 탄탄하게 다진 사업가라는 사실도 병신을 통해 알았다. 남자가 환갑이 넘고도 힘이 좋아 여자를 하루에 두 번을 안는다는 은밀한 정보까지도 병신을 통해 들을 수 있었던 것이다.

"병원에 있을 때부터 그 사람한테 들은 얘기야."

의처증을 치료하기 위해 그 의심되는 상황을 일일이 밝혀 상대의 의심 증세를 고치기라도 하듯 안병신의 전처는 새로 만난 여보와의 잠자리에서 일어나는 괴이쩍은 일까지도 모두 병신에게 알려주는 충격 요법으로 병신이 자기 주위를 맴도는 그 촉수를 마비시켰는지도 모른다.

군밤 맛하고 새서방 맛은 먹어본 사람만이 안다고, 새 인생을

58

시작한 성춘양의 의기양양한 모습은 읍내 아낙네들의 음심을 부추겨 그 기세에 집을 뛰쳐나간 여자가 몇이 될 정도였다. 병신에게 성춘양의 평소 행실을 귀띔해준 것이 바로 그 여자들이었다는 사실도 모두 병신이 그 전처한테 전해 들은 것이다. 성춘양이 이혼을 성사시키기 위해 병신에게 건 최면 효과는 그뿐이 아니었다. 병신은 성춘양이 자기를 지방의 정신요양병원에 처넣어 쥐도 새도 모르게 죽게 할 수도 있었는데 그 생각을 거둔 것만 해도 감지덕지하다며 눈물까지 질금거렸다.

국립정신병원 의사 말대로 게임이 되지 않았다. 이혼하는 과정이 그렇게 쉬웠던 것도 다 그 때문이었다. 고양이 쥐 사정 봐주기. 버리면서도 상대가 버려졌다는 생각이 안 들게 다독인 성춘양의 수완은 정말 놀라웠다.

문제는 성춘양이 재산을 다 정리해 읍내에서 가뭇없이 사라진 뒤였다. 엎친 놈 꼭뒤 친 격으로 그 자식들이 안병신을 상대로 친자감별 소송을 냈다. 자기들은 안병신의 자식이 아니라 다른 사람의 씨라는 것을 가려달라는, 이른바 적출자부인 민사소송으로 이미 병신이 성춘양을 의심할 때부터 자기 입으로 내붙고 다닌, 제가 놓은 덫에 제가 치인 꼴이다.

안병신이 이때부터 무섭게 달라지기 시작했다. 성춘양이 읍내를 떠나면서부터 비로소 눈이 뒤집힌 안병신은 자식들한테까지 그런 수모를 당하자 입에 거품을 허옇게 물고 나자빠졌다. 간밤에 소 도둑맞고 새벽에 길길이 치뛰듯 안병신의 쌓였던 울분이 폭발했다. 성춘양의 손길이 닿은 집안 세간붙이를 사람 지나다니는 길가에 쌓아놓고 불을 지른 뒤 실성한 상태로 읍내를 헤매면서 짐승처럼 포효하거나 느닷없이 울음을 터뜨렸다. 평소 술을 입에 대지도 않던 병신이 술에 취해 친구들을 찾아다니며 행패를 부렸다. 자기 마누라 행실이 어쩌고저쩌고 일러바친 친구 놈들 때문에 일이 이 지경이 됐다는 것이다. 특히 병신이 나한테 유독 원한이 컸던 것은 그 국립정신병원 의사를 찾아가 자신을 격려하지 않으면 가족들이 큰 해를 입을 것이라는 말을 했다는 지청구였다. 그건 성춘양의 농간이라는 내 변명에도 불구하고 병신은 나하고의 오랜 친구로서의 관계를 끊겠다는 것을 선언까지 했다.

그때부터 안병신은 의처증 증세로 여자 뒤를 쫓던 그 집착으로 하루 종일 전화통에 매달려 살았다. 여자의 친인척은 물론 자신이 갇혀 있던 정신병원 의사며 원장까지 찾아다니며 여자의 행방을 수소문했다. 급기야 돈을 들여 흥신소 사람까지 불러들여 여자의 행방을 찾았다. 서울 사는 자식들한테도 제 엄마 있는 데만 알려주면 친자가 아니라는 것을 법원에 가지 않고도 인정해주겠다고 애원까지 했다. 아무튼 안병신의 성춘양 행방 찾기는 쉽지 않았다. 누가 그 거처를 안다고 해도 후환이 두려워 입을 열지도 않았을 것이기 때문이다.

그러나 어느 날부터인가 안병신의 분기충천한 얼굴이 학교를 명예퇴직하기 전 특수 학급 아이들을 가르칠 때의 그 어둔한 표정으로 바뀌면서 입꼬리에 웃음까지 히죽였다.

사건 뒤에 여자 있다.

"그 사람 전화를 받았어. 어디 가서 살든 나를 잊지 못할 거래. 살다 보면 언제고 다시 만날 날이 반드시 올 거라는 거야."

그때부터 귀신이라도 쒼 듯 병신은 읍내 생활을 정리하고 도청소재지 도시에 이천만 원짜리 전세 아파트를 얻어 부랴부랴 이사를 갔다. 집 멀리 뜨는 게 싫다고 특수 학급만 자원해 타지 전출을 피해온 그로서는 정말 믿어지지 않는 일이었다. 환갑이 넘은 나이에 우물 안 개구리가 아닌 좀 더 너른 세상에서 새 인생의 기지개를 켜고 살겠다는 것부터가 심상찮은 조짐이었다.

늦바람이 용마루 용마를 벗긴다고, 옮겨 앉은 도청소재지 그 도시에서 발동한 안병신의 춘심, 그 불길은 정말 놀라웠다. 그 춘심 발동은 병신이 모양을 내는 일로부터 시작되었다. 늘 추례한 점퍼 차림에다 운동화를 질질 끌고 서리 맞은 개구리처럼 기신거리던 사람이 비록 기성복이지만 계절에 맞게 새 양복을 사 입는가 하면 웬만한 자리가 아니면 좀처럼 매지 않던 넥타이를 매일 다른 것으로 바꿔 맸다. 머리에 기름까지 발라 가르마를 반듯하게 탄 뒤 베레모를 사뿐하게 올려 썼다.

특수 학급만 맡아 아이들한테 철썩철썩 뺨까지 얻어맞고도 히죽이던 그 사람으로서는 개 발에 편자란 말을 들을 만도 하지만 천만의 말씀. 사람이 달라져도 어떻게 이럴 수가 있을까 싶게 병신의 변화는 속도를 냈다. 가끔 콤비가 아닌 정장 양복 아래위를 다르게 입는가 하면 그 차림에 운동화를 신고 나타나긴 했어도 아무튼 옛날의 *그*가 아닌 것만은 분명했다.

"박 선생, 내가 원래 위엄이 좀 없어 보였잖아."

거지 첩도 제 멋에 산다고, 안병신이 어느 날 콧수염을 기른 모습으로 절교를 선언한 내 앞에 나타났다. 남들한테 좀 위엄이 있게 보이기 위해 우정 콧수염을 기른 뒤에 매사에 자신감이 생

기더란 얘기다. 특히 베레모가 노시인다운 풍모 갖추기에 그만
이라고 했다. 안병신이 본격적으로 시인 행세를 하기 시작한 것
도 바로 그 베레모를 쓰면서부터였다.

"내가 정신병원 있을 때 만난 그 시인 의사가 그러데. 내가 시
인 체질이라고. 질투도 감수성이 예민한 사람한테서는 좀 병적
으로 나타나기도 한다는 거야."

지역의 문인들이 많이 등단한 문학지를 통해 등단까지 약속
됐다며 돈 백오십이면 다 해결된다고 했다. 잊어야지, 잊어야
지, 세월이 흘러가듯 마음도 흘러간다는데…… 등단작으로 보
냈다는 자작시 한 구절까지 읊는 병신의 목소리도 예전에 특수
학급 아이들을 대하던 어눌 그 지지궁상이 아니었다.

이것 또한 성춘양의 마법이었나. 연금을 받는 홀아비 퇴직 교
사의 꼬리를 물려고 덤벼드는 여자들이 한둘이 아니었다. 한때
마음을 달래기 위해 나갔던 교회 사람들을 통해서 연줄연줄 알
기 시작한 여자들이 병신에게 촉촉한 눈길을 보내오기 시작했
다. 콧수염 늙은 신사의 베레모가 좋다는 여자가 있는가 하면 시
인이라는 말에 껌벅 죽었다는 여자도 있었고 홀아비 사정 과부
가 알아준다고 병신의 이혼당한 얘기를 들은 어떤 여자는 병신
의 처지가 하도 딱해 사흘 밤을 내리 울었다고도 했다.

그 눈물 여왕이 바로 열두 살 아래 띠동갑으로 병신과 살림을
차렸다가 돈 떼먹고 도망친 여자였다. 병신이 통장을 만들 수
없는, 신용불량자 신분이라는 것을 알아 자기 통장에 병신의 연
금을 넣게 한 뒤 그것까지 챙겨 도망을 간 것이다.

그걸 기다리고나 있었다는 듯 그 사건 이후 병신이 더 놀랍게

진화하기 시작했다. 그는 여자한테 당한 일을 만회라도 하듯 뭇 여자들을 공략했다. 이미 놀이가 아니라 승부를 건 게임이었다. 혼자 사는 여자들이 홀아비를 만나는 그 속셈을 미리 간파한 다음 그쪽에서 원하는 조건을 넌지시 미리 내밀었다. 결혼을 원하는 여자는 결혼식도 하겠다고 했고, 그냥저냥 말 친구로 살고 싶다는 여자한테는 그럴듯한 동남아 여행 스케줄을 내놓았다. 분위기를 타는 여자와는 고급 커피숍 순례를 했고, 산나물 뜯기를 좋아하는 여자를 위해서는 인근 산자락을 며칠이고 함께 헤매고 다녔다. 여자와의 만남, 그게 그의 일이었다. 하루에 두세 여자를 같은 찻집에서 만나기도 했다.

"읍내 건물이 정리되면 그 반이 내 거니까, 한 이십억 정도는 되지 않겠어요."

그는 이미 전처가 팔아먹고 떠난 읍내의 그 건물까지 여자 다루는 미끼로 내놓았다. 혼자 사는 여자들이 남자를 만나는 조건으로 내거는 '내 이름으로 된 아파트 한 채'를 위해 여자가 살고 싶어 하는 아파트 단지를 여러 번 함께 돌아보기도 했다. 어떤 여자한테는 빈 통장을 만들어준 뒤 사정이 되는 대로 현금을 넣어주겠다는 약속도 했다. 자기가 먼저 죽게 되더라도 지급될 연금에 대해서도 각서 쓰기를 마다않았다.

그렇고 그런 여자들의 마음을 사는 데는 그네들을 여러 사람 앞에 내세워 그 위치를 확실하게 해두는 게 좋다고 했다. 그는 바뀌는 여자마다 친구들이나 친척들 앞에 데리고 나가 입 칭찬을 아끼지 않았다. 강아지도 좋아한다는 아이 러브 유, 앉으나 서나 당신 생각, 사랑하는 사람 앞에서는 그 감정 표현에 인색

해서는 안 된다고 했다. 그는 만나는 여자들 앞에만 서면, 아직도 내겐 슬픔이 우두커니 남아 있어요, 그날을 생각하자니 어느새 흐려진 안개…… 어쩌구 하는 애절한 가락의 최성수의 「동행」을 불러 분위기를 띄운 다음, 내 생애 최고의 선물, 당신과의 만남이었어, 당신은 나의 동반자…… 를 구성지게 불러 평생 동행을 꿈꾸는 반려자를 흐물흐물 녹였다.

중이 고기 맛을 보면 절의 빈대 안 남긴다고 안병신의 춘심 발동은 날이 갈수록 가관이었다. 혼자 사는 여자들이 원하는 것이 첫째는 잠자리에서 팔다리 주물러주는 말벗이요, 그다음이 노후 대책 약속이라며 그걸 밑천으로 긴 밤을 노닥거리다 보면 날이 훤히 밝는다고 했다.

천하의 바람둥이를 자처하는 빛날 병 병신의 춘심 발동 진원에 대해 누군가 말했다.

"그런 거 다 성춘양이 가르쳐줬다는 거야. 이혼장에 도장을 찍는 조건으로 그 마누라가 병신이 두 손을 잡고 귓속에다 하나하나 속삭여줬다던데."

병신 자신도 그 말을 어느 정도 시인했다.

"그놈이 어떻게 당신을 꼬드겼느냐고 물었더니 그 사람이 그러데. 여잔 매너 있고 능력 있는 남잘 좋아한다고. 그래야 남자 구실을 한다는 거지."

그는 남자구실을 하기 위해 새살림을 차린 십오 평 아파트를 자주 바꿔야 했다. 여자가 바뀔 때마다 거처를 옮겨야 했기 때문이다. 잘 가야 석 달 정도, 휴대폰 번호도 자주 바꿨다.

그러나 실 엉킨 것은 풀어도 일 얽힌 것은 못 푼다고, 병신은 자신이 벌여놓은 일을 감당하기엔 힘이 많이 부족했다. 거짓말이 사흘 안 간다는 말처럼 한번 들통이 난 거짓말은 달리 방법이 없었다. 사는 곳을 바꾸고 휴대폰을 아예 꺼놓고 살아도 터진 둑은 속수무책이었다. 혼인빙자 사기꾼으로 전락한 그는 자신의 거짓말을 틀어막기 위해 또 다른 거짓말을 만들어내고 다시 그 거짓을 감추기 위해서 툭하면 하느님까지 팔았다.

 그러나 교회는 더더욱 숨을 곳이 못 되었다. 이혼한 전처가 잡아넣었던 정신병원에서 매를 맞고 실신했다가 성령을 접하게 됐다는 얘기를 간증한 것까지는 좋았는데 그 얘기에 감동한 홀어미들의 비분강개가 급기야 눈물바다를 이뤘기 때문이다.

 콧수염을 기르고 베레모를 쓴 시인 안병신의 만추인생 이야기는 이것으로 끝이다. 어느 날부터인가 병신이 우리들 곁에서 종적을 감췄기 때문이다. 어쩌면 그것은 그의 인생 4막 1장의 막이 오르기 전 막간의 궁금증 유발을 위한 한 이벤트였는지도 모른다.

 우리의 이러한 낙관론은 그의 잠적이 다분히 의도적이라는 생각에서 왔다. 물론 그는 자신이 뿌린 거짓말의 숲에서 이리저리 숨어 살 때도 친구들과의 연락만은 계속했다. 친구들과의 만남이 그의 숨바꼭질에서 가장 확실한 알리바이 역할을 했기 때문이다. 병신의 여자가 우리 친구들 중 누군가에게 전화를 걸어 그의 행방을 물었을 경우 피치 못할 사정으로 한동안 볼 수 없을 것이라는, 결정적인 부재 증명을 늘 해주었던 것이다.

안병신은 얼마 전부터 자신이 홀연히 사라질 수도 있다는 것을 은연중 암시해왔다. 여자를 수시로 바꿔 만나는 그 줄타기도, 그네들을 만날 때마다 전략으로 써먹었던 그 번드르르한 가짜 약속을 위한 또 다른 약속 만들기에도 이제 지쳤다고 했다. 한마디로 그 나이에 남자구실을 한다며 날뛴 자신의 어리석음을 뒤늦게 알고 나니 부끄러워 고개 들기도 힘들다고 했다. 그날 그는 잘못 살았다는 긴 한숨 끝에, 그러나 꺼지는 불꽃도 마지막 어느 순간 한번쯤은 다시 불붙어 오를 수도 있지 않겠느냐, 아리송한 말을 넌지시 남기고 일어섰다. 그것이 병신이 또다른 일을 벌이기 위한 내숭, 그 연막이었다는 사실을 누가 짐작이나 했겠는가.

아니나 다를까, 어느 날 그가 결연한 얼굴로 우리 앞에 나타났다.

"지금까지 내가 이 사람 하나를 만나기 위해 온갖 시련을 다 겪어왔지 싶어."

이제 비로소 인생의 참 동반자를 찾아냈다는 선언이었다.

"무엇보다 나처럼 큰 상처를 가진 사람이라 이해심이 깊어."

눈까지 지그시 감은 채 '이 사람'을 생각하며 덧붙이는 그 말이 더 칠칠했다.

"이십 년을 남잘 모르고 살았다는데, 처녀나 다름없어야. 시골에 땅도 꽤 있고 거기 바다가 내다보이는 남향받이 전망 좋은 집 하나까지 있는데, 그 마을이 장수마을이라나, 나 같은 놈 살기엔 그만일 거 같아."

복 있는 과부는 앉아도 요강 꼭지에 앉는다고, 이 친구 늘그

막에 이런 대박이라니. 남쪽 나라 그 따뜻한 장수마을에서 젊은 여자와 해로하다가 거기서 죽을 생각으로 마음을 정했단다. 봄이면 둘이서 양지바른 밭에서 냉이를, 여름이면 시원한 바닷가에 나가 조개나 캐면서 그냥저냥 욕심 없는 나날을 보내겠다고. 천식기가 있는 자기로서는 안개 많고 추운 이곳에서는 환절기가 늘 걱정이었는데 이제 그 따뜻한 곳에 가면 그런 걱정도 놓게 돼, 두 달에 한 번씩 타다 먹던 병원 약도 아예 끊기로 했다는 병신의 말에 갖은 약을 입에 달고 사는 나로서는 괜스레 마음 실심할 밖에.

전세 돈도 빼고, 이것저것 값나갈 만한 살림 도구도 모두 고물상에 넘기기로 했다면서 이혼할 때 그 사람과 함께 쓰던 더블침대를 자기가 가져왔는데 아무래도 그것마저 처분할 것 같다는 대목에서는 좀 처연한 얼굴 기색을 보이기도 했다.

그날 이후 안병신이 우리들 곁에서 자취를 감췄다. 어떠한 경로로도 그의 행적을 찾을 수 없었고, 그 쟁쟁거리는 목소리마저 들을 수 없었다. 그가 눈을 지그시 감고 얘기하던 그 따뜻한 남쪽 바닷가 전망 좋은 장수마을이 어디에 있는 어떤 마을인지도 알아낼 길이 없었다.

그 잠적이 다분히 의도적이라고 우리가 생각하는 데는 또 다른 근거가 하나 있었다. 안병신이 자신이 마지막 시람으로 정했다는 '이 사람' 그 동반자를 우리들 누구 앞에도 선보이지 않았다는 사실이다. 너무 착하고 예뻐, 자칫 잘못 내걸었다가 부정이라도 탈 것을 겁낸 것일까. 아무튼 여자 하나를 물었다 하면 득달같이 그날로 내보이던 다른 때와 너무 달랐으니 그 잠적이 더욱 수상쩍을 수밖에.

"길어야 한 달."

"아니야. 생각보다 길는지도 몰라야. 그래서 난 석 달."

안병신이 잠적한 뒤 우리들은 그가 언제 우리 앞에 다시 나타날 것인가를 놓고 내기를 걸었다. 그의 사람됨 푼수로 보아, 특히 그동안 여러 여자들을 전전한 그 전례로 미뤄 결코 석 달 이상 걸리지 않는다는 게 우리들의 결론이었다.

"석 달 안에 안 돌아오면 내 손에 장을 지져라."

수구초심, 여우도 죽을 땐 제가 태어난 언덕으로 머리를 둔다는데, 그 외로움 잘 타는 체질이 고향 떠나 친구 하나 없는 객지에서 견디는 것도 한계가 있다는 얘기였다.

장땡 잡았다던 그에 대한 시샘 심리로 그가 돌아오기를 기다리는 우리와 달리 병신을 기다리는 또 다른 사람들이 있었다. 남자구실을 하기 위해 병신이 젖 먹던 힘까지 다 쏟아부었던 그 여자들이, 그가 사주기로 약속한 아파트 주변을 둘러보는 최 여사가, 남자가 죽어도 그 반려가 평생을 타 먹을 수 있다는 연금 약속과 함께 어느 날 거액이 굴러 들어올 빈 통장을 품에 지닌 송집사가, 콧수염 노시인으로부터 사랑의 자작시가 담긴 액자를 선물받은 그 여자들이 병신을 기다리고 있었던 것이다.

그러나 우리들이 내기 시한으로 한 한 달이 지나, 삼 개월, 아니, 육 개월하고도 다시 반년이 지나도록 병신은 돌아오지 않았다.

"이 녀석 혹시……"

손가락에 장을 지지겠다던 친구가 조심스레 안병신의 잠적이 아무래도 수상쩍다는 말을 했다. 시간이 지날수록 우리들 마음 밑바닥에 불길한 느낌으로 스멀거리기 시작한 것도 바로 그것이다. 분장을 다 지운 어릿광대의 허망한 얼굴로, 내가 이게 뭐지, 이게 아닌데, 이게 아니라니까— 그렇게 혼잣소릴 주절거리는 병신의 목소리가 귀울림으로 맴돌았다.

더한 것은 병신이 우리들 곁을 떠나기 전 결연한 얼굴로 말하던 따뜻한 남쪽 나라 남향받이 전망 좋은 그 바닷가 그림이 도무지 머리에 잘 그려지지 않는다는 것이다.

더 시간이 흐른 어느 날 우리는 오랜만에 안병신 얘기를 술안주로 삼고 있었다. 누군가 불쑥 이런 말을 했다.

"병신이 걔, 혹시 캐나다 간 거 아니야?"

안병신이 이혼한 전처 성춘양의 행방을 한때 그렇게도 집요하게 추적하던 그 시절 얘기를 하던 중이었다.

"충분히 그럴 수 있는 놈이지."

그럴 수 있는 놈…… 내가 무심코 내뱉은 말이다. '우리 캐나다로 이민을 갈 거거든요.' 오 년 전 대학병원 복도에서 만난 성춘양이 내게 했던 그 말을 내가 병신에게 전했는지 안 했는지는 잘 기억이 나지 않았다. 다만, 안 선생 정말 불쌍한 사람이라며 나한테 잘 돌봐달라고 애틋한 목소리로 당부하던 그네의 얼굴이, 아니 저돌적으로 내민 그 큰 젖가슴이 잠깐 머리에 스친 것만은 분명하다.

아니다. 그 풍만한 젖가슴을 두 손에 그러쥐지 않고는 잠들 수 없는 한 늙은이의 얼빠진 얼굴, 먼 이국 땅 캐나다의 막힌 데 없이 드넓은 어느 벌판에서 자기 생애 최고의 선물이었던 '그 사람'을 찾아 애면글면 헤매고 있는 성춘양의 전남편 안병신의 모습이 좀처럼 지워지지 않았다.

○ 2009년 『계간문예』 겨울호

드라마 게임

"네 고모 죽었다."

당신 누님에 대한 아버지의 불손은 그 부음을 전하는 순간에
도 여전했다. 고모가 언제 어떻게 돌아가셨는지를 물어볼 겨를
도 없이 아버지와의 통화는 끝났다. 나는 전화기를 든 채 망연
자실 아내를 돌아보았다. 아내는 베란다에서 가리개 기울기를
조절하고 있었다. 그네는 거실 깊숙이 비쳐드는 햇빛에 유난히
과민했다.

"고모가 돌아가셨대."

고모의 죽음, 그 충격 추스르기가 쉽지 않았지만 나는 되도록
밝은 톤으로 평심을 지켰다. 오늘이 토요일이니 월요일 하루만
연가를 내어도 되겠다는 생각을 한다.

"지금 가봐야 할 것 같아."

베란다에서 들어온 아내는 내 말에 대꾸도 없이 거실 유리문
앞을 오가며 양쪽에 달린 커튼 끈을 풀고 있다. 팔을 쳐들고 두
터운 양면 커튼을 꼼꼼히 치는 것에 열중하는 아내의 뒷모습에

서 나는 눈을 돌린다. 집 안은 이미 충분히 어둑하다. 거실의 햇빛 차단에 대해 단 한 번 아내에게 말한 적이 있다. 좀 밝게 살면 안 돼. 환한 게 좋잖아. 그때 아내는 내 직설화법이 의외라는 듯 흘긋 돌아보았을 뿐, 끝까지 침묵으로 응수했다.

나는 아내의 어둠, 그 침묵에 익숙하다. 오늘도 아내가 베란다로 나가는 순간부터 어금니 안쪽으로 뭔가 고여 올랐다. 딱히 웃음이라고 할 수밖에 없는 그 침 고임 현상은 내 감정 조절 장치를 마비시킨다. 공연히 말이 헤퍼지는 현상이다.

"나 혼자 내려갔다 올게. 아무래도 버스로 가야 할 것 같아서. 주말이라 차가 좀 밀리겠어."

그러나 아내의 반응이 생뚱맞다.

"아버님은 또 굴속에 들어가셨겠네."

일어난 일보다 그 일로 해서 벌어질 일에 대한 관심이다. 어쩌면 그것은 평소 아내가 고모에 대해 품었던 감정 상태를 그대로 보여주는 일이기도 하다. 아내는 고모를 그다지 좋아하지 않았다. 넝쿨식물처럼 생명력이 질긴 그 억척스러움이 징그럽다는 것인데, 사실은 고모에게서 자유롭지 못한 내 사고 범주에 대한 불만이 먼저일 것이다. 아니, 어쩌면 고모의 삶과 나누어 생각할 수 없는 우리 가족사 모든 것에 대한 환멸일 수도.

"이젠 고모한테 꿀 얻어먹기도 끝이군."

아내의 냉담 앞에 꿀 얘기가 가당치도 않겠지만 나는 고모의 부음 충격을 어떤 방법으로든 드러내야 했다. 고모는 매년 추석을 전후해서 토종벌꿀 한 병을 보내왔다. 어느 땐가 아내는 고모가 손수 거둬 보내온 토종꿀을 먹으면서 이런 말을 했다. 당신 고모님 참 대단하긴 해. 사람 거두랴 벌 키우랴. 비아냥거림 투긴 해도 그 말은 고모의 삶에 대해 아내도 마음 한쪽 어떤 경외를 품고 있는 것처럼 들렸다.

고모는 보험설계사에서 파출부에 이르기까지 평생 가리는 일 없이 열심히 살았다. 칠십이 넘으면서부터는 호스피스 자원봉사 활동으로 발길 안 가는 데가 없었다. 함께 봉사활동을 하던 사람들 얘기로, 금방 숨넘어가는 사람도 고모의 얼굴만 보면 편안한 모습으로 눈을 감는다고 했다.

나는 침침한 거실 소파에서 몸을 일으키며 숨을 깊이 들이마신다. 오늘 상태로 미뤄 아내는 고모의 그 인생마저 끌어안은 채 어둠 속에 꽤 오래 갇힐 것이 분명했다.

아내의 어둠, 신혼여행 때 그것과 처음 만났다. 신혼여행 내내 아내는 잠자리하기를 거부했다. 도대체 무엇 때문에 이러는 거야? 내 다그침에 아내가 말했다. 결혼식이란 게 이렇게 더러운 기분이 드는 줄 몰랐어. 사람들 모두 참 이상해. 아내는 결혼식 전부터 얼굴이 굳어 있었다. 갖가지 포즈를 취해야 하는 사진 찍는 일에 우선 짜증이 난 듯했다. 사진사는 전혀 자세를 잡아주지 않는 아내에게 화도 못 내고 눈치껏 사진을 찍느라 곤혹을 치렀다. 그리고 무엇보다 아내는 사람을, 특히 그 무리를 싫어했다. 얽히고설키는 온갖 인간들의 행태가 구역질난다고 했다. 결혼 전 일 년 남짓 사귈 때는 그것이 어둠의 기미인 줄 몰랐다. 집 밖에 나오기가 싫어졌다는 이유로 갑자기 약속을 취소하거나 이따금 핸드폰을 꺼놓아 연락두절이 되는 아내였기에 더욱 조바심치듯 마음이 끌렸는지도 모른다. 조금 남다른 아내의 성격은 이상하게도 내 마음을 진정시키는 효과가 있었다. 이해할 수 없는 것을 우기거나 까닭을 알 수 없이 예민하게 구는 아내의 비위를 맞추다 보면 어쩐지 마음 한구석이 따뜻하게 젖어오는 느낌이었다. 나는 세상을 싫어하는 그네를 내 두 팔 안에 두고 싶었다. 그것은 또한 나 자신을 보호하는 일이기도 했다. 하지만 신혼 첫날밤, 나를 거부하는 아내 앞에서 나는 내 중심이 무너져 내리는 무력감을 느꼈다.

뭐, 더러운 기분? ㅎㅎ 내 어금니 안쪽의 예민한 더듬이가 움직였다. 뭔가 심상찮은 기미가 감지될 때마다 어금니 안쪽으로 고여 오르는 웃음. 나는 원래 잘 웃었다. 흔히 게임의 판세를 살피기 위한 그런 여유의 미소. 실실 웃음을 흘리는 내 눈에 탁자 위에 놓인 두둑한 돈 봉투 하나가 포착됐다. 신혼여행을 떠나는 우리에게 고모가 준 것이다. 고모에 대해, 그 여자의 일생을 아내한테 들려주는 일로 나는 우리의 축복을, 그 칠칠한 첫날밤을 누리고 싶었다. 그러나 그날 한 여자의 일생은 아내가 내뱉은 한마디로 압축됐다. 아, 지리멸렬해. 무슨 드라마도 아니고.

고향까지 두 시간 넘짓한 거리나. 일부 구간의 고속도로 개통으로 시간이 많이 단축되었지만 마음의 거리는 하나도 줄어들지 않았다. 오히려 가까워진 거리만큼 마음은 더 무거웠다. 중학교를 마치면서 곧바로 떠났던 고향이다. 아버지의 아버지, 그 아버지의 할아버지 대를 거슬러 그 누구도 해내지 못한 벗어남이었다. 시골집을 떠나는 일은 제 앞가림을 하지 못하는 반편이 형에 대한 애증으로부터 멀어지는 일이기도 했다. 하지만 내가 정말 벗어나고 싶었던 것은 고모의 지난한 삶이었다. 원귀에 씌우기라도 한 듯 고모는 당신이 태어난 그 집을 악착같이 지키고 있었다. 생각해보면 아이러니한 일이다. 그 모든 것들로부터 벗어날 수 있는 길을 내게 열어준 것이 바로 고모였으니 말이다. 학교도 하숙집도 모두 고모가 서울을 오르내리며 다 해결했다. 재식아, 넌 그저 공부만 열심히 해라. 그거면 돼. 고모의 말대로 공부에만 매달렸다. 내가 생각해도 그 길밖에 없었다. 고모를 위하는 것도, 그리고 우리 집 마당의 그 귀신돌에서 벗어나는 것도. 고모의 지극정성이 그것을 가능케 했다. 누나나 반편이 형이 볼 때 나는 고모의 아들이나 다름없었다.

"차에 치였다니까. 만배 아저씨 차."

고향 내려가는 시외버스 속에서 어떻게 된 일인지를 확인하는 내 전화에 읍내 누나의 목소리가 왠지 불퉁스럽다. 하필 만배 아저씨 차라니. 어쩌다 그런 일이 생겼단 말인가. 그의 충격도 만만치 않을 것이다. 송곳 모로 꽂을 땅뙈기 하나 없이 몇 대를 옹기말 우리 집 앞에 살고 있는 만배 아저씨다. 아저씨는 한우 사육에 재미를 봐 자식들을 모두 고등학교까지 공부시켜 대처에 내보낸 뒤 달랑 혼자 살았다. 그는 소 키워 번 돈으로 우사가 들어선 우리 밭을 사려 했지만 아버지가 막무가내로 팔지 않아 그 땅 도지 대신 우리 집 농사를 도맡아 도왔다. 말을 더듬긴 해도 생각이 깊고 사리가 분명한 사람이었다. 아저씨는 우리 가족이 아버지와 소통할 수 있는 출구였다. 어린 시절 나나 누나는 툭하면 아저씨를 찾아갔다. 우리가 아버지에게 바라는 것이 있을 때면 그를 통하는 것이 가장 효과적이었다. 누구 말도 시답잖게 여기는 아버지였지만 당신의 불알친구 말만은 비교적 귀담아 들어주었다. 쟈가 수, 수학여행을 가, 가, 간다니까 도, 돈 좀 해줘라.

그뿐만이 아니다. 아저씨는 우리 앞집에 살면서 고모의 울타리 역할을 자청했다. 고모는 한때 고 상사라는 남자 집에서 그 집 애들을 돌보며 산 적이 있다. 마누라가 애들을 놓고 도망간 집이었다. 명색이 고모의 첫번째 남편인 고 상사는 육이오 참전 상이군인으로 고모를 학대하는 일을 낙으로 삼았다. 게다가 아편쟁이인 그는 모르핀을 구해 오지 않는다고 고모한테 매질까지 했다. '이 양갈보, 똥갈보 년이……' 그의 생각으로 고모는 미군부대에 쉽사리 들락거리는 여자였다. 구박을 더 이상 견디지 못하고 집으로 돌아온 고모를 찾아와 행패도 여러 번 부렸다. 그때 고 상사의 의수 갈고랑이를 잡아챘다가 경찰서에 불려가 곤욕을 치른 것도 만배 아저씨다.

읍내 종합병원 장례식장에는 누나와 매형 그리고 마을 사람들 몇이 앉아 있었다. 달려 나와 나를 반긴 사람은 형수 체리안이다. 많이 울었는지 체리안의 눈가와 코끝이 벌겋다.

"세울 서방님, 혼자 오선네요."

형은 마흔 살 나이에 필리핀 알바이가 고향인 체리안을 색시로 얻어 아들까지 낳았다. 고모가 직접 먼 나라까지 가서 선을 보고 데려온 체리안은 환경 적응이 놀라웠다. 반편이 남편을 거두는 일도, 눈길 한번 제대로 주지 않는 시아버지 비위를 맞추는 일도 어렵잖게 웃으며 해냈다. 고모의 표현대로 천사였다.

네 살짜리 자기 아들 준호 수준의 언동을 가진 형은 늘 천사 체리안 뒤를 졸졸 따라다녔다. 아니나 다를까, 둘째 아이를 가져 배가 불룩한 체리안 뒤에 형이 히히거리고 서 있다.

"째식아, 이앙갈브 죽었따."

나는 형의 말을 못 들은 척 시선을 다른 데로 돌린다. 빈소 한구석에 앉아 있던 고 상사의 아들 수천이 나를 향해 손을 흔든다.

"어이구, 이제 진짜 아들이 오셨구먼."

"석패 그 양반은 왜 함께 안 왔어요?"

내친김이라 내가 먼저 선수를 친다. 그러자 똥 먹은 거 안 들켰다고 겨 묻은 개 흉본다.

"안 올 리가 있나. 자네 고모가 지 앞으로 들어둔 보험이 있다고 그걸 내놓으라고 난리를 친 게 벌써 언제부터라구."

수천이 다시 목소리를 착 낮춰 내 귀밑에 대고 속삭인다.

"자네 고모 정말 대단한 사람이여. 내 듣기로 여러 사람 앞으로 보험을 부어왔다는 게야. 아까 석패가 죽은 사람 앞에서 지랄발광을 떨구 간 게 다 뭣 때문이겠어."

고모가 손에 들었던 화투짝에 석패란 망나니도 있었다. 석패역시 자기 어미가 버린 자식으로 고모가 십여 년 이상 거두다가 결국 포기하고 돌아온 최필두의 아들이다. 최필두는 월남전에서 사람을 죽여 그 해골을 허리에 차고 다녔다는 무용담을 늘어놓을 때면 입에서 게거품이 게게 흘렀다. 그는 하루에 술 서너 병을 마셔야 하는 알코올 중독자로 일주일에 한 번씩 원호청에 쳐들어가 행패를 부린 끝에 고엽제 후유 진단을 받아냈다. 욕심이 지나치면 화를 부른다고 했던가. 그 급수가 너무 낮다고 그 뒤로도 원호청을 뻔질나게 오르내리다 술에 취한 상태로 길바닥에서 객사했다. 방학 때 고향에 내려왔다가 최필두 아들 석패가 고모를 찾아와 난동 부리는 것을 목격한 적이 있다. 고모한테 돈을 뜯어내기 위한 행패였다. 석패가 그날 떠벌린 억지말 하나가 잊히지 않는다. 월남전에서 고엽제 누가 뿌렸냐, 미군, 미군 놈들이여. 그러니까 내 말은 양키 놈들 돈 빨아먹고 산 양갈보가 우리 아버지 고엽제로 죽은 대가를 치러야 한다 그 얘기여.

"자네 아버지두 만배 그 양반하구 어제 경찰서에서 꽤 늦게까지 조사를 받았다고 하데."

마을 사람을 통해 그때까지 빈소에 모습을 보이지 않는 아버지와 만배 아저씨의 그간 사정을 듣는다. 고모가 차에 치인 걸 그 현장에서 맨 처음 발견한 사람이 아버지라 한다. 아버지는 숨이 끊어진 고모를 두고 우선 만배 아저씨부터 찾아야 했다. 만배 아저씨는 우사에 세웠던 차를 후진하다가 뒷바퀴에 사람이 치인 것도 모르고 읍내로 차를 몰고 나갔던 것이다. 어찌어찌 아버지의 연락을 받은 만배 아저씨가 곧장 옹기말로 돌아온 것까지는 좋았다. 그러나 자기 차에 치어 이미 죽어 있는 사람을 병원까지 데려간 것이 문제였다. 사고 신고도 사망 확인 한참 뒤에야 했으니 일이 어렵게 될 수밖에. 시간 짐작으로 미뤄, 그때 아버지는 만배 아저씨 차에 고모 시신을 실어 읍내 병원으로 내보낸 뒤 나한테 그 부음을 전했을 것이다.

만배 아저씨는 자신의 소들에게 배합사료를 먹이로 주지 않았다. 대신 새벽마다 읍내 식당을 직접 돌며 거둔 음식물 찌꺼기에 볏짚이며 톱밥 따위를 넣어 끓인 여물을 먹였다. 그날도 아저씨는 꼭두새벽에 우사 옆에 두었던 낡은 트럭에 올라 삼십여 미터나 되는 좁은 언덕길을 후진해 내려왔을 것이다. 그리고 공소에서 새벽 기도를 마치고 돌아오던 고모를 미처 발견하지 못했을 터.

나는 누나를 빈소 한쪽 구석으로 부른다.

"누나, 체리안까지 경찰서에 가 조사를 받았다는 건 뭐예요?"

누나는 내게 우리 가족사는 물론 마을 사람들 살아가는 이야기를 전하는 메신저다. 결혼을 해 집을 떠나 살면서 누나가 그려내는 그림은 더욱 구체적이 되었다. 할아버지 할머니가 육이오 때 미군 전투기의 기총소사로 죽던 그 순간의 그림도, 아버지가 자기 누나를 양갈보라고 놀려대던 그런 장면이나, 그 양갈보 고모가 고 상사나 최필두와 찢어져 집으로 돌아오던 그날의 정황까지 리얼하게 그려냈다.

그런데 오늘은 이상하다. 말수부터가 적은데다 뭔가 마뜩잖은 기색을 띤 얼굴이라 표정 관리마저 힘들어 보인다.

"뭐긴, 자살을 했을 수도 있다고 보는 거지."

"고모가?"

내 놀람에 누나가 볼멘소리로 툭 한마디.

"고모가 벌써 전에 유서를 써놓았댄다."

S# 읍내 경찰서 교통계. 체리안이 경찰관 앞에 앉아 있다.

'이거 읽어봐요.'

체리안이 잔뜩 겁먹은 얼굴로 경찰관을 쳐다본다.

'우리 글인데 이거 못 읽어요?'

'읽어요. 그러나 모르는 말 많아요.'

'이거……'

'허전임.'

'허정임이 누굽니까?'

'우리 꼬모 이름.'

'이건?'

'체리안, 내 이름.'

'그럼 이 유서가 당신 앞으로 쓴 거라는 거 알겠네.'

'유서? 그거 먼지 몰라.'

경찰관이 웃는다.

'그럼 이거 읽어봐요.'

'투 따우전드 쎄븐, 에프릴, 써티.'

'대학 나왔다더니 역시 영어는 잘하는군. 이천칠년 사월 삼십일. 이날 당신 고모가 당신한테 이 유서를 쓴 거야.'

그때 재숙이 숨 가쁜 얼굴로 체리안 뒤에 보인다.

'오늘이 몇 년 몇 월 며칠이요? 이번엔 우리말로 해요.'

재숙이 뒤에서 꺼든다.

'오늘이 며칠이냐고 묻잖아.'

재숙의 목소리를 듣고 체리안 얼굴이 확 펴진다.

'나, 알아, 요. 오늘 이십오일. 십월, 투 따우전드 나인.'

경찰관이 옆의 경찰관을 향해.

'이거 이 년 전에 쓴 게 맞구먼.'

재숙, 경찰관 책상 위에 펼쳐진 A4용지를 내려다본다.

　형수 체리안이 눈에 띄게 부른 배로 문상객들 자리에 음식을 나른다. 그네가 몸에 걸친 상복 차림이 작고 가무잡잡한 얼굴과 썩 잘 어울려 보인다. 좀 전까지 보이지 않던 준호가 자기 엄마 상복 자락을 들락거리며 장난을 친다. 눈이 크고 땡글땡글한 것은 자기 엄마를 빼닮았지만 인중이 길고 코가 납작한 것은 형 모습 그대로다.

　"쟈가, 저 집안 대를 잇게 되겠구먼. 재식이 저 사람이 아직……"

　마을 사람 하나가 그런 말을 하다가 나와 눈이 마주치자 얼른 입을 닫았다.

　가끔 들어서는 조문객을 맞는 일은 어느 새 내 몫이 돼버렸다. 형도 거동이 좀 그렇긴 해도 나름으로 집안 맏이로서의 소임에 충실했다. 그러나 자리를 오래 지키지 못할 뿐 아니라 가끔 조문객을 난감케 했다.

　"삼포 아자씨, 우리 이앙갈브 사진 이쁘지유?"

　칠십셋에 죽은 고모는 오십대쯤 나이의 흑백 영정 사진으로 환하게 웃고 있었다.

　재목아, 느 고모 이름 무어니? 이앙갈브. 마을 사람들의 그런 놀림 탓인가, 형은 어릴 때부터 그 말을 입에 달고 살았다. 형에게 양갈보는 고모란 말의 동의어였다. 이것도 가족력인가. 말의 진원지는 아버지였다. 어릴 때 마을 노인들을 통해서 그 얘기를 들었다. 느 아버지 어렸을 때 아주 못된 사람이었다. 뭔 소리여. 커서까지 그 소릴 입에 달고 살았구먼서두. 살이 쪄도 단단히 낀 거여. 그러지 않고서야 즈 누님한테 그럴 수가 없는 벱이지.

다음은 내가 행시에 붙던 날 고모가 당신의 복받치는 감정을 추스른 뒤 웃으면서 들려준 그림이다.

S# 54년 여름. 구성포 옹기말 길거리. 마을 남자아이들 여럿이 정임의 뒤를 따라가면서 놀린다.

허선구, '우리 누나 양갈보래유. 양키하고 그거 하는 양갈보.'

허선구가 다시, '우리 누나' 하고 선창을 하면, 마을 아이들 다 함께 '양갈보래유. 양키하고 그거 하는 양갈보래유.'

허선구(허정임 뒤를 바싹 따라붙으며), '양키하고 그거 안 하면 까뗌 싸나가뻬치, 양키하고 그거 하면 짭짭 쪼꼬렛.'

정임, 아이들을 향해 몸을 돌린다. 환하게 웃는 얼굴.

양갈보. 행시 공부를 하던 어느 날 느닷없이 그 말이 떠올랐다. 무료함이다. 행정학 책들 사이에 꽂혀 있는 국어사전을 뒤진다. 없다. 사전에도 없는 말이 왜 그렇게 내 머릿속에 박혀 있는 것일까. 갈보. 남자들에게 몸을 파는 여자를 속되게 이르는 말. 양놈, 양키, 양공주, 양색시. 에전에 미군 병사를 상대로 몸을 파는…… 책을 덮고 우체국으로 간다. 고모가 부쳐 온 돈을 찾기 위해서다.

고모가 고 상사한테 매를 맞고 보따리를 싸서 집으로 돌아온 날 아버지는 집 뒤꼍 굴속에 들어가 나오지 않았다. 그날 나는, 굴속에 들어간 아버지가 먹을 음식을 들고 집 뒤꼍으로 돌아가는 고모를 따라갔다. 문이 안으로 걸린 굴 입구에 고모가 음식 그릇을 내려놓았다. 그리고 옆에 서 있는 누나와 내 머리를 쓰다듬으며 웃었다. 고모, 왜 웃어? 그때 그렇게 묻고 싶었을 것이다. 그러나 나는 그날 아버지의 땅굴 앞에서 불쑥 이런 말을 던졌다.

"고모, 사람들이 왜 고몰 모두 양갈보라고 불러?"

옆에 있던 누나가 내 등을 후려쳤다. 그러나 고모는 내 물음에 금방 대답했다.

"흐흐, 그때 내가 그렇게 살았어."

그때의 고모 얼굴 표정이 어떠했는지 기억하지 못한다. 그러나 또다시 내 등을 내리친 누나의 손바닥 느낌만은 아직도 생생하다. 아무튼 그날 이후 나는 가끔 그 시대를 그렇게 산 고모의 삶을 모자이크하듯 하나하나 짜 맞추기 시작했다. 여러 조각이 모여 맞춰진 그림에서도 고모는 항상 웃는 얼굴이었다.

"고모, 내가 고몰 많이 닮았지?"

신혼여행에서 돌아온 뒤에도 한동안 잠자리를 거부하는 아내 문제로 고모와 상담하는 자리였다. 그때 나는 처가의 완벽하면서도 어딘가 경직된 분위기를 고모한테 귀띔함으로써 발작처럼 시작되는 아내의 어둠을 고모에게 이해시키려 했는지도 모른다. 그리고 잠자리를 거부하는 아내 앞에서 어쩔 수 없이 무력해지는 그 불쾌하고 난감한 상황에서도 내 어금니에 고여 오르는 웃음의 정체를 놓고 그런 질문을 던졌을 것이다. 그때 고모가 웃으며 한 말이 생각난다.

"닮을 수밖에. 자네가 내 인생까지 살고 있잖아."

그 말끝에 고모가 한 마디 더 보탰다.

"조카 와이프, 그 애도 어딘지 우리와 닮았잖아. 자기 집에서 벗어나고 싶어 결혼을 택했다고 버젓이 말했다며? 또 한 생을 세상에 내놓는 게 싫어 애도 안 낳겠다고. 그러니 어쩌겠어. 그런 사람 선택한 사람이 끌어안고 갈밖에. 수월한 삶이 어디 있나. 들여다보면 다 그렇고 그래."

그날 고모는 불현듯 당신이 가장 행복했던 어린 시절 한 토막을 나한테 들려줬다.

S# 1948년 봄. 구성포 옹기말 읍내 성당 공소 앞. 옹기가마에서 일하는 옹기장이 등 마을 사람들이 모여 예배를 보고 있다. 공소 앞마당에는 마을 아이들이 새끼를 동그랗게 묶어 공놀이에 열중이다. 그때 작은 보따리를 든 정임이 정자나무 밑 옹기로 빚어 세운 마리아상 앞에 머리를 숙여 기도한다. 마을 아이들이 정임을 둘러싼다.

정임이 또래의 여자아이, '와, 정임이 너 좋겠다. 읍내 가서 학교도 다니고.'

남자아이, '선구 누나, 거기 가면 여기서처럼 읍내 성당 청소도 한다며?'

히선구가 나선다. '울 누나 읍내 중학교도 다닌다. 토마 신부님이 그랬잖아. 울 누나가 꼬부랑말도 젤 잘한다고.'

정임이 활짝 웃으며, '느덜 내 동생하고 잘 놀아야 해.'

남자아이들이 선구의 머리를 쥐어박으며 웃는다.

그때 공소 문이 열리며 공소 회장님과 읍내 성당에서 온 눈빛이 파란

토마 신부님이 나오고 그 뒤로 정임의 부모 따라 나온다.

"참 알 수 없는 양반이야."

"아무리 그렇다 해도 여긴 와야 도리가 아닌가 그 말이여. 지금까지 이만큼 산 것도 다 돌아가신 저 누님 때문인데 말이여."

"어릴 땐 돌아가신 분을 그렇게 잘 따랐다면서요?"

"당연하지. 오대독자 동생인데 그 누님이 얼마나 잘해줬겠어."

"그런데 언제부터 누님한테 그렇게 못되게 한 거에요?"

"원래 집에서 오냐오냐 키운 애들이 다 그렇긴 하지만 선구 그 사람이 백팔십도 달라진 결정적 이유가 있지."

다른 노인이 껴들었다.

"은젠가 선구가 지 입으루다 그러데. 즈 어머이 아버일 죽인 게 즈 누나라구."

먼저 노인이 다시 나섰다.

"바루 그거여. 즈 누나가 미국 뱅기를 보구 손을 흔들어 총을 쏘게 했다는 거지."

"그냥 손만 흔든 게 아니라 성당 신부님한테서 배운 꼬부랑말을 하면서 손을 흔들었다는 거야."

마을에 떠도는 온갖 불미스러운 소문을 뒤집어쓰고도 고모는 왜 끝까지 옹기말 우리 집에 머물러 사는 것인지, 어린 시절 내게 고모의 험난한 삶은 풀기 어려운 수수께끼였다. 어느 날 나는 술래잡기로 형을 따돌린 뒤 누나와 함께 집 뒤꼍 고목 밤나무 뒤에 숨었다. 그 밤나무 뒤에서 누나와 나는 그동안 동네 사람들 입을 통해 주위들은 고모 이야기를 짜 맞췄다.

'글쎄, 그때 고모가 할머니 할아버지가 죽었는데도 감자범벅을 먹고 있었다지 뭐야.'

마을 사람들의 입을 통해, 그것이 누나의 기억에서 다시 내 머릿속에 그려지는 그림이다.

S # 1950년 가을. 옹기말 허선구네 집 마당.

쩡쩡하게 맑은 가을 하늘. 마을 공소에 본부를 둔 인민군 서너 명이 허선구네 집 마당을 들여다보며 지나간다.

정임과 그 부모, 마당에 편 멍석 위에 둘러앉아 감자범벅을 먹고 있다. 허선구는 마당 한쪽 외양간 앞에서 고추잠자리를 잡아 장가보내는 놀이를 하고 있다.

어디선가 맷돌 돌아가는 소리. 허선구의 아버지(멍석에서 벌떡 일어나며 남자 아이를 향해 소리친다).

'뱅기다 뱅기, 어서!'

놀란 허선구의 손을 벗어난 잠자리가 꼬리에 풀대를 꽂은 채 날아간다.

허선구, 외양간에 숨어 밖을 내다본다. 그리고 쐐액― 날카로운 굉음. 정임과 정임 부모, 낮게 스쳐 가는 미군 전투기를 쳐다본다. (비행기를 향해 쳐든 정임의 손과 웃는 얼굴) 그 순간 마당의 흙이 하늘 높이 솟구쳐 오른다. 먼지기 기리앉으며 마당에 피를 뿜어내며 쓰러져 있는 징임의 부모.

정임, 손에 감자범벅을 든 채 멍청한 얼굴로 서 있다.

문상객의 발길이 드문 빈소 한구석에서 마을 사람 서넛이 술을 먹고 있다가 나를 발견하자 술잔을 내밀었다.

"재식이, 자네 공무원 생활 그만 접고 군수 나올 때 되지 않았어? 돌아가신 저 양반두 아마 그걸 바라고 있을걸."

내가 행정고시에 붙어 오급공무원으로 중앙부처에 자리를 잡았을 때 고모가 맨 먼저 한 말도 그거였다. 언제고 고향에 내려와 군수나 국회의원 한번 하면 좋겠다고. 고모의 그 바람은 드라마 같은 자기 인생의 해피엔딩이었을 것이다.

고모는 언젠가 당신이 좋아하는 안방극장 얘기 끝에 '난 가끔 나 사는 거 그대로 찍어서 누군가 보고 있는 거 아닌가 그런 생각이 들어. 그렇게 멀찍이서 보면 재미는 있을 거 같아. 담은 어찌 되나 궁금도 할 거고.'

내가 실제 그런 상황을 소재로 한 외국 영화가 있다고 하자 고모가 잠시 뜸을 들인 뒤 말했다. '그런 거 보면 지금 딴 나라 어디에도, 우리 동생처럼 땅굴을 파고 있는 인간이 있는지 모를 일이네.' 그러면서 고모가 큰 소리로 웃었다.

그때 나는 아버지의 땅굴 파기 그 집착이야말로 고모를 겨냥한 트라우마 게임이 아닐까 하는 생각을 했다. 그 생각은 내 가슴 밑바닥에 들끓고 있는 아버지에 대한 적개심이었는지도 모른다.

고모가 다니는 읍내 성당 교우들 여럿이 한꺼번에 문상을 왔다. 그 틈을 타 나는 장례식장을 빠져나왔다.

읍내 강을 건너 여우고개를 넘으면 옹기말이다. 내가 어렸을 적만 해도 우리 집 뒤쪽에 옹기를 굽던 가마터가 남아 있었다.

아주 까마득한 옛날부터 있었다는 그 가마터 굴속에 산다는 도깨비 얘기를 어린 시절 내내 듣고 자랐다. 도깨비는 사람이 죽어서 된 음귀와 다르다. 빗자루나 부지깽이같이 사람이 쓰다 버린 물건이 밤이면 도깨비가 되어 불을 번쩍이며 나타난다는 것이다. 아침에 일어나보니 솥뚜껑이 솥 속에 들어가 있었다든가 누군가 밤에 아무개 논에 개똥을 쳐다 놓았다는 등 도깨비의 장난기 어린 신통력은 언제 들어도 재미있었다. 그믐밤이면 마을 천주교 공소 느티나무 밑에 누군가 옹기로 빚어 세운 마리아상을 찾아와 놀고 간다는 천사 도깨비 얘기가 있는가 하면 급기야 어떤 도깨비는 만배네 집 송아지를 지붕 위에 올려놓는 괴력까지 보였다. 송아지가 지붕에 올라간 그 소동에 세 살짜리 만배가 놀라 그때부터 말을 더듬기 시작했다는 얘기까지도 마을에 전설처럼 전해졌다.

그 도깨비불이 우리 집으로 들어왔다. 언제부터인가 마을 사람들이 우리 집을 도깨비집이라고 불렀다. 집 뒤꼍에 있었던 가마터도 그렇지만 그 옆에 밤이면 도깨비가 땅굴을 파고 있었기 때문이다. 어느 때인가 우리 집 마당 한가운데 큰 돌 두 개를 날라다 놓은 것도 땅굴을 파는 그 도깨비 짓이라고 했다.

도깨비집답게 우리 집은 삼십여 가호 남짓한 옹기말의 다른 집들에 비해 많이 낡았다. 새마을운동이 한창일 때 초가지붕을 벗겨내고 슬레이트를 얹긴 했어도 워낙 노후한 한옥 구조라 지붕이 거의 땅바닥에 내려앉을 정도로 가라앉았다. 그러나 아버지가 틈틈이 새 기둥을 세우고 흙벽돌을 찍어 몇 군데 벽을 새로 쌓았지만 워낙 오래된 집이라 헐어내고 다시 짓지 않는 한 마을에서 가장 낡은 집으로 남을 수밖에 없었다.

귀곡산장 같아요. 결혼을 앞두고 우리 집을 다녀온 뒤 아내가 한 말이다.

아버지는 집을 새로 짓자는 내 말을 번번이 묵살했다. 할아버지의 할아버지 때부터 터 잡아 살아온 집을 함부로 헐어버리면 조상 귀신이 노한다는 것이다. 필리핀에서 체리안을 데려올 때 그 일을 주선한 고모가 새집을 짓자고 해도 막무가내였다. 새집을 짓지 못한 데에는 새집을 지으면 자기가 밖에 나갔다가 찾아올 수 없다고 버티는 형의 고집도 한몫했다. 형은 방위를 감지하는 능력이 유난히 모자랐다. 형이 밖에 나갔다가 집으로 돌아올 때는 언제나 마을의 여러 집을 들락거렸다. 형이 집 찾기의 가장 좋은 표적으로 삼는 것이 우리 집 마당에 놓여 있는 커다란 돌 두 개다.

집 마당 한가운데 놓여 있는 커다란 돌 두 개 중 하나는 사람이 조금 힘만 주고 밀어도 흔들리는 흔들바위였다. 내가 태어나기 전부터 있었던 돌이지만 나는 자라면서 그 돌에 대해 불만이 많았다. 마당에서 제대로 뛰어놀지 못하는 것도 그랬지만 사람들이 그 돌을 보고 귀신 돌 어쩌고 수군거리는 것이 싫었던 것이다.

자네 아버지 참 독한 사람이다. 그걸 죄다 혼자 힘으로 했다면 누가 믿겠어.

여덟 살 나이에 집 뒤꼍의 돌을 집 마당 한가운데로 옮겨올 엄두를 낸 아버지 얘기다. 아버지는 전쟁 때 미군 전투기 기총소사로 할아버지 할머니가 마당에서 즉사한 그다음 해부터 집 뒤꼍 옹기흙을 파던 구덩이를 막아놨던 그 돌을 지렛대로 움직이기 시작했다는 것이다. 어른 수십 명이 달라붙어도 움쩍도 안 할 그런 큰 돌을 움직이는 데 썼던 지렛대가 수백 개는 될 것이라고. 집 뒤꼍의 돌 두 개가 마당 한가운데로 온전히 다 옮겨진 것은 아버지가 입영통지서를 받은 그해였다고 하니 족히 십이 년은 걸렸을 터.

우리 동생한텐 저 돌이 그냥 돌이 아니겠지.

할아버지 할머니가 기총소사로 즉사한 바로 그 자리에 놓인 돌을 평생 보고 살아온 고모의 말이다.

마당 한가운데로 옮겨다 놓은 그 돌도 그렇지만 아버지의 정신이 좀 이상하다는 말들을 하기 시작한 것은 집 뒤꼍의 땅굴이었다. 스무 살에 입대한 아버지는 훈련소를 거쳐 자대 배치를 받은 지 육 개월 만에 의병제대를 해 집으로 돌아왔다. 그 무렵부터 아버지의 땅굴 파기가 시작됐다는 것이다. 집 뒤꼍 옹기 구덩이 입구에 막아놨던 돌이 마당으로 옮겨진 바로 그 지점에서부터 땅을 직선으로 파들어 가기 시작한 것이다.

처음에는 옹기 흙이 조금 나왔지만 파 들어갈수록 차진 점토가 나왔다. 아버지는 파낸 흙을 집 주변의 밭에 내다 뿌렸다. 처음에 사람들은 아버지가 땅심을 높이기 위해 딴흙을 파다 밭에 뿌리는 줄 알았다. 그러나 아버지의 땅굴 파기는 텃밭 객토와는 무관하게 쉼 없이 계속됐다. 아버지가 땅굴을 파는 것은 주로 남들이 깊이 잠든 한밤중이라 아침에 일어나 보면 집 주변 밭에 아직도 마르지 않은 차진 흙이 뿌려져 있었다.

아버지의 땅굴 파기가 좀 뜸했던 기간이 있었다고 한다. 결혼을 해 우리 삼 남매를 낳아 기르는 동안의 칠팔 년 정도. 그러나 어머니가 읍내 장에 나갔다가 돌아오는 중 여우고개에서 심장 마비로 쓰러져 돌아가신 뒤부터 아버지는 많은 시간을 땅굴 속에서 보냈다는 것이 고모의 증언이다.

내가 올케 죽었다는 소식 듣구 집에 오니 그때 벌써 자네 아버진 굴속에 들어가 있었어야.

아버지가 그 굴을 처음 팔 때 마을 사람들은 농작물 월동 저장창고쯤으로 생각했다. 그러나 시간이 지나면서 아버지가 파는 굴에 대해 말이 많아졌다. 뭔가 수상쩍은 기미를 발견한 것이다. 이십 리 거리의 읍내 어느 금은방까지 파 들어갔는지도 모른다는 말들도 했다. 조금 더 현실적인 것으로는 아버지가 언제 또 터질는지 모르는 전쟁에 대비해, 원자폭탄이 터져도 안전한 그런 땅굴을 파고 있을 것이란 얘기였다. 더 뭣한 생각을 얘기하는 사람도 있었다.

예서 휴전선까지 겨우 삼십 리여. 이게 뭔 얘긴지 이제 알겠지?

말두 안 되는 소리.

말이 안 되긴. 그 양반 즈 부모가 미국 비행기에 죽은 뒤로 빨갱이 다 된 거 몰라. 명목이 의병제대지 그 양반 전방 초소에서 야전삽으로 땅굴 파다 들켰다는 얘기도 못 들었어? 둘째 아들 재식이 고시에 붙고 신원조회할 때두 즈 아버이 사상이 문제가 됐다잖아. 그 사상이 문제였다 그 얘기여.

S# 마을 공소 느티나무 밑. 읍내 경찰서 정보과 형사와 정임이 마주 앉아 있다.

형사, '이건 그냥 형식적으로 물어보는 거니까 달리 생각하실 거 없습니다.'

정임, '말씀허세요.'

형사, '허재식 씨의 부친이 저렇게 사람 만나길 싫어하는 이유가 뭡니까?'

'우리 동생은 원래 그런 사람이에요.'

'그런 사람이란 다른 사람들과 그 사상도 다르다는 뜻으로 생각해도 좋습니까?'

정임(어이없다는 듯 웃으며), '사상이 뭔데요?'

형사, '불온 사상 할 때의 그런 사상 말입니다.'

정임, '혹시 최석패가 또 우리 동생을 빨갱이라고 신고한 거 아니에요?'

도깨비집 도깨비 영감의 땅굴 이야기는 옹기말의 현대판 도깨비 이야기로 전승된다.

그 영감, 가마터 도깨비한테 홀린 거여. 멀쩡한 정신으루야 그걸 못하지.

도깨비가 아니라, 사람 죽은 귀신이 씌운 걸세. 그 집터가 그런 데 아닌가.

귀신이구 도깨비구 대체 뭣에 쓰려구 그 굴을 판다는 거예유?

그거 그 양반 세상이 무서워 숨어 사는 데여.

시상이 뭐가 그렇게 무섭다는 거예유?

이 사람아, 내가 그걸 알면 정신병 고치는 의사여.

내 초등학교 선배인 마을 이장은 나를 만날 때마다 그 굴을 허물어버려야 한다고 했다. 마을 사람들한테는 그게 흉물이라고, 사람들 모두가 마을에 가끔 안 좋은 일이 생길 때마다 그 땅굴 얘기를 들먹인다는 것이다.

이장과 달리 아버지의 땅굴을 다른 각도로 보는 시각도 많았다.

그걸 헐면 저 사람 아버이 그 당장에 죽어. 평생을 바쳐 판 굴이다 그 얘기여.

이장이 다시 나섰다.

평생을 바쳐 그걸 파는 그 이유가 대체 뭐냐 그 얘깁니다.

그래, 이장은 뭣 때문에 사는가, 누가 그렇게 물으면 뭐라구 대답할 거여? 선구 그 양반두 지가 왜 그걸 파는지 그 대답을 못 찾구 있을 거라 그런 얘길세.

내가 여러 번 상담했던 정신과 의사도 그와 비슷한 말을 했다. 대인기피 현상이 좀 지나칠 뿐 아버지의 땅굴 파기를 꼭 병으로 보기는 어렵다고. 땅굴에 매달리는 그 집착을 그냥 취미 생활로 생각할 수도 있다는 얘기다. 그 집착이 남들 눈에 좀 별나 보일 뿐 그것이 아버지의 세상 사는 가장 즐거운 일일 수 있다는.

아들이 별을 달아 마을에 한 달간 그 현수막까지 내걸었던, 아버지와 동갑인 장군의 아버지도 같은 말을 했다.

내 생각엔 그 굴속에 자네 고모가 그렇게 열심히 믿는 마리아 님이 있을 걸세. 어쩜 예수님일 수도. 아니면 부처님일 수도 있네. 내 말은 자네 아버지가 그 굴속에서 뭔가 지가 진 죄를 빌고 있을 수도 있다 그 얘기지.

아버지의 그 땅굴이 염불삼매의 수행 혹은 고해 성사를 하는 성전일 수도 있다는 얘기. 장군아버지의 결론이다.

그 굴, 자네 아버지가 미리 파놓은 자기 무덤이라고 봐도 좋을 걸세. 아마 그 사람 뭔가 심기가 뒤틀리면 그 속에서 다이너마이트를 터뜨릴 그런 사람이란 얘기네.

그 말을 듣고 있던 사람들이 모두 고개를 끄덕거렸다. 아버지가 한때 솔치고개에 터널을 뚫는 공사장이며 인근 채석장에 가 일을 할 때 얻어다 놨던 다이너마이트가 아직 그 굴속에 있을 수도 있다는 생각들을 했을 것이다. 실제로 아버지는 그 굴을 본격적으로 파고들 무렵 딱 한 번 그 폭약을 터뜨린 적이 있었다. 그러나 그 폭파 작업으로 굴 입구가 막혔는가 하면 경찰서까지 잡혀갔다 온 뒤론 더 이상 폭약 터지는 소리를 들을 수 없었다는 것이 마을 사람들 얘기다.

언제부터인가 아버지는 집 안 전기단자에 전깃줄을 연결해 굴속으로 끌어들였다. 그것이 굴속 조명을 위한 것인지 아니면 전기모터를 쓰는 착암기 사용과 관련이 있는 것인지는 누구도 알지 못했다. 그러나 아버지가 읍내 전파상에서 전깃줄을 사들이는 것이 여러 사람 눈에 띄었다. 아무튼 명주실 몇 꾸리가 풀려 들어간다는 덕머리 용담의 물속 깊이처럼 아버지의 땅굴 깊이 추정도 그 전깃줄 길이만큼 늘어났다.

언뜻 생각에 굴속으로 들어간 그 전깃줄만 끊어놓으면 아버지의 땅굴 파기도 그것으로 끝일 것 같았다. 그러나 누구도 굴속으로 연결된 콘센트에서 전기 플러그를 뽑지 못했다. 땅굴과 함께한 아버지의 그 세월, 그의 생활이고 당신의 언어인 그 집착에 대한 경외였을까.

알고 보면 고모야말로 아버지의 땅굴 파기 그 방조자였다. 고모는 아버지가 땅굴로 들어가는 날부터 한결 활기찬 모습을 보였다. 아버지가 굴속에 들어가 땅을 파는 기색이면 단 하루도 거르지 않고 그 굴 앞에 아버지가 먹을 음식을 냄비에 담아다 놓았다. 고모가 굴 앞에 놓은 음식은 번번이 한밤중에 비워졌다. 굴 앞에 놓은 음식 냄비가 일단 사라졌다가 어느 순간 다시 그 자리에 놓이는 일로 그것이 고양이 등 들짐승 짓이 아닌 것만은 분명했다.

어느 때부터인가 체리안이 고모가 하던 일을 그대로 따라 했다.

"우리 시아부지 굴 파는 거 참 재미이써, 요. 필리핀에도 굴 속에 들어가 사는 할아부지 하나 있써요. 그 할아버지 굴속에서 죽은 사람 만나 얘기 많이 한대요. 우리 시아버지 굴속에서 누구 사람 만나나 궁금해요."

체리안은 이런 말도 했다.

"이상해요. 시아부지 우리 꼬모하고 한집 살면서 말 안 하는 거. 그래도 꼬모 하하 많이 우서요."

짐작한 대로 아버지는 집에 없는 모양이다. 기척은 없지만 집 안을 구석구석 두루 돌아본다. 밖에서 보기엔 그 몰골이 말이 아니지만 집 안은 정갈하게 잘 정리돼 있다. 티브이도 대형이고 냉장고도 신형으로 들여놓아 도시의 살림살이나 다름없어 보인다. 고모가 다 들여놓고 사는 것이지만 그 살림을 주로 형수 체리안이 맡아 하면서 더욱 윤이 났다.

집에서 나와 밤나무 고목과 대추나무 두 그루가 서 있는 집 뒤꼍으로 돌아가본다. 아버지의 땅굴 주위로 고모가 틈틈이 하던 토종벌통이 네댓 개가 놓여 있었지만 지난겨울 추위로 많이 얼어 죽었다던 고모의 말대로 벌 움직임이 별로 활발해 보이지 않는다.

아버지의 땅굴 입구 두꺼운 나무문 바깥쪽에 자물쇠가 걸려 있다. 고모의 차 사고 일로 경찰서에서 조사를 받고 나온 뒤 빈소에 얼굴도 내밀지 않은 이가 있어야 할 곳이 여기밖에 더 있는가. 나는 이중으로 굳게 잠긴 자물쇠 앞에서 망연히 주위를 둘러본다.

집안에 무슨 일이 있을 때마다 굴속 칩거를 하는 아버지 때문에 우리 삼 남매는 많은 시간을 집 뒤꼍에서 보냈다. 아부지, 나두 거기 들어가구 싶따. 형은 열쇠가 안으로 잠긴 굴 문을 발길로 차며 아버지를 불렀다. 누나는 굴 입구에서 파낸 옹기 흙으로 사람 형상을 만들어 늘어놓곤 했다. 이거 누구야? 제법 여자 형상을 갖춘 옹기흙 인형을 가리켜 보이며 내가 물었다. 누구긴, 우리 어무이지. 그러고 보니 우리 식구 모두가 옹기흙 인형으로 거기 늘어서 있었다. 그런데 고모는 왜 없어. 누나가 대답했다. 아버지가 고모 싫어하잖아.

어느 날인가 우리는 고모와 함께 아버지가 들어가 있는 굴 앞에 음식이 든 냄비와 물병을 내려놓고 합창하듯 아버지를 불렀다. 아부지이— 그렇게 여러 번 부르다가 서로 눈이 마주치면 그게 우스워 깔깔거렸다. 그때 고모는 고 상사와 헤어져 우리 집에 와 있었다.

　고모가 두번째 남편인 최필두와 헤어져 집에 돌아왔을 때도, 고모가 필리핀에 두 번씩이나 다녀와 성사가 된 형과 체리안의 혼례 때도 아버지는 굴속에 들어가 나오지 않았다. 내 결혼식 때도 모습을 보이지 않은 아버지를 두고 아내가 말했다. 당신 아버지, 어쩐지 이해할 수 있을 거 같아. 고모와 같은 세상에 있기 싫은 거야. 그래서 당신만의 세상을 하나 만든 거 아니에요?

　아버지와 고모는 거의 말을 하지 않고 지냈다. 그러나 나는 아버지와 고모가 항상 무슨 말인가 계속 나누고 있는 것만 같았다. 숨고 찾고 기다리는, 그 지루한 시간에 두 사람이 나누는 이야기. 동생, 하고 고모가 부르면 누님, 하고 아버지가 대답한다. 내가 들을 수 있는 것은 거기까지다. 그 뒤로는 두 사람의 말이 서로 엉겨든다. 우는 것도 같고 웃는 것도 같은 두 사람의 웅얼거림. 멀리 가리산을 건너다보는 아버지의 얼굴에 고모의 웃는 얼굴이 겹쳐지면서 두 사람의 말은 번번이 메아리처럼 잦아들었다.

　나는 아버지의 굴 입구, 걸어 잠근 문짝을 손으로 가볍게 밀어본다. 그러나 밖으로 잠겼든 안으로 걸렸든 그 문은 언제나 난공불락이다. 늘 아버지만 생각하면 이 굴이 떠올랐다. 그러면서 어금니에 고이던 웃음. 즐겁지도 않은데 왜 자꾸 웃음이 새어 나오는 것인지. 기쁨이나 슬픔, 나는 내 속에서 그런 감정을 발견한 적이 없다. 그냥 숨을 쉬듯 웃음이 나올 뿐. 쟈도 즈 형하구 똑같다니까. 마을 사람들이 말했다. 쟈가 머리만 좋았지

반편이 즈 형처럼 저래 실실거린다니까. 너도 좀 웃어라. 어느 날 고모가 늘 뚱한 얼굴로 있는 누나한테 한 말이다. 누나가 고모의 말을 바로 받았다. 고몬, 정말 바보 같아. 재목이도 재식이도 다 똑같아.

나는 아버지의 굴 앞에서 엉뚱한 생각을 한다. 아버지도 고모나 나처럼 자꾸 웃음이 나와 그걸 감추느라고 그렇게 굴을 열심히 파냈는지도 모른다는. 실제로 나는 그 굴속에서 웃음을 참느라 몸을 뒤틀고 있는 아버지 모습을 떠올릴 때가 가끔 있었다. 믿거나 말거나, 그것과 관련한 기억 하나. 행시를 치를 때 풀리지 않는 문제 앞에서 불현듯 굴속에서 웃고 있는 아버지의 얼굴이 떠오르는 순간 회심의 미소를 지으며 답장을 메워나갔던 일.

그러나 지금은 그게 아니다. 고모의 급작스런 죽음도 그렇지만 아직까지 모습을 보이지 않는 아버지, 그리고 이 땅굴을 나 혼자 감당하지 않으면 안 될 것이란 생각으로 머릿속이 엉망이다.

"나 지금 거기 가고 있어요."

옹기말 집에 들러 다시 읍내 병원 빈소로 돌아오는 중에 아내의 전화를 받았다. 언제나 그렇듯 아내는 말의 앞뒤가 분명하다. 집을 떠나기 전 아내는 거실 가리개를 모조리 높게 걷고 오래오래 얼굴 화장을 했을 것이다. 아내는 거실 가리개를 조절하듯 자신의 감정 밝기를 조절할 줄 알았다. 아내의 기분은 늘 그랬다. 혼자 깊숙이 빠져들었던 늪에서 멀쩡한 얼굴로 싱싱하게 살아나기. 아내가 가끔 빠져드는 그 늪의 정체에 대해 나는 아직도 아는 것이 별로 없다. 배다른 언니와 남동생이 있고, 장인 장모의 불화가 끊이지 않아 아이들이 각자 자기 방에 숨어 사는 시간이 많았다는 얘기를, 그것도 아내의 배다른 언니를 통해서 얼핏 들었을 뿐. 우울증 진단을 내린 의사의 말은 언제나 같았다. 마음의 감기 같은 것이지요. 감기가 걸리지 않게 하기 위해서는 보온을 하고 그런 것처럼 주위에서 신경을 써주면 좋지요. 경계성 인격 장애를 조심스레 꺼내는 의사도 있었다. 유년 시절의 어떤 각인된 학대 등 충격적인 일에 사로잡혀 있을 때 일어나는 현상일 수도 있다는 얘기. 본인 스스로가 자기를 미워하고 학대하는 과정을 거쳐 다시 자기 사랑으로 돌아오기까지 기다리는 것이 좋다고. 의사는 그 과정에 흔히 있을 수 있는 우울증 환자의 기복이 심한 충동적 감정 휩싸이기와 현실 왜곡 현상에 대해서도 얘기했다.

나는 오래도록 내 품 안에 아내를 보호하고 있다고 믿었다. 그러나 죽은 고모를 만나기 위해 이미 길 위에 있다는 아내의 전화를 받으면서 문득 내 역할이 아버지의 그 땅굴 앞에 가로막힌 단단한 문짝과 같은 게 아니었나 싶었다. 아내가 어둠 속으로 들어가는 순간 철커덕 입구를 닫아버리는. 세상과 맞서 싸우는 고모와 달리 오직 자기 안의 어떤 것과 겨루기 위해 안간힘 쓰는 아내의 그 어둠을 외면하고 있었던 건 사실이다. 외면이 아니라 아예 전의가 없었다. 내가 바라는 것은 오직 마음의 평화. 영정 사진 속, 고모의 웃음 같은 그런 것이었으니까.

빈소로 돌아오니 고모 나이 또래의 아주머니 한 사람이 고모

영정 앞에 어깨까지 들먹이며 울고 있었다.

"읍내 버덩말 살 때 고모를 알았대. 세 사람이 함께 왔었는데 저이 혼자 남아 저래 울고 앉았네."

집에 들어갈 준비를 하고 있던 누나가 고모 영정 앞의 아주머니에 대해 귓속말을 했다.

"아까 왔던 그이들이 다 그러데. 우리 고모가 자기들보다 나인 어렸어도 미국말을 잘해 자기들이 신세를 많이 졌다고. 고모 아니었으면 지금도 험한 인생을 못 면하고 살았을 거라나."

버덩말은 전쟁이 끝날 무렵 주둔한 미군부대를 바라보고 서울은 물론 경상도나 전라도 등의 남쪽 땅에서 고등학교에 다니던 여학생 등 천여 명 이상의 여자들이 몰려와 미군들을 상대로 몸을 팔던 기지촌이다. 지금도 그때 기지촌이 있던 마을에는 그동안 많이 개수되긴 했어도 시멘트 블록으로 지은 건물이 몇 채 남아 있다.

S# 1955년 봄. 버덩말 언덕의 판잣집 좁은 마당. 툇마루에 여자가 엎드려 있다. 잘린 긴 머리카락이 마당에 널려 있고, 여자의 허벅다리가 찢긴 옷 사이로 드러난다.

외국 병사, 마루에 엎드려 있는 여자를 향해 군화 신은 발을 쳐들어 찰 기세로, '깟뎀, 훠크유!'

여자, 외국 병사를 향해 얼굴을 바싹 쳐들고, '이 새꺄, 쥑여라 쥑여!'

외국 병사의 발길이 여자를 사정없이 걷어찬다.

그때 마당으로 정임과 헬멧을 쓴 외국 헌병 두 사람 들어선다. 헌병들 외국 병사를 여자에게서 떼어내 끌고 나간다.

정임, 여자에게 다가가 몸을 일으키며 그 앞에 서류 봉투를 내놓는다.

정임, '언니, 이제 서류는 다 됐어. 브라운하고도 직접 통화했어. 언니 가는 날 가족들하고 공항에 마중 나온대. 언닌 이제 미국 사람 되는 거야.'

여자, 울먹이며, '동생, 고맙데이. 내 죽어두 니 안 잊을 기라예.'

발인을 두어 시간 앞둔 새벽녘에 만배 아저씨가 문상을 왔다. 경찰서에 있는 내 친구들이 힘을 썼을 것이다. 더 늙고 초췌하긴 해도 고모의 영정 앞에 절하는 만배 아저씨의 표정은 생각했던 것보다 어둡지 않다.

문상을 마친 만배 아저씨는 한참 동안 뭔가 망설이는 눈치다. 이윽고 나한테 다가와 목소리를 낮춰 말한다. 그때 새벽 빈소에는 나 하나뿐이었다.

"이, 이건 경, 경찰서에선 마, 말 아, 안 한 건데……"

만배 아저씨는 한참 뜸을 들인 뒤 고모의 영정을 쳐다보며 말을 잇는다.

"자, 자네 고, 고모가 내 차에 이, 일부러 치인 거 같아."

"일부러라니요?"

"자, 자네. 고모가 요, 요즘 마, 많이 아팠거든."

처음으로 듣는 죽기 전 고모의 근황이다. 많이 아팠다는.

만배 아저씨에게 묻고 싶은 말도, 아저씨가 내게 하고 싶은 말도 많은 것 같은데 우리는 더 이상 말을 나누지 못한다. 한동안 옆자리에 앉아만 있던 만배 아저씨가 내 등을 두드리고는 일어선다. 그리고 혼잣소리하듯 웅얼웅얼.

"자, 자네 아부지, 이제 구, 굴 더 못 파, 팔 걸세."

만배 아저씨를 배웅하는 영정 사진 속의 고모는 여전히 환하게 웃고 있다.

만배 아저씨가 돌아가고 난 뒤 곧바로 아내가 모습을 보인다. 새벽 밤길을 달려온 탓인지 화장기 없는 아내의 맨얼굴이 아직도 팽팽히 긴장돼 있다. 아내는 고모 빈소에 무릎을 꿇고 앉아 꽤 오랫동안 몸을 일으키지 않았다.

"체리안이 두 번이나 전화를 걸어왔어요."

조문 의식을 끝낸 아내의 눈가에 눈물 자국이 보인다.

"무슨?"

"고모 돌아가신 일로 많이 힘든가 봐. 아버님 일도 그렇고."

차분히 절제된 목소리는 여전하지만 전에 없이 집안일에 관심을 보이는 아내가 왠지 낯설지 않다.

고모의 발인 준비를 막 끝낸 것은 아침 아홉시가 다 되어서다. 고모를 모실 선산의 산역 현장에 나갔던 매형이 꽤 흥분한 어조를 앞세우고 빈소에 나타난다.

"장인어른이 혼자 다 팠다는 거야. 어제부터 다른 사람은 그 구뎅이 파는 데 얼씬두 못하게 했다는 거 아냐."

고모의 죽음과 함께 사라진 아버지. 그 뜻밖의 행방이다. 아버지는 당신의 굴속으로 숨어드는 대신 당신의 누님이 묻힐 무덤을 파고 있었던 것이다. 이런 예기치 않은 상황, 여느 때 같으면 어금니에 웃음이 쿡 괴었을 것이다. 그러나 웃음 대신 뭔가 뱃속 저 깊은 속에서부터 꾸역꾸역 기어 나오는 것이 있었다.

"어머, 이이가……"

장례식장 식당에 있던 아내가 황급히 달려와 고모의 영정 앞에 무릎 꿇고 들먹이는 내 어깨를 감싸 안는다. 고모가 세상을 떠난 뒤 내 속에서 처음으로 복받쳐 오르는 울음이었다.

고모의 장례가 끝난 저녁, 가족들이 집으로 모여든다. 아버지까지 자리를 지킨, 빠짐없는 가족 모임이다. 아내가 애써 내 쪽을 외면한 채 워밍업 하듯 천천히 말문을 튼다.

"아버님, 고모님 묘소에 비석을 세워야 하잖아요. 거기 쓸 비문 좀 말씀해주세요."

고모가 버리고 떠난 패를 아내가 그러쥔 느낌이다. 고모처럼 웃는 얼굴로. 아내가 아무렇게나 던진 그 말에 아버지가 무슨 반응을 보이리라고 생각한 사람은 그때 아무도 없었으리라. 그러나 뜻밖이다.

"뭐라고 쓰긴, 죽었으니 이제 그만 웃으라고 해라."

아버지의 퉁명스런 그 한마디에 웃지 않은 것은 나 혼자뿐이다. 긴한 얘기를 꺼내기 위해 분위기를 잡던 아내도, 체리안도, 뚱한 얼굴로 벽에 기대앉았던 누나도 웃었다. 형이 그 분위기에 껴들었다. 고모가 쓰던 앉은뱅이책상 위에 놓인 영정 사진을 손으로 가리키며.

"이, 앙, 갈, 브 보구 싶따."

분위기가 다시 숙연해진다. 아버지는 방 아랫목 벽에 몸을 기대앉은 채 눈을 지르감고 있었다.

아내의 눈길이 힐긋 내 쪽을 스쳐 간다. 이미 내 동의를 받은

것이지만 그 일을 자신이 맡고 나선다는 것이 쉽지 않다는 듯
얼굴 표정이 굳어 있다. 그러나 미리 짠 각본인 듯 체리안이 먼
저 입을 연다.

"갠찮아요. 세울 동서, 말해요."

아내가 체리안과 눈을 맞추면서 말한다.

"이건 준호 작은아빠하고도 얘기한 건데요, 아버님이 허락하
시면 준호를 저희가 데려다 키우고 싶어요."

어금니에 고인 웃음이 터질 것 같아 나는 얼른 고개를 돌린
다. 우리 부부 사이의 금기어가 고모의 장례를 치르는 동안 깨졌
다. 아이를 키우고 싶어. 산에서 내려오면서 아내가 한 말이다.

부른 배를 한껏 내민 채 앉아 있는 체리안 곁으로 준호가 넘어
지듯 달려간다. 체리안이 급하게 몸을 피하며 말한다.

"우리 주노, 세울 서방님 집에서 키웠음 좋겠다. 꼬모 그런 말
한 적 있써요. 주노 여기서 키우기 힘들다. 나도 그런 생각해요.
아버님 말 듣고 싶어요."

그러나 아버지는 계속 눈을 뜨지 않은 채 벽에 기댄 자세 그
대로다.

아내와 눈을 맞춘 체리안이 이번에는 치마 속에서 뭔가를 꺼
내놓는다. 게임장의 딜러처럼 아내는 체리안이 꺼내놓은 것을
재빨리 정리한 뒤 아버지 앞으로 밀어놓는다.

"고모님이 이 년 전 체리안한테 남기신 유서와 통장이에요."

아버지 이름으로 된, 만기가 넘은 노후보험 하나, 그리고 형
과 형수 체리안이 수령자로 돼 있는 생명보험 하나, 다른 한 개
는 준호 앞으로 든 어린이보험이다.

　　드라마 게임

아버지는 작정이라도 한 듯 눈을 감은 그 자세로 요지부동이다. 도깨비의 괴력을 잃은 헌 빗자루처럼 아버지는 스스로 방구석에 자신을 던져놓고 있다. 누구도 아버지를 바라보지 않는다. 모두의 눈길이 아버지 앞에 펼쳐놓은 A4 용지 한 장과 통장에 모아진다.

고모가 체리안에게 쓴 단정한 필체의 유서, 그 끝부분이 모두의 눈에 확대되어 들어온다.

　　─허선구의 며느리, 재목이 아내이며 준호 엄마인
　　체리안, 나는 너를 믿는다.

"내 돈두 게 있다구 했냐?"
주말 안방극장 드라마의 마지막 반전이다. 이것이 끝이 아닌, 게임은 바로 이제부터 시작이라는 어리벙벙한 여운의 결말. 눈을 지르감은 채 벽에 기대앉았던 아버지가 불쑥 입을 연 것이다.
그 상황에 누가 무슨 대답을 하랴. 아버지가 다시 볼멘소리로 말막음까지 한다.
"굴 파는 연장이 죄다 없어졌어야. 원, 도깨비 장난두 아니구……"

지뢰밭

죽어도 죽지 않는—2007. 9. 19

 왜 하필 동오골 서낭당이란 말인가. 그 사람이 만나자고 한 장
소가 동오골만 아니었어도 이른 아침 집을 나설 때부터 이처럼
마음이 설레발치진 않았을 것이다. 가루고개 쪽 두 군데 산소
를 벌초하는 동안도 허둥지둥 일이 제대로 손에 잡히지 않았다.
 마음 심란하기는 그 사람 전화를 받기 며칠 전 지방방송국 뉴
스 화면에 중학교 동창 한기태가 국군 유해 발굴 현장의 제보자
로 나온 모습을 본 순간부터였을 것이다. 오십칠 년 전 그 국군
시신에 자기 아버지와 함께 낙엽을 긁어모아 덮어주기도 했다
는 당시 열 살짜리 한기태의 기억은 의기양양했다. 두개골이 함
몰된 상태로 발굴된 유해 옆에는 만년필 한 자루가 유일한 유품
으로 놓여 있었다. 군번줄이며 인식표가 나오지 않은 걸로 보아
학도병일 수도 있다는 리포터의 얘기를 듣는 순간 가슴이 덜컥
했다. 육이오 때 실종된 형 생각이 난 것이다.

사실은 텔레비전에서 국군 유해 발굴 현장을 본 순간 맨 먼저 머리에 떠오른 것이 동오골이었다. 그러고 며칠 뒤 그 사람의 전화를 받았던 것이다.

오늘 저녁 읍내에서 중학교 동창 몇 사람과 어울리기로 한 것도 어쩌면 그 사람을 만난 동안의 긴장을 저녁 술자리의 여흥으로 풀어봐도 괜찮겠다는 내 불편한 속내였는지도 모른다. 사실 그 사람 얘기만큼 칠칠한 안줏거리도 없을 터.

그나저나 이제 은장봉의 증조부 산소를 끝내고 내려오면 그 사람과 만날 시간에 얼추 댈 수 있을 것 같다. 그런 마음의 여유일까, 은장봉에 오르기 전 사전 답사라도 하듯 서너 시간 뒤 그 사람과 만날 장소인 동오골 고개턱의 서낭당 앞에 잠시 걸음을 멈췄다.

여느 때와 다름없이 서낭당의 돌무더기는 허술하다. 사람들의 발길이 그만큼 뜸하기 때문일 것이다.

그러나 허물어져 내린 돌무더기 한가운데 우뚝 선 돌배나무 고목은 북어 두어 마리와 울긋불긋한 천 쪼가리를 매단 채 아직도 그 으스스한 귀기만은 여전하다. 동오골 돌배나무는 오랜 세월 마을 신목으로서의 구실을 해왔다. 그 열매가 실한 해는 벼농사가 흉년이고 나뭇잎만 무성한 해는 비가 많이 오거나 사람이 죽어나간다는 둥 마을의 길흉화복을 점쳤다.

서낭당 돌배나무 고목이야말로 그 생애의 수난이 만만치 않았다. 일제 말기 마을에 기독교가 들어오면서 미신타파의 첫번째 표적이 당집까지 번듯하게 갖췄던 동오골 서낭당이었다. 그 당집을 부숴버릴 때 돌배나무까지 베어버렸던 것이다. 밑둥이 잘려 나간 돌배나무 밑에서 새 움이 돋아난 것은 해방이 되기 한 해 전이었다고 한다. 면소재지 교회 전도사와 함께 신목 자르기에 나섰던 마을 청년 하나가 그해 물에 빠져 죽은 것도 그 일 때문이라는 얘기가 마을에 돌기도 했다.

새마을운동이 한창이던 칠십년대 초에도 동오골 서낭당의 돌배나무 밑동이 도끼날을 받았지만 마을 사람 몇이 상처가 난 자리에 진흙을 바른 뒤 새끼로 칭칭 감아놓자 시치미 뚝 떼고 오늘까지 건재한 것이다.

지방대학 임업시험장에서 동오골 돌배나무 열매를 받아 가 발아를 해 배나무 접목으로 쓴다는 말도 있었다. 그게 사실이라면 동오골 서낭당의 돌배나무는 죽어도 죽지 않는 대 잇기를 하게 된 셈이다.

전깃줄에 묶인 채

'벌초, 언제 하실 거예요?'

어제저녁 아들이 전화를 걸어왔다. 주말로 날을 잡으면 제 처와 함께 내려와 하루쯤 함께할 수 있다는 얘기다. 애써 눙치곤 있지만 그 목소리가 저번과 달리 사뭇 활기차다. 오죽 좋았으면 아직 확실하지도 않은 태기를 동네방네 불고 다녔을까. 아들이 결혼한 지 팔 년 만에 며느리의 수태 소식을 전해오던 날 나 역시 이제 됐다 싶던 그 마음 추스르기 정말 벅찼다.

아들은 그동안 집안의 무슨 일 때마다 큰 죄인이나 된 듯 고개를 꺾고 좌불안석이 되곤 했다. 몇 년 전 벌초를 처음으로 함께해본 뒤로 더했다. 처음 기신기신 따라나설 때만 해도 열두 장이나 되는 조상 묘 벌초가 그렇게 쉬운 일이 아니란 걸 몰랐을 것이다. 게다가 벌초를 하는 동안 한 집안의 대 잇기가 그리 쉽지 않다는 것까지 터득한 듯 이미 이 세상에 없는 제 피붙이들 죽음까지 들먹였다.

'큰아버진 몇 살에 돌아가셨는데 자식이 없는 거예요?'

그 무덤이 없는 걸 알면서도 아들은 제 큰아버지를 죽은 사람으로 간주했다.

형은 1950년 9월, 나보다 일곱 살 많은 열일곱 나이에 행방불명됐다. 춘천 이모 집에 가 공부를 하던 형은 전쟁이 한창이던 여름날 친구를 만나고 오겠다는 말을 남기고 나간 뒤 그 종적이 묘연했다.

동오골 서낭당 돌무더기의 절반 이상은 우리 할머니의 지성이 담겼을 것이다. 할머니는 끝내 맏손자를 보지 못한 채 여든넷 나이에 세상을 떴다. 그 자식이 돌아오기만을 평생 염원하고 살던 아버지 어머니도 이제 모두 이 세상 사람이 아니다. 그러나 형을 기다리는 사람이 없다고 해서 형이 죽었다고 단정하기는 어려운 것이 우리의 현실이다.

많은 부모가 전사통지서를 받고도 그 자식의 죽음을 믿지 않았다. 그 시신을 직접 눈으로 보지 못한 이상 유골함을 받고도 그 자식이 언제고 돌아오기만을 기다렸다. 이 땅에서 실종된 모든 사람들의 생존 가능성이 가장 높은 데가 북한일 터. 이쪽 사람들 마음이 그러하듯 저쪽의 육이오 때 실종자 가족들 또한 남쪽 땅이야말로 끝까지 미련을 떨쳐버릴 수 없는 유일한 희망일 것이다.

많은 세월이 흘렀다. 불현듯 며칠 전 그 사람이 전화를 걸어왔을 때도 오십칠 년 세월이 한 덩어리의 불똥으로 내 정수리에 내리꽂히는 느낌이었다. 어제저녁 아들의 벌초 얘기로 마음이 쿵 하고 내려앉은 것도 그 사람을 만날 일 때문이었을 것이다.

'물걸리 가는 길에 장 선생님을 꼭 만나 뵙고 싶어서 그러는 겝네다.'

그는 내가 추석을 열흘쯤 앞두고 벌초를 한다는 것까지 이미 알고 있었다. 내 일정에 자기 시간을 맞추겠다는 걸로 미루어 내가 그리 부담을 갖지 않아도 될 만남 같아 그가 원하는 대로 휴대폰 번호까지 알려줬다.

그러나 아내한테는 오늘 그 사람을 만난다는 얘기는 아예 내비치지도 않았다. 며느리의 수태 소식에 아들보다 더 달떠 있는 아내의 새벽 기도 제목에 그 어떤 그늘도 드리우고 싶지 않았던 것이다.

'아버지, 벌초 언제 하실 거냐구요?'

아들이 거듭 다그쳐 물어서야 나는 겨우 입을 열 수 있었다.

'됐다. 이번엔 나 혼자 다녀올 거니 그리 알거라.'

'아버지, 뭐 마음 상한 일이라도 있으신 거예요?'

내 불퉁스러운 말투가 아들 귀에 걸렸는가 보다. 아들도 나처럼 벌초 때면 저리 마음이 쓰이는 게 분명하다. 그러나 자식이 집안일에 신경을 쓰고 있다는 것이 그다지 마음에 달갑지 않았다. 어린 시절, 다리 하나를 전혀 쓰지 못하는 아버지 대신 집안의 벌초를 도맡아 다닐 때부터 앞으로 이런 일을 대물림해서는 안 된다는 마음 다짐 탓일 수도 있다.

벌초 얘기만 나와도 마음이 편치 못했다. 매년 조상 묘를 혼자 돌봐야 한다는 마음의 부담도 그렇지만 그냥 벌초 때가 되면 마음이 뒤숭숭했다. 굳이 벌초 문제가 아니더라도 고향 마을에 가야 할 일이 생길 경우에 마음 짐짐하기는 매한가지였다.

마음 밑바닥에 뭔가 도사리고 있다가 고향 마을 생각을 하는 순간 그것들이 한꺼번에 술렁거리며 일어서는 느낌이었다. 어떤 때는 구체적으로 그 막연한 불안감이 내 속에서 숨을 고르고 있는 소리를 듣기도 했다. 가위눌림으로까지 이어지는 그 현상이야말로 내 속에 깃든 어떤 악령과의 싸움일 수도 있었다.

그나마 교직 생활을 하는 동안 이리저리 떠도느라 고향 마을을 멀리할 수 있었던 것만 해도 다행이었다. 그러나 고향 마을이 지척인 도시에 자리 잡고 살기 시작하면서부터 그동안 멀리하고 산 고향 마을의 일들이 사사건건 마음에 걸렸다. 지금은 몇 집 안 남아 있지만 한때 장씨 집성촌이라 연줄연줄 안 걸리는 것이 없었다. 시제 지내는 날 얼굴을 내밀지 않았다가는 그딩장 문중 어른들로부터 안 좋은 소리를 들어야 했다. 고조부 면례 비용을 각출하는데 내가 얼마를 냈다는 것까지 속속들이 밝혀 들이댔다.

어느 해엔가 몸이 안 좋아 벌초를 하지 못한 채 추석을 넘겼다. 당장 초등하교 동창이면서 집안 아재뻘 되는 장영팔이한테서 전화가 왔다.

'이 사람아, 자식 없는 용재두 무덤은 그렇게 열심히 벌초를 하

면서 그래 자네 조상 묘는 그렇게 돌보지 않아두 된다는 겐가.'

이 무슨 생뚱맞은 소리. 영팔은 몇 년 전부터 용재두 무덤의 벌초를 내가 했다고 넘겨짚어 면박을 줬다.

영팔은 어릴 때부터 심통이 그랬다. 특히 나하고는 살이라도 낀 듯 사사건건 의견이 맞섰다. 타성바지 가난한 집 자식이 장 씨네 양자로 들어온 열등감이었는지 문중 일이라면 누구보다 앞장서는 열성을 보였다.

영팔이 말하는 용재두 무덤은 동오골 안쪽에 있다. 그는 내가 은장봉 증조부 무덤을 벌초하기 위해 동오골을 지나가야 한다는 것을 알고 일부러 용재두 무덤 벌초 얘기로 내 심사를 긁었을 것이다.

정말 모를 일. 영팔의 얘기를 듣고 올라가본 돌산 기슭의 용재두의 무덤은 깔끔하게 벌초가 돼 있었다. 지금쯤 그 흔적을 어림잡기도 힘들어야 할 판에 오히려 그전보다 봉분이 더 붕긋이 솟은데다 주변의 잡목까지 쳐내 용재두의 무덤은 동오골 돌산 기슭의 어느 무덤보다 번듯했다.

물걸리 누구도 용재두 무덤에 벌초를 했다는 사람이 없고 보니 매년 벌초 때가 되면 그 일이 화제가 되곤 했다.

용재두는 원래 물걸리 사람이 아니었다. 여름 전쟁이 나기 한 해 전인가 홀홀 빈 몸으로 마을에 나타났다. 용재두의 사고무친한 신세 이야기는 훨씬 나중에야 그와 가까이 지내는 사람들 입을 통해 조금씩 알려졌다. 용재두는 삼대독자로 어렵게 자식 하나를 뒀는데 어느 날 집에 불이 나 아홉 살인 그 아들이 죽었다고 했다. 불탄 자리에서 아들 주검을 수습하고 보니 손이 전깃줄에 묶여 있더란 것이다. 용재두한테 원한을 가진 사람이 불을 지르기 전 그 아들을 그렇게 묶어놨다는 얘기였다.

'그 사람, 그 얘기할 때 보니까 눈에 핑핑 살기가 돌더라구.'

'왜 안 그러겠어. 아들 죽자 그 일로 마누라까지 도망을 갔는데.'

그 시절 용재두의 형편을 누구보다 깊이 헤아리고 있는 사람이 우리 아버지였다. 무슨 일론가 용재두의 고환 한 짝이 잘려나가 더 이상 자식을 생산할 수 없다는 것도, 그가 여름 난리가 나기 직전까지 말만 들어도 빨갱이들이 오줌을 설설 쌌다는 서북청년단 단원이었다는 사실까지도 아버지는 알고 있었다.

용재두가 죽자 그 무덤을 동오골 안쪽 마을의 공동묘지나 다름없는 돌산 기슭에 쓰게 한 것도 아버지였다. 아버지는 다리가 불편해 농사일을 잘하지 못하는 대신 마을 사람들의 어려운 일을 도맡아 처리해주는 역할을 했다. 마을에 가끔 생기는 송사 문제며 자식들한테 문안 편지 대필해주기, 심지어는 제사 때 쓸 축문까지 아버지한테 받아가는 집도 있었다.

용재두는 한때 우리 집 식솔로 머물기도 했다. 우리 할머니를 어마이, 어마이 하며 자칭 수양아들 행세를 했던 것이다. 그러고 보니 몇 해 전부터 용재두 무덤을 돌보고 있는 사람이 나라고 장영팔이 넘겨짚을 만도 했다.

'아무튼 용재두 그 사람 죽어서까지 수수께끼라니까. 어려서 죽었다는 그 아들 얘기만 해도 그렇지……'

당시 마을 사람들 입에 용재두의 아들 얘기가 심심풀이로 오르곤 했다.

두 손이 전깃줄에 뒤로 묶인 채 불타 죽었다는 용재두의 그 아들이 어딘가 살아 있을는지 모른다는 얘기였다. 용재두가 죽었을 때 그 매장신고를 하는 과정에서 그때까지 그 아들 이름이 호적에 그대로 남아 있는 걸 확인한 뒤부터였다.

용우성. 호주 용재두 이름 밑에 분명 그 아들 이름이 올라 있었다고 한다. 더 놀라운 일은 내가 학교 선생을 하다가 교보로 입대하던 바로 그해 용우성 이름의 입영통지서가 물걸리 이장 집으로 날아든 일도 있었다.

그때만 해도 용재두가 살아 있을 때라 그 입영통지서를 받아 자기 나름으로 처리를 했을 것이다. 문제는 그 이후에도 용재두가 끝까지 아들의 사망신고를 하지 않고 살았다는 사실이다.

'우리가 그 심정을 어찌 헤아릴 수가 있겠나.'

삼대독자에 이제 더 이상 자식을 생산할 수 없는 그의 처지를 알고 있는 사람들이 하는 말이었다. 무자식 서러움이 저리 지극하니 저승에 간 그 자식이 감복해 그 애비 무덤의 벌초를 하는 모양이라는 말까지 나왔다.

흥 흥 흥……—2002. 9. 20

굳이 따지자면 그것이 그 사람과의 두번째 만남이 될 것이다. 내가 교직 생활 사십 년을 마친 오 년 전 그해 가을이었다. 그 두번째 만남에서 용재두 무덤의 벌초 건 수수께끼가 풀린 것이다.

그해 은장봉 증조부 묘 벌초를 끝내고 내려오는 길인데 동오골 안쪽 돌산 기슭의 용재두 무덤 쪽에 사람 기척이 있었다. 올라가보니 거기 그 사람이 분무식 살충제 통을 들고 서 있었던 것이다.

'가을 벌이 정말 무섭습네다. 조심하느라고 했는데도 한 방 쏘였지 뭐야요.'

용재두의 무덤 앞에 깔린 왕골 돗자리 위에는 그런대로 조촐한 제물까지 차려져 있었다.

'벌써 다 끝내셨구먼요.'

'멀리 살다 보니 성묘두 제대루 못 옵네다.'

벌초 겸 성묘를 왔다는 뜻일 게다. 캐주얼한 나들이 차림이라 한눈에 그 나이 가늠이 쉽지 않았지만 얼굴에 새겨진 풍상으로 미뤄 칠순은 실히 돼 보였다. 그 사람은 무슨 작정이라도 한 듯 내 얼굴에서 눈을 떼지 않았다. 뚜렷한 얼굴선에 크고 서늘한 눈 탓일까, 쉽게 넘볼 그런 인상이 아니었다.

'여기 묻힌 분하고는 어떤 관계신지……'

단도직입, 작정하고 물은 것이다. 그러나 그의 반응은 너무 뜻밖이었다.

'장효식 선생님이 맞습네까?'

무람한 말투이긴 해도 워낙 졸지에 불린 내 이름이라 망연자실한 사이 그 사람이 다시 말했다.

'정말 오랜만에 뵙습네다. 그동안 교육계에 몸담고 계시다가 올해 정년을 맞으셨다는 것까진 알고 있었지만 막상 이렇게 다시 만나리라곤……'

나는 너를 이미 잘 알고 있다…… 이거 아닌가. 허허, 수인사

치고는 정말 고약했다.

'구면이라면…… 제가 기억을 못하고 있는 거군요.'

'ㅎㅎㅎ, 그 만남이란 게 워낙 험악한 경황 중의 일이라서……'

그 순간 마주하고 서 있는 그 사람의 훤한 얼굴에 섬광처럼 겹치는 또 다른 얼굴 하나가 있었다. 순간적이긴 했어도 나를 뚫어져라 쳐다보던 여자 인민군의 그 강렬한 눈빛. 어린 나이에 각인된 그네의 그 눈빛이 평생 나를 따라다녔다면 그걸 누가 믿을 것인가.

나는 앞에 서 있는 사람의 눈길을 용재두의 무덤으로 이끌었다. 이제 묻지 않아도 그가 모든 것을 말하리라.

'그렇습네다. 내가 여기 누워 계신 분의 아들이야요.'

이 무슨 뚱딴지같은 소리. 용재두 아들이라고? 용재두 아들이 정말 살아 있었던 말인가.

사고무친한 용재두의 인생 말로는 정말 비참했다. 어느 땐가 여자 하나를 데려다 같이 산 적이 있었으나 그가 풍을 맞아 쓰러지자 도망을 가버렸다. 풍 맞은 다리를 질질 끌면서 장거리에 나와 먹을거리를 챙겨 집으로 들어가면 그것이 다 떨어질 때까지 그 모습을 볼 수가 없었다. 그가 죽어 있는 것을 발견한 것도 마을 사람 하나가 우연히 그 집 앞을 지나가다가 송장 썩는 냄새를 맡고서였다.

'제가 알기로 용재두 씨는 살아 있는 자식이 없었습니다.'

'그래서 내가 이분 아들로 살고 있는 거야요.'

'하긴 이 산소에 누가 벌초를 하나 그게 궁금했습니다.'

용재두 씨가 호적에 그냥 남겨두고 산다던 그 아들이 아닌 것

만은 분명했다. 그 사람을 본 순간의 그 직감이 틀리지 않다는
것을 서둘러 확인하고 싶었다.

'저를 언제 보셨습니까?'

뭔가 열없어하는 그런 웃음기가 그 사람의 얼굴에 번졌다.

'너무 오래된 일이라. 그때 얘길 하기가 좀 그렇습네다.'

낌새로 보아 그 사람이 얘기를 쉽게 풀어낼 것 같지 않았다.

나는 아래편 골짜기로 눈을 옮겼다. 말 그대로 상전벽해. 망
초 무성하던 오십칠 년 전의 그 비탈밭이 아카시와 시닥나무가
제멋대로 자라 산과의 경계를 잃은 채 그대로 숲이었다.

이곳에 올 때마다 그 비탈밭을 애써 외면하며 지나쳤다. 그렇
게 외면했다고 해서 그 생각에서 벗어날 수 있는 것도 아니었
다. 저곳에서 무슨 일이 있었던가. 직접 내 눈으로 본 것이 아니
기 때문에 그 상상은 한결 리얼했다.

열 살 때의 기억이다. 그 기억은 마을 사람들의 입을 통해서
더 깊이 각인되었다.

그러나 언제부터인가 기억의 원형이 흔들리기 시작했다. 난
모르는 일이우. 전혀 기억에 없다니까. 그 말 한마디면 그만이
었다. 실제로 그런 일이 있었던 건 아니지요? 누가 그렇게 묻는
다 해도 하릴없이 그냥 고개나 주억거릴, 그렇게 오랜 세월 저
쪽에 있었던 일이다.

'내 기억에 그때 장 선생님은 열 살도 채 안 됐을 게야요.'

그 사람은 그 어떤 회한도 담기지 않은 담담한 목소리로 오십
이 년 전 건너편 언덕 묵밭에서의 일을 얘기하고 있었다.

끄엉. 장끼 한 마리가 돌산 건너편 그 숲에서 요란한 소리를

내지르며 날아올랐다.

날씨 맑음. 오십이 년 전, 내가 열 살 때 바라본 그 가을 하늘이다.

'저 아래 서낭당 있는 데서 장 선생님을 만났습네다.'

나 말고 또 다른 아이 하나도 그때 거기 있지 않았느냐고 물으려다 그만두었다. 서낭당의 그 일로 영팔이와 티격태격 다툰 적이 있었다. 그날 일에 대한 두 사람의 기억이 달랐기 때문이다. 그때 나는 영팔이와 함께 동오골 서낭당에서 망을 보고 있었다. 그러나 영팔은 그 사실을 철저하게 부인했다. 그날 자신은 물걸리에 있지 않고 다른 마을에 있었다고, 된재 너머 벽제동이란 지명까지 들먹이며 우겨댔다. 더구나 그는 자신을 장씨 집에 양자로 보낸 자기 생부가 급성늑막염으로 죽어 그 장사를 치르기 위해 거기 가 있었다는 말로 내 기억을 무질렀다.

그때 내 눈과 마주쳤을 그 눈길 하나가 오십이 년의 세월 이쪽에 서서 나를 쳐다보고 있었다.

'그날 이 골짜기에 몇 사람이나 끌려왔습니까?'

역습의, 뜬금없는 내 질문에 그 사람이 좀 당혹스러워하는 얼굴을 했다. 그때 동오골에 묻힌 인민군 패잔병들의 숫자에 대한 기억은 사람들마다 모두 달랐던 것이다.

내 기억 속에 새겨진 숫자는 스물이었다. 그때 거기서 살아난 두 사람을 합치면 스물둘. 그 스물둘보다 더 많은 마을 사람들이 그들을 에워싸고 면사무소 소재지 쪽으로 통하는 말무더미 고개를 향하고 있었다. 그러나 면소재지로 가야 할 행렬이 갑자기 동오골로 방향을 꺾으면서 작은 소란이 일어났던 것이다. 끌려가던 인민군들이 뭔가를 예감한 듯 그대로 길바닥에 주저앉는가 하면 살려달라고 아우성치는 통에 행렬이 잠시 질서를 잃었던 것이다. 구국청년단 대원들이 곧 소란을 진정시킨 뒤 인원 점검을 했다.

스물둘, 이상 무! 권총을 찬 용재두 대장을 향해 구국청년 결사대 대원 하나가 보고를 했다.

그러나 장영팔은 그 일로부터 사십몇 년의 세월이 흐른 뒤 자신이 그 현장에 있지 않았다면서도 그 숫자에 대한 주장은 단호했다.

'스물둘, 웃기고 있네. 학교 선생이 그런 머릴 가지고 어떻게 아이들한테 산술을 가르치냐. 스물둘이 아니라 백 명이여, 일백 명.'

기억의 이러한 굴절 현상을 어떻게 이해해야 한단 말인가. 따져 생각해보면 그것은 마을 결사대가 인민군 패잔병들을 마을 학교에 집단으로 수용하기 전에 각 마을에서 자의적으로 잡아 처치한 그 숫자까지를 모두 합친 것일 수도 있었다.

그러나 그날 그 사람은 동오골에 끌려가 죽은 사람들의 숫자에 대해 묻는 내 질문에 대답하지 않았다. 그때 왜 상엿집에서 도망을 쳤는지, 그 뒤 어디서 어떻게 살고 있는 것인지, 그때 함께 도망쳤던 그 여자 인민군은 어떻게 되었는지 그런 건잡을 수 없는 궁금증을 나한테 숙제처럼 던져놓은 채 그 사람은 불현듯 저녁에 서울에서 중요한 약속이 있다면서 서둘러 동오골을 떠났던 것이다.

그날 저녁 집에 돌아와 처음으로 아내에게 내 열 살 적 고향

에서 있었던 그 일 얘기를 했다. 그 사람 만난 얘기에 이르자 아내는 다짜고짜,

'그 사람, 간첩이 분명해요.'

자라 보고 놀란 가슴 솥뚜껑 보고 놀란다고, 시골 분교장에서 부부 교사로 있을 때 아내는 아이들이 산에서 주워 온 붉은 전단 한 장을 교재 속에 넣고 있다가 그게 신고가 돼 곤욕을 치른 적이 있었던 것이다.

낫으로 찍어 죽인—1950

신작로도 없는 우리 마을에 그렇게 많은 사람들이 나타나기는 처음이었다. 인제 쪽에서 아홉살이고개를 넘어온 사람들은 모두 지게에 올망졸망한 보따리를 짊어지거나 쇠잔등에 어린 아이들을 태우고 허둥허둥 마을을 지나갔다.

전쟁이 났다고 했다. 빨갱이들이 벌써 서울까지 점령했을는지 모른다고, 그들에게 잡히기만 하면 그 자리에서 총살을 당한다고 했다. 마을 사람들은 지난해 상남은 물론 화천면 야시대에 무장공비가 나타나 사람들을 수십 명 무참하게 죽였다는 소식을 통해 빨갱이 얘기만 들어도 벌벌 떨었다.

우리 마을 사람들도 서둘러 피란길에 올랐다. 그러나 우리 집은 사정이 달랐다. '난 안 간다.' 할머니가 완강하게 피란 가는 일을 마다했기 때문이다. 춘천 이모 집에 가 공부를 하고 있는 형이 그때까지 소식이 없는 상황에서 집을 비우고 떠날 할머니

가 아니었다.

할머니만 집에 달랑 남겨놓고 떠나는 수밖에 없었다. 다리를 심하게 저는 아버지는 험한 고갯길에서는 영팔이네 소가 끄는 달구지에 올랐고 어머니와 나는 피란보따리를 이고 지고 피란민 대열에 끼어들었다.

그러나 우리 마을 사람들은 집을 떠난 지 사나흘 뒤에 다시 집으로 돌아와야 했다. 읍내를 겨우 벗어난 신작로 위에서 누르께한 빛깔의 낯선 복장의 인민군을 만났던 것이다. 인민군들은 길을 가로막고 이제 좋은 세상이 왔으니 걱정 말고 집으로 돌아가라고 했다. 피란민들은 인민군들을 실어 나르는 낡은 트럭이 일으키는 신작로의 흙먼지와 기름 냄새를 맡으며 다시 발길을 돌릴 수밖에 없었다.

길에서 만난 인민군들은 소문과 달리 그렇게 무섭지 않았다. 더구나 자기 키보다 긴 총을 가슴에 안고 길가에서 쉬고 있는 인민군들 중에는 우리 형 또래의 앳된 얼굴들이 많았다. 어떤 할아버지가 나이 어려 보이는 인민군한테 다가가 몇 살이냐고 물었다. 그러자 그 인민군은 몸을 발딱 일으키며, 우린 인민의용군이야요 했나. 앳티 나는 목소리와 그 우스꽝스러운 동작을 본 뒤부터 나는 인민군이 하나도 무섭지 않았다.

그러나 집에 돌아와보니 마을 분위기는 그게 아니었다. 북쪽에서 내려온 인민군들이 마을에 하나도 없는데도 마을 남자 어른들이 모두 산속에 숨어 살았다. 인민군이 아닌, 붉은 완장을 찬 리인민위원회 사람들 몇 명이 마을 전체를 으스스하게 만들고 있었던 것이다. 우리 아버지도 리인민위원회에 끌려가 조사를 받았다. 아버지가 마을 사람 누군가의 땅 문제로 생긴 송사를 봐주다가 패소한 일에 대한 추궁은 물론 춘천에 가 공부하고 있는 형이 왜 돌아오지 않고 있는가 등을 주로 따져 묻더란 것이다.

면소재지 초등학교 선생으로 있던 윤재복이가 리인민위원회 위원장, 장구장네 소작인인 박시경이 농민위원, 읍내 정미소에서 일하다가 고향에 돌아온 조운골 김동호가 청년위원을 맡고 있었다. 면 내무서에서 파견 나온 박봉배와 최은수가 구구식 장총까지 들고 보초를 서고 있어 리인민위원회 분위기가 사뭇 삼엄했다.

리인민위원회 사람들이 무서울 수밖에 없었다. 전쟁이 날 무렵 위장병을 고치기 위해 기린 약수터에 머물고 있던 물걸리 출신 읍내 경찰서 순사 한 사람과 즘말 천주교 공소에 숨어 살던 유병태란 젊은이를 색출해낸 것이다. 인민반동분자로 몰린 두 사람은 면 내무지서로 끌려가는 도중 도망을 치다가 잡혀 그 자리에서 총을 맞아 죽었다고 했다. 게다가 휴가를 나와 집에 숨어 있던 와야리의 국방군 특무상사 함기환을 잡아 그 자리에서 낫으로 찍어 죽인 일로 마을 사람들은 리인민위원회 사람들과 눈 맞추기도 두려워했다.

그해 여름, 인민군이 남쪽 부산인가 어딘가를 빼고는 다 점령했다는 소식이 들려오면서 리인민위원회 사람들의 위세가 하늘을 찔렀다. 인민의용군을 징집하기 위해 집집을 돌았다. 춘천에서 돌아오지 않고 있는 우리 형을 의용군에 자원입대 시키라고, 청년위원 김동호가 아버지한테 으름장을 놓았다. 김동호는 우리 어머니쪽 일가붙이로 아버지가 읍내 정미소에 일거리를 찾아주었던 사람이다.

'이 사람아, 충식이는 이제 겨우 열일곱이네. 그 나이에 뭔 의용군인가.'

'매형 동무, 동무는 우리 인민군 동무들도 못 봤습니까. 열여섯 살인데도 좋은 세상을 만들기 위해 총을 들고 뛰쳐나왔다 그겁니다.'

군인민위원회 높은 사람들이 물걸리에 다녀간 뒤 리인민위원회 사람들의 말투가 달라졌다. 동무란 말을 많이 쓰는 것부터 그랬다.

'사둔 할머이 동무, 큰손자 돌아오면 숨기지 말고 곧 연락하시오.'

그러자 우리 할머니가 김동호 손을 잡고 애원을 했다.

'사둔총각, 우리 충식이 대신 쟈를 데리구 가면 안 될까유.'

'사둔 할머이 동무, 효식이 쟈가 이제 열 살인데, 그건 안 되지요.'

'그럼 우리두 안 돼유. 우리 충식인 장씨 집안 이십칠대 종손이라서 절대 안 돼유.'

큰손자에 대한 할머니의 집착은 정말 대단했다. 내가 태어나던 해 할아버지가 돌아가셨다. 아마 그 무렵부터였을 것이다. 나를 바라보는 할머니의 눈이 예사롭지 않았다. 할아버지가 일찍 돌아가신 일이며 내가 태어나던 해 삼대독자인 아버지가 나무에서 떨어져 다리를 다치게 된 일은 물론 형의 잦은 병치레까지 모두 내 탓으로 돌렸다. 내가 태어나면서 집안의 대 잇기

가 풍랑 위의 쪽배처럼 위험하다는 절골 극락암자의 보살 말을
그대로 믿고 있는 할머니가 나를 미워하는 것은 너무 당연했다.

형이 어릴 때부터 객지에 나가 공부를 하게 된 것도 형제가 멀
리 떨어져 살아야 형의 명줄이 길 거라는 보살의 말을 할머니가
철석같이 믿고 있었기 때문이다.

'효식이, 네가 여기서 망을 봐라.'

장거리 쪽에서 사람이 올라오는 기색이면 지체 말고 두 손을
모아 뻐꾸기 소리를 내야 했다. 그 여름이 끝날 무렵 우리 집에
서 수상한 일이 꾸며지고 있었던 것이다. 마을 장터에서 많이
외떨어져 있는 은장봉 자락 동오골 입구의 우리 집이 그런 일을
꾸미기에 아주 제격이었을 것이다.

대한구국청년결사대. 어마어마한 이름의 결사대가 우리 집에
서 만들어졌다. 처음에는 은장봉에 숨어 지내던 마을 사람 몇이
우리 집에 내려와 라디오 리시버를 통해 전세를 파악하는 정도
였다. 전쟁이 날 때 육군통신학교 인사과에 있던 조규연이 몰래
숨겨 가지고 나온 성능 좋은 라디오 리시버가 전쟁 상황을 시시
각각 알렸던 것이다. 그때 우리 집에 야밤을 타 모이던 사람들
은 서북청년단 대원이었다는 용재두, 통신학교 인사계 조연규,
육사단 칠연대에 있다가 그해 막 제대했다는 양승호와 육군 낙
오병 최수형 등 네 명이었다.

형이 집에 돌아오지 않은 일로 어머니와 늘 부딪쳐 화병이 난
할머니가 읍내 고모네 집에 가 있는 동안 그 일이 꾸며졌던 것
이다.

마을 결사대가 보유한 무기는 아홉살이고개 너머 상남 어느 집에 일본군이 버리고 간 구구식 장총에다 용재두가 몸에 항상 지니고 다닌다는 총알도 없는 공갈 권총과 낙오병 최시형이 여차하면 자살하려고 몸에 품고 있다는 수류탄 한 개가 전부였다.

결사대가 일을 벌인 것은 맥아더의 인천상륙작전으로 서울 탈환이 눈앞에 왔다는 소식이 전해진 뒤였다. 거사 날짜를 서둘러 잡은 데는 리인민위원회가 색출해 처치할 마을 사람들 명단이 곧 면 내무서에 전달될 것이란 정보가 결정적 역할을 했다.

리인민위원회 면 내무서 파견병 하나가 면사무소 소재지로 나간 바로 그날 일이 벌어졌다.

복골 오홍춘이 리인민위원회 사람들을 자기네 동네 외진 골짜기로 불러올렸다. 때마침 그 골짜기에 피란 나가 사람이 살지 않는 빈집 하나가 있었던 것이다. 담근 술이 잘 익었다는 오홍춘의 말에 리인민위원회에서 술안주 만들라고 닭 한 마리까지 올라왔다.

미리 잠복해 있던 결사대 대원들이 방문을 박차고 뛰어든 것은 리인민위원회 사람들이 첫 술잔을 돌리기도 전이었다.

그들을 어떤 방법으로 어떻게 죽였는가에 대해서는 뒷날 들리는 얘기들이 모두 달랐다. 아무튼 그날 윤재복 위원장 등 네 사람이 복골에서 결사대 대원들에 의해 죽은 것만은 분명했다. 읍내에 나간 내무서원 한 사람도 물걸리로 돌아오는 도중 길목을 지키고 있던 결사대 대원들에 의해 처치됐다.

결사대 대원들은 리인민위원회 사람들을 처치한 뒤 일단 산으로 몸을 피했다. 면인민위원회 사람들이 그날 오후에 물걸리에 올지도 모른다는 정보가 있었기 때문이다. 날이 저물어서야 결사대 대원들이 복골에 내려와보니 시체가 세 구밖에 없었다.

총을 맞은 윤재복이 터져 나온 창자를 움켜쥐고 장거리 자기 집까지 내려갔던 것이다. 그날 밤 마을 사람들은 모두 가슴을 벌벌 떨면서 뜬눈으로 밤을 새웠다. 윤재복이 밤새도록 내지르는 비명 사이사이로 어서 죽으라고 욕을 퍼부어대는 윤재복의 어머니의 악에 받친 울음소리 때문이었다.

윤재복의 처와 두 살배기 아들은 그날 밤 마을에서 사라졌다. 자칫하면 손이 끊길 수도 있다는, 재복 어머니의 결단이었을 것이다.

날이 훤하게 밝아서야 윤재복의 비명이 그쳤다. 윤재복의 동생 윤재천이 읍내에서 달려온 것은 그날 저녁 때였다. 재천은 우선 죽은 자기 형의 시신을 장거리에 내놓고 소리소리 고함을 질러댔다. 산 속으로 몸을 피한 결사대 대원들이 내려오지 않으면 군 내무서 사람들을 불러다가 그 가족을 모두 죽인다고 했다.

그즈음 인민군들이 띄엄띄엄 마을에 나타났다. 재천이가 자기 형의 주검을 장바닥에 내놓고 날뛰는 그 시간에도 인민군 네댓 명이 마을에 나타났다. 재천이 그 인민군들을 붙잡고 마을에서 있었던 사건을 알렸을 것은 당연하다. 그러나 어쩐 일인지 그날 인민군들은 마을을 거쳐 북쪽으로 조용히 사라졌을 뿐이다.

그러나 그다음 날은 꽤 여러 명의 인민군들이 줄레줄레 마을에 나타났다. 낙동강 전투에서 큰 전과를 올린 뒤 후방의 다른 부대와 교대하는 중이라 했지만 행색은 전혀 그게 아니었다. 그들은 장거리 여러 집에 분산돼 점심을 먹었다. 밥값 대신 군표를 내놓았다. 전쟁이 끝나면 그 수십 배로 돈을 받을 수 있다는 것이다.

죽은 윤재범의 동생 재천이 펄펄 기가 산 것도 그날이었다. 마을에 온 인민군 군관 동무 중 한 사람이 여름 전쟁이 나기 전 춘천에서 부대원을 이끌고 월북한 표 소령의 부하로, 그는 강원도 지리에 밝은데다가 자기 할아버지가 일제 시대 때 물걸리 금광에서 일을 했다는 그 연고만으로도 재천이 말한, 마을 결사대의 일을 그대로 지나칠 리가 없었던 것이다.

마을이 온통 아수라장이 됐다. 재천이 인민군들을 데리고 구국청년단 대원들을 잡는다며 집집을 뒤졌던 것이다. 다리가 불편한 우리 아버지마저 은장봉으로 숨은 뒤라 마을에는 나이 든 어른들이 하나도 없었다. 중풍으로 쓰러져 누운 마을 노인들은 물론 열 살 또래의 남자 아이들도 모두 장거리에 끌려 나왔다. 우릴 모두 죽일 거래. 장영팔이 내 귀에다 대고 소곤거렸다.

끌려 나온 아이들 중 나이가 가장 많은 것은 통신학교 인사과 조연규의 외아들 정호였다. 조연규는 삼대독자로 열다섯에 장가를 가 사대독자인 정호 하나를 낳았던 것이다. 열네 살에 결혼을 한 정호는 자기보나 아홉 살이나 더 많은 색시까지 있었다.

장거리는 온통 울음바다였다. 재천이 핏발 선 눈을 번뜩이며 결사대가 숨은 곳을 대지 않으면 모두 총살한다고 으름징을 놓았던 것이다. 재천의 뒤에 선 인민군들이 장총을 들어 노리쇠를 철걱거리자, 잘못했다고, 제발 살려만 달라고 마을 사람들이 울부짖었다.

인민군들은 재천이 시키는 대로 끌고 온 마을 사람들을 탑둔지 언덕까지 끌고 가 죽 늘어앉혔다. 그 지점이면 은장봉 등 마을 주위 산에서 다 내려다볼 수 있는 곳이었다.

인민군들은 은장봉을 향해 따발총을 쏘아댔다. 산속에 숨어 있는 결사대 대원들이 들으라는 시위였을 것이다. 인민군들은 총소리에 놀라 아우성치며 울부짖는 마을 여자들까지 모두 땅에 꿇어앉혔다.

그날 탑둔지 언덕에서 조연구의 사대독자 정호와 특무상사 함기환의 아버지 함동구 노인이 죽었다. 윤재천이 두 사람을 결사대 대원이라고 지목했기 때문이다. 정호는 인민군이 쏜 총에, 며칠 전 큰아들까지 잃은 함동구 노인은 죽은 자기 형 복수을 한다며 재천이 인민군한테 빌려 쏜 총에 맞아 죽었다.

정호 할머니가 탑둔지 언덕까지 달려와 죽은 손자를 끌어안고 울부짖다가 까무러쳤다. 그날 인민군이 마을을 떠난 뒤 우리 어머니도 나를 끌어안고 오래오래 울었다. 형을 찾아 나선 할머니한테서 그때까지 아무 소식이 없었던 것이다. 육순도 못 넘긴 채, 할머니보다 먼저 저세상에 간 우리 어머니는 죽는 그날까지 눈을 떠도 감아도 열일곱 살 당신 아들이 정호처럼 총을 맞아 앞으로 꼬꾸라지는 그 끔찍한 환상에 몸을 떨었을 것이다.

그날 인민군들이 마을을 떠날 때 리인민위원회 위원장 윤재복의 동생 재천이도 함께 사라졌다. 그러나 큰아들을 애막골 산비탈에 파묻은 재천 어머니는 한사코 마을을 떠나지 않았다. 그 일을 두고 마을 사람들이 입을 비죽거렸다. 저 여편네 언젠가 세상이 다시 뒤집혀 재천이 놈이 모시러 올 때만 기다리고 있는 게야.

그 믿음 때문이었을까, 쏟아져 나온 창자를 끌어안고 큰아들이 죽던 밤 그렇게 매몰차게 욕을 퍼대던 재천 어머니는 우리 어머니보다 이십 년 넘게 더 살았다. 죽으면 거기 묻어달라고, 수십 년간 하루도 빠지지 않고 애막골 큰아들 무덤에 올라가 그 무덤 옆에 맨손으로 구덩이를 팠다. 자신이 판 구덩이에 묻히는 그날까지도 재천 어머니는 작은아들은 물론 큰아들 죽던 그 밤에 마을을 떠난 며느리와 손자 소식을 끝내 듣지 못했다는 얘기가 오랫동안 마을 사람들 입에 오르내렸다.

악령—1997. 8

내가 고향 물걸리 마을 초등학교 교감으로 있을 때다. 여름방학 때 지방대학 국문학과 학생들이 이틀 동안 학교에서 묵어갔다. 현대문학답사반이라고 했다. 주로 그 고장 출신 문인을 찾아 그 생애와 작품 세계를 알아보는 일 외에 문학 작품의 배경이 되었던 곳이나 작품의 소재가 될 만한 마을의 이런저런 이야기들을 채록한다는 것이다.

'이렇게 작은 마을이 어떻게 동학혁명에다 기미년 만세운동까지 깊이 연루됐는지 그게 궁금했습니다.'

시를 쓴다고 자기소개를 한 답사 지도교수는 비록 이 마을 출신 문인이 없는데도 이곳으로 답사를 나오게 된 경위부터 얘기했다. 특히 내가 문학에 대해 문외한이라는 것을 확인한 듯 주로 마을에서 있었던 일들을 그 체험 세대인 마을의 나이 많은 어른들을 통해서 듣고 싶다는 것을 강조했다. 마을에 오랜 세월 전해지는 전설이나 설화들도 시간이 흐르면서 많이 바뀌어 그 원형을 찾기 어렵다며 그동안 답사를 다니면서 겪었던 일 하나를 얘기했다.

어느 마을에선가 학생들이 말을 잘한다는 마을 노인 한 사람을 모셔놓고 채록을 했다. 두 시간 이상 마을에 전해지는 이런 저런 전설을 실감 나게 얘기해놓고는 '이거 전부 얘기책에서 읽은 거야'라든가 '이거 텔레비전 드라마에서 본 거야'라고 해 그만 김이 샜다면서, 전설의 원형 찾기가 그만큼 힘들다는 것을 강조했다.

'또 하나, 제가 학생들과 함께 답사를 다니면서 절실하게 느낀 건 시골 마을 사람들의 외지 사람들에 대한 경계심이었지요. 일종의 피해의식일 수도 있는 그런 폐쇄성은 특히 분단 전후에 있었던 마을의 비극적인 일에 대해 얘기할 때 더 심했지요.'

특히 분단 전후 마을에서 있었던 일을 채록하는 과정에서 아직도 남과 북의 냉전은 진행형이라는 것, 그리하여 그 당사자들이나 후손들이 아직 마을에 살아 있는 한 있었던 일에 대한 진실 밝히기가 그리 쉽지 않다는 것의 확인이었다고 했다.

'가해자와 피해자가 어느 순간 뒤바뀌는 것이 전쟁이니까요.'

이러한 내 완곡한 표현을 시인 교수가 대뜸 읽어냈다.

'교감선생님 말씀이 맞습니다. 마을 사람들은 세상이 또 어떻게 바뀔지 그걸 겁내고 있었다니까요. 그러니 얘기가 은폐되거나 왜곡될 수밖에요. 말을 잘못했다가 자신이 당할 수 있다는 것도 그렇지만 아직도 마을에 살고 있는 그 당사자들 입장을 많

이 생각하고 있더란 그런 얘깁니다.'

시인 교수는 그럴수록 마을에 있었던 일의 정확한 증언과 그 채록이 중요하다는 것을 강조하는 일을 잊지 않았다.

내가 물걸리 출신이라는 것을 알아낸 학생들이 답사 둘째 날 저녁 나를 채록 대상으로 삼았다. 학생들은 내 나이부터 확인했다. 십 년 전 그때, 나는 쉰일곱 살이었다. 학생들하고는 한 세대 이상의 차이.

'교감선생님, 이 마을에서 태어나 몇 살까지 여기 사셨어요?'

'여기 초등학교를 졸업하고 읍내로 이사를 갔으니까 꼭 십이 년 동안 살았어요.'

'전쟁은 몇 살 때 났어요?'

'열 살, 초등학교 4학년 여름이었지요.'

'중학교 때 「태극기 휘날리며」란 영화를 봤는데 정말 짱이던데요. 선생님이 직접 겪은 그 전쟁은 어떠셨어요? 무서웠나요, 아니면 영화처럼 그렇게 재밌었나요?'

'상대를 죽여야 내가 사는 게 전쟁인데 왜 무섭지 않겠습니까. 아이들뿐만 아니라 어른들도 무서운 건 마찬가지였을 거예요. 어세까시 한 마을에서 잘 지내던 사람들이 전쟁이 나면서 금방 원수가 되어 죽이고 죽고 했으니까요.'

'잘 지내던 사람들이 왜 원수가 돼요?'

뒤쪽의 여학생 하나가 그렇게 물었다.

'무엇 때문에 전쟁이 일어났는가, 하는 그런 얘기가 되겠네요.'

생뚱 같은 물음으로 그 대답이 궁할 때 되받아 묻는 것도 좋은 방법이다. 나는 문득 학생들이 생각하고 있는 육이오와 내가 직접 겪은 육이오가 어떻게 다를 것인가가 궁금했다.

'학생들은 그걸 어떻게 생각합니까. 사이좋게 지내던 사람들이 왜 서로 원수가 되어 싸웠을까요?'

'공산주의와 민주주의 대결. 즉 이념이 다르기 때문이지요.'

남학생 하나가 그렇게 말해놓고 혼자 풀쑥 웃었다. 그 옆에 앉았던 눈이 부리부리한 남학생 하나가 말했다.

'저는 외세 개입으로 보고 싶습니다. 한마디로 제국주의 열강들의 세력 팽창에 우리 민족이 말려든 거지요 뭐.'

그 말에 먼저의 남학생이 다시 말했다.

'내 말이 바로 그거야. 그러니까 그들 이익을 위해 우리한테는 맞지 않는 이데올로기를 뒤집어씌워 서로 싸우게 한 거라고.'

수첩에 뭔가를 메모하고 앉았던 창 쪽의 여학생 하나가 끼어들었다.

'외세 얘기보다 중요한 건 그동안 참고 살 수밖에 없었던 눌린 계층의 원한이었을 거예요. 즉 못사는 사람이 잘사는 사람한테 늘 지니고 있던 그런 쌓인 감정이 상황이 바뀌면서 폭발할 수밖에 없었다는 얘기에요.'

내가 고개를 끄덕이자 그 여학생이 힘을 얻은 듯 다시 말을 이었다.

'특히 해방으로 나라를 되찾아 새로이 시작하는 과정에 지도자들이 주도권을 잡기 위해 그동안 쌓인 여러 사회적인 갈등과 그 감정들을 이용한 걸 거예요. 결과적으로 그런 와중에 민중들만 피해를 보았다는 그런 얘기에요.'

우와아. 둘러앉은 학생들이 다분히 장난스러운 탄사를 냈다.

'야, 교감선생님 말씀 들으려고 만든 자린데 느덜이 나서면 어쩌냐?'

시인 교수의 등장.

'느덜한텐 육이오전쟁이 옛날 나당연합군한테 고구려가 망한 삼국시대 얘기나 뭐가 다르겠냐. 그러니까 그냥 어른들 얘기에 공손히 귀나 기울이라 그거야.'

교수의 공연한 트집이 모처럼의 열기에 찬물을 끼얹고 말았다. 아닌 게 아니라 그때부터 학생들의 질문도 갈팡질팡 요점을 잃었다.

'육이오전쟁 때 이 마을 사람들은 얼마나 죽었어요?'

수첩을 펴든 채 내 입을 바라보고 있는 그 학생이 필요로 하는 것은 이미 끝난 일에 대한 결과 확인이었을 것이다.

'민간인뿐 아니라 그때 양쪽 군인들도 이 마을에서 많이 죽었지요.'

손이 묶인 채 줄레줄레 동오골로 올라오던 인민군 포로들 모습이 머리에 떠올랐다.

'휴전이 되기까지 약 삼 년간 육이오전쟁 인명피해가 사백오십만 명이나 된다고 들었는데 그게 맞나요?'

'오늘 이 시간까지도 그 희생자는 늘어나고 있지요.'

'그게 무슨 뜻이에요?'

'야, 인마, 전쟁은 끝난 것이 아니다. 그래서 아직도 많은 사람들이 분단의 고통 속에 살고 있다 그런 말씀도 못 알아듣냐.'

이야기 분위기의 주도권이라도 잡으려는 듯 시인 교수가 다시 껴들었다. 그러나 질문을 했던 학생도 만만치 않았다. 시인 교수 쪽은 돌아보지도 않은 채 다그치듯 다시 물었다.

'교감선생님 말씀은 지금 우리 현실이 종전이 아닌 휴전 상태의 냉전적 대결 구도라, 여전히 전쟁 상태의 긴장과 공포를 벗어나지 못하고 있다 그런 거 아닙니까?'

그냥 고개를 끄덕이는 일로 대답을 대신하자 다른 학생 하나가 불쑥 나섰다.

'전 그게 이해가 잘 안 되는 거예요. 아직도 많은 사람들이 전쟁 공포에 떨고 있다. 도대체 뭐가 그렇게 두렵다는 겁니까. 남북이 다 자기 식으로 잘 살고 있을 뿐 아니라 연좌제란 그 제도도 팔십년대에 이미 없어진 이 마당에 말입니다.'

'글쎄요. 제도보다 무서운 게 여전히 남아 있다고 생각하면 어떨까요. 이를테면, 전쟁의 악령 같은 거, 그 악령은……'

휴대폰 엄지 찍기에 열중하고 있던 남학생 하나가 내 말을 가로챘다.

'귀신 같은 게 남아 있다는 건가요?'

와하하…… 학생들은 잘 웃었고 그만큼 단순했다.

'귀신보다 더 무서운 거지요. 귀신은 그냥 마음속에만 있다가 사라지면 그만이지만 지난번 전쟁 때의 악령은 잘못 건드리면 실제로 그것이 현실의 어떤 일로 우리 눈앞에 벌어질 수도 있다는 것이지요.'

고개를 끄덕이는 학생들도 있었지만 대부분 무슨 말인지 이해가 안 간다는 그런 얼굴 표정들을 하고 있었다.

'여기 군대 갔다 온 학생 있어요?'

맨 뒤쪽 구석 자리에 앉은 남학생 두엇이 손을 들었다.

'전방에서 군대 생활을 한 학생들은 많이 봤을 거예요. 길옆을 따라 길게 쳐져 있는 전선줄에 지뢰라는 삼각형 표지가 달려 있는 거 말이지요. 전방이 아닌 훨씬 남쪽 여러 곳에도 그런 표지가 있지요. 지뢰, 그거 반세기가 넘게 수만 개가 땅속에 묻혀 있어 지금도 밟으면 터집니다. 어디 지뢰뿐인가요, 아직도 넘어서는 안 되는 선이 또 얼마나 많습니까. 그 선을 넘는다는 건 지뢰밭에 들어가는 거나 다름없다는 것이지요.'

'맞아요. 선배들이 그러는데 우리가 철원으로 몇 년째 답사를 안 가는 것도 홍수로 여기저기 떠내려온 지뢰가 무서워서 그렇다는 거예요. 그게 꽝 하고 터지면 사람이 죽잖아요. 너무 무서워요.'

꽝. 남학생 하나가 입으로 지뢰 터지는 소리를 내자 여학생들이 자지러졌다.

'그래요. 위험 표지선 안에 있는 지뢰도 무섭지만 그것보다 더 두려운 것은 위험 표지도 없는 곳에 묻혀 있는 지뢰지요. 여기 앉아 있는, 내 안에도 지뢰가 여러 개 묻혀 있다는 거 여러분은 모를 겁니다.'

'저도 교감선생님께서 지금 말씀하신 그 지뢰에 대해 생각해 본 적이 있어요.'

나이가 좀 들어 보이는 여학생 하나가 얼굴처럼 참한 목소리로 말을 이었다.

'지뢰가 숨을 쉬고 있다, 그런 생각 말이에요. 숲속에 몸을 감춘 채 먹이를 노리고 있는 짐승처럼 말이지요. 더구나 교감선생님의 지뢰 얘기는 언어의 내포적 의미로 해서 더욱 의미심장하

고 무섭게 들려요.'

우우우. 학생들의 악의 없는 야유. 누군가 불쑥 한마디.

'역시 달라요. 시인의 현실 인식. 저 선배 올해 시인으로 등단했거든요.'

학생들이 잠시 침묵했다. 모두 자기 나름의 지뢰 찾기를 하고 있었는지 모른다. 그렇다면 나는 이 땅에서 무엇을 두려워하며 살았는가. 내 얘기를 해야 할 것 같았다. 나는 더듬더듬 내 생각을 펼쳤다.

'우리처럼 전쟁을 직접 겪은 사람들이 두려워하는 건 전쟁이 모든 걸 엉망으로 만들어놓는다는 겁니다. 지금까지 우리가 지켜온 질서나 가치가 한순간에 뒤집히거나 송두리째 무너진다고 생각해봐요. 그 어떤 이성이나 감성으로도 대처가 안 되는 게 전쟁이지요. 아직도 많은 사람들이 생이별을 한 채 만나지 못하고 있잖습니까. 나한테 형이 하나 있었지요. 그때 형은 열일곱 살이었는데 아직까지 그 생사를 모르고 있어요. 이 땅에서 생사를 모른다는 건 그 유족에게는 어쩌면 희망인 동시에 정말 견디기 힘든 참혹한 고문, 고통일 수도 있다는 거지요.'

'교감선생님께선 그 형님이 아직 살아 있다고 생각하고 계신 거예요?'

'그 생사보다 중요한 건 그때의 실종자들이 어떤 색깔의 옷을 입고 있었는가 하는 현실적인 문제지요. 북쪽에 살아 있다고 해도 인민군 전사였는지 아니면 국군포로로 잡혀간 것인지, 그것이 자의였든 타의였든 그 선택의 결과로부터 남은 그 가족들의 삶이 오늘 이 시간까지 자유롭지 못하다는 그런 얘깁니다.'

학생들의 얼굴 표정이 좀 진지하다는 느낌이 들었다. 채록을 위한 녹음테이프를 갈아 끼운 학생이 말했다.

'그동안 채록을 하면서 느낀 건데요, 아까 교수님도 말씀하셨지만 전쟁의 두려움이 마을 어른들한테 아직 많이 남아 있는 거 같았어요. 뭔가 알고 있으면서도 얘기하기를 꺼려하는 그런 눈치였거든요. 어떤 분은 이거 잘못 얘기함 큰일 나는 거요, 그러면서 자기가 한 말을 도로 거둬들이는 경우도 있었거든요.'

'한마디로 후환이 두렵다 그거 아니냐. 그러니까 느덜은 그 노인들이 얘기하기 싫어하는 바로 그걸 어떻게든 파헤쳐 채록하라 그 말이야.'

시인 교수가 이야기 방향을 돌리고 있었다.

'느덜 어제저녁 복골이라는 데서 만났던 그 할아버지 생각나지. 다른 사람들은 다 그 문제에 대해 잘 모르겠다고 하는데 그 노인만은 아주 세세하게 그때 일들을 기억하고 있었잖아.'

학생들이 교수의 말에 동의한다는 듯 고개를 크게 주억거렸다. 학생 하나가 수첩을 들여다보며 말했다.

'물걸리 1구 복골마을 팔십구 세 오흥춘 노인을 말씀하시는 건가요?'

'그래, 우리가 갔을 때 지팡이로 문지방을 땅땅 치고 있던 그 노인 얘기가 얼마나 실감 났느냐 그거야. 그런 걸 채록해두어야 나중에라도 느덜이 전쟁 얘기를 소설이나 시나리오로 쓰더라도 실감 있게 쓸 수 있다 그 얘기야. 느덜이 게임으로 하는 그런 전쟁놀이와 완전히 다르다는 걸 그 노인 얘기를 들으면서 모두 확인했잖냐.'

'교수님, 그런데 그 할아버지가 망령이 심하다고 마을 사람들이 그랬잖아요. 정말 어떤 부분에선 많이 헷갈렸어요. 그 따님을 보고 어머이라고 부르는 것만 해도 치매 환자가 분명했어요.'

'인마, 치매의 특징이 최근의 일은 잘 기억하지 못해도 아주 오래된 일은 선명히 기억하고 있는 거라는 거 몰랐냐? 느덜이 듣고 싶었던 게 바로 그 치매 노인 기억 속에 각인된 옛날 그 얘기였잖아. 그러니까 그 노인의 말은 마을 사람 누구의 것보다 채록 가치가 크다 그런 얘기야.'

모교로 교감 발령을 받은 그해 인사차 복골 오흥춘 노인을 찾아갔다. 오흥춘 노인은 하나 있던 아들을 저세상에 먼저 앞세워 보낸 뒤 객지에 시집가 살다가 혼자가 된 딸 복순이와 함께 살고 있었다. 복순은 나하고 초등학교 동창이다.

'우리 아부지 제정신이 아니니까 너무 많은 얘길 시키지 말어. 어떤 땐 생사람 잡을 소릴 막 한다니까. 마을 사람 누가 누굴 어떻게 죽였다는 걸 당신이 모두 본 것처럼 얘길 하고 있으니, 사람들이 그 얘길 들으면 우리 아부질 가만두겠어.'

내가 찾아갔을 때 오흥춘 노인은 사랑방 문턱에 앉아 지팡이로 문지방을 두드리고 있었다. 밥을 빨리 가져오란 독촉이라고 했다. 밥 먹을 시간 기다리는 것이 유일한 낙일 터. 벽에 걸린 시계만 쳐다보고 산다고 했다. 시곗바늘이 큰 것이든 작은 것이든 12자에만 가면 지팡이로 문지방을 두드린다는 것이다. 일부러 벽시계 건전지를 빼낸 뒤 시곗바늘을 12시에서 멀리 놓았다. 그러나 며칠간은 그런대로 괜찮았지만 그것도 잠시 요즘에는 아예 시도 때도 없이 문지방을 두드려댄다며 고개를 내젓는 복순의 얼굴 그늘이 말이 아니다.

'암호, 이눔아, 암호부터 대라 그거여.'

오홍춘 노인은 마주 앉기가 급하게 암호가 뭐냐고 다그쳤다. 복순이 말에 의하면 자기 아버지가 몇 년 전 군부대가 마을 근처 산에 며칠 진을 치고 머물다 간 뒤부터 육이오 때의 그 기억들을 새록새록 떠올리기 시작했다는 것이다.

'총이 한 자루밖에 없었어야. 총알두 세 발뿐이구. 그래두 방문을 밀치고 들어서면서 대뜸 윤가 놈 가슴팍에다 총을 들이대고 쏜 거지, 근데 그게 나중에 보니까 가슴이 아니라 배때기루 총알이 뚫구 나간 거였어야. 좌우지간 윤가 놈이 눈을 허옇게 뒤집어쓰고 넘어지면서 즈 어머이를 부르는 게야. 어머이, 어머이, 나 죽어유. 그렇게 즈 어머일 부르다가 꼬꾸라졌는데 글쎄 그눔이……'

이것을 누가 고령의, 망령든 노인의 기억으로 생각할 것인가.

'다른 눔들은 모두 괭이루 낫으루 쳐 죽였어야. 우리가 봐두 그게 너무 끔찍하고 무서웠어야. 여북하면 그 일을 하다 말구 모두 산으루 도망을 쳤겠어. 총을 쏜 용 대장두 우리가 모두 내빼니까 저두 어쩔 수 없이 따라오데야. 아, 그래놓으니까 즈 어머일 부르다 꼬꾸라진 윤재복이가 터져 나온 밴 창잘 끌어안고 장거리 즈집까지 기어갔잖은가 그 말이여.'

그러나 오홍춘 노인은 자신이 그 사람들을 복골에 유인해 올린 일이며 그 흉가가 된 빈집을 불태워 없앨 때 산불까지 냈던 일 등은 전혀 기억하지 못했다.

그날 나는 오홍춘 노인을 통해 동오골 사건을 좀 더 분명히 알고 싶었다.

'아저씨, 그때 동오골 일 때두 거기 계셨지요?'

'이게 누구여?'

오홍춘 노인은 생판 딴사람을 만난 그런 눈으로 나를 쳐다봤다.

'이눔, 너, 탑둔지 장병선이가 맞지?'

오홍춘 노인은 나를 우리 아버지로 혼동하고 있었다.

'아저씨, 저는 장병선 씨 둘째 아들 효식이예요. 복순이하고 학교 동창입니다.'

'장병선이 이눔, 니눔이 겁장인 건 세상이 다 알아야. 비겁한 눔이라 그거여. 너, 변 구장네 닭장에서 함께 닭서릴 해 먹구서는 그게 겁나 으른들한테 일러바친 눔이 바로 너 아니여. 어디 그뿐이여. 니눔은 죽는 게 겁나 다릴 일부러 많이 절면서 우리 결사대에 끝까지 들어오지 않은 눔이여. 우리가 니눔 조심해야 한다구 일부러 니눔 집에서 모였어야. 여차하면 니눔을 죽일 수도 있었다, 그런 얘기여.'

내 아버지 얘기를 그런 식으로 듣는 건 많이 불편했지만 달리 방법이 없었다.

'아저씨, 그때 결사대 대원들이 동오골에 끌고 간 인민군이 몇 명인지 기억하고 계세요?'

'병선이 이눔, 공부 일등 하던 눔이 그건 왜 모르구 있냐. 이 망할 눔아. 그게 그렇게 알구 싶으면 내가 알으켜주마. 그래, 이백세 명이다, 이백하구두 셋이라 그거여.'

세월의 갈피가 전혀 잡히지 않아 치매 노인들이 자기 나이를 모르듯 오홍춘 노인도 숫자 기억에 있어서는 신뢰할 것이 못 되는 것 같았다. 그러나 오홍춘 노인은 눈을 끔벅이며 뭔가를 생각하는 기색이었다.

　'그때 죽이기두 오라지게 많이 죽였지만 죽을 걸 살려준 인민군 놈두 있어야.'

　죽이지 않고 살려준 인민군…… 그 말을 듣는 순간 나는 수시로 내 생식샘을 자극하던 그 여자 인민군에 대한 혼몽한 기억이 또렷이 살아나는 느낌이었다.

　'살려주다니요, 누구를 왜 살려줬는데요?'

　오홍춘 노인 역시 반세기 전의 그 기억에서 벗어나지 못하고 있었다.

　'이놈, 장병선아, 인민군 나간 니 큰아들 눔두 누가 그렇게 살려줬음 좋겠쟈?'

　형의 행불에 대한 마을 사람들의 예단은 늘 그렇게 잔인했다. 학도병으로 참전했을 것이라는 생각은 그냥 우리 가족의 한 가닥 희망사항이었을 뿐이다.

　'아저씨, 그때 살려준 사람늘 얘기 좀 해주세요.'

　'구뎅이 앞에 죽 앉히구 막 총을 쏠려는 참인데 용 대장이 우리 몇 사람을 불렀어야. 두 눔을 살려주자는 게야. 용 대장 그 육실헐 눔이 제장 쟈들은 죽이기에 너무 아깝다, 그러는 거 아니겠어.'

　'죽이기에 아깝다니, 뭐가 그렇게 아깝다는 거였습니까.'

　'이놈아, 아까운 건 그냥 아까운 거여. 내가 봐두 두 눔이 모두 잘생긴 건 틀림없었어야. 마빡이 훤하구 눈이 부리부리, 콧날두 번듯했어야.

'설마 인물 좋다고 살려줬겠습니까. 나이가 너무 어려 그게 아깝다는 거였겠지요.'

'이놈아, 갸들보다 더 어린 애송이들두 있었어야. 갸들이 산 건, 왜 척 보면 대번에 범상치 않은 그런 얼굴이 있어야. 그걸 해치면 하늘이 벼락이라두 내릴 것 같은, 그렇게 무시 못헐 얼굴 덕을 본 게라 그 얘기여.'

'아저씨, 그때 살려준 사람 중에 하나는 여자였지요?'

'야, 이눔 봐라. 니가 그걸 어떻게 안다냐?'

그 순간 눈에 씌었던 뿌연 비닐 껍질 하나가 벗겨져 나갔다. 그 여자는 실제 인물이었던 것이다.

'아저씨, 그때 살려준 그 인민군들이 그 뒤 어떻게 됐는지 알고 계세요?'

그러나 오흥춘 노인의 현실은 그게 아니었다. 그는 자기 앞에 서 있는 나 같은 것은 안중에도 없다는 듯 지팡이로 문지방을 다시 두드려대기 시작했다.

'이봐유 성님, 나 배고파. 우리 어머이가 날 굶겨 죽일려구 해. 밥을 이틀이나 한 번두 안 줬어.'

초가을 햇살 속에─1950

재천이 마을을 발칵 뒤집어놓고 사라진 그 며칠 뒤부터 낙동강 전투에서 패했다는 인민군들이 삼삼오오 짝을 이뤄 마을을 지나갔다. 북쪽으로 돌아가기 위한 퇴각 루트 중의 하나가 바로 우리 마을이었던 것이다.

마을길을 터벌터벌 걸어가는 인민군들의 모습이 하나같이 초췌했다. 누렇게 낡은 군복도 그렇지만 발가락이 드러날 정도로 너덜거리는 군화 위에 천 쪼가리를 잡아낸 꼴이 정말 말이 아니었다.

피란길에서도 많이 본 아주 앳돼 보이는 인민군들은 우리 마을 아이들을 부러운 눈으로 보면서 지나갔다. 집에 숨어 있던 마을 아이들이 인민군들을 보기 위해 슬슬 집에서 나오기 시작했다.

그러나 마을 어른들은 인민군들이 마을을 향해 오고 있다는 말만 들어도 산속으로 도망치곤 했다. 윤재복의 동생 재천이 또다시 인민군들을 데리고 마을에 나타날 수 있다는 두려움이었다. 더구나 후퇴하는 인민군들이 각 마을 인민위원회에서 지명한 반동분자들을 모두 처치하고 간다는 소문 때문이었다. 실제로 읍내에서 주민 사십여 명이 후퇴하는 인민군들에 의해 폐광굴에서 떼죽음을 당했다는 얘기를 직접 그 피해자 가족의 입을 통해 들었던 것이다.

그러나 유엔 연합군이 인천상륙작전에 성공했다는 소식이 라디오 리시버를 통해 전해지면서 각 마을이 서로 경쟁하듯 인민군 패잔병 잡는 일에 나섰다. 어느 마을이고 용재두가 그 일에 앞장을 섰다. 여러 마을에서 포획한 무기만 해도 대단해 마을 남자들이 모두 총 한 자루씩은 지니고 있을 정도였다.

인민군 패잔병들이 한두 명, 외떨어져 마을을 지나가는 날이면 마을 전체가 그대로 공포에 휩싸였다. 마을 어른들이 그 인민군들을 처치하기 위해 작전을 전개했기 때문이다. 잡은 포로들은 심문도 제대로 하지 않은 채 그대로 죽여 골짜기 아무 데나 파묻었다. 아군이 들어오면 잡은 패잔병들을 인계할 것이니 함부로 죽이지 말라는 지시가 있었지만 그것이 제대로 지켜지지 않았던 것이다. 마을 사람들이 인민군보다 지방 빨갱이를 더 무서워했듯 인민군 패잔병들이 국방군 만나는 것보다 마을 사람들을 더 두려워한 것도 그 때문이다.

그러나 아군 선발대가 패잔병들을 앞질러 이미 인제까지 진격했다는 소식이 전해지면서 각 마을에서 사로잡은 인민군 포로들이 결사대가 본부로 하고 있는 수항초등학교로 이송되기 시작했다.

새벽부터 결사대 대원들이 동오골 입구의 우리 집 앞을 오르내렸다. 학교에 가둬뒀던 인민군 포로들을 면소재지로 이송한다는 날이었다. 면소재지에 아군 주력부대가 들어왔다고 했다. 인민군 포로들을 모두 국방군에 인계하라는 연락이 왔다며 육사단 칠연대를 입에 달고 사는 양승호와 국군 낙오병 최수형이 군복까지 차려 입고 나왔다. 결사대 대장 용재두는 못 보던 색안경에, 허리에는 권총까지 차고 있었다.

그날의 아침 상황에 대한 내 기억이다. 나는 그날 아침 일찍부터 불려나가 망을 보고 있었던 것이다.

'효식이 넌 영팔이하고 저 서낭당 앞에서 망을 보는 거다.'

146

서낭당 고개에서 강 건너 장수원이나 마을 장터 쪽에 인민군 패잔병이 나타나면 곧장 연락을 하라고 했다. 그날따라 용 대장이 많이 긴장하고 있는 느낌이었다.

손이 뒤로 묶인 인민군 포로들이 학교 뒷문을 통해 끌려나와 면소재지 쪽으로 향하는 것이 동오골 서낭당에서 내려다보였다.

그러나 어느 순간 면소재지로 향해 움직이던 행렬이 갑자기 신작로를 버리고 동오골로 방향을 바꿨다.

'뒤로 전달, 동오골 고개로 질러간다.'

결사대 대원 하나가 뒤를 돌아보며 그렇게 외치자 인민군들을 둘러싸고 있던 다른 대원들이 모두 복창을 했다. 뒤로 전달, 동오골 고개로……

드디어 인민군 포로들이 서낭당에 이르렀다. 인민군 하나가 서낭당에 허리를 굽혀 절했다. 어떤 인민군은 다 떨어진 신발 뒤축이 벗겨지자 그것을 제대로 신으려고 애를 쓰는 모습도 보였다. 어떻든 인민군 포로들 모두가 동오골로 올라가는 샛길로 들어서면서 뭔가 심상찮은 낌새를 눈치챈 듯 술렁거렸다.

지 사람들 다 죽일 거야. 느낌이 그랬다. 내가 그 느낌을 장영팔을 향해 떨리는 목소리로 말했을 것이다. 그때 분명 영팔이가 거기 있었다.

결사대 대원들이 인민군 포로들을 동오골로 끌고 들어간 뒤 얼마 지나지 않아 서너 방의 총소리가 났다. 산속에서 울리는 총소리는 그리 크지 않다. 그러나 쩌르렁 쩌르렁 골짜기를 울리는 긴 산울림은 숨 끊어지는 짐승의 비명처럼 애절하다.

지뢰밭

동오골에 처음 울린 그 총소리가 밧줄을 풀고 도망치는 인민
군 군관 하나 때문이었다는 것을 나중에야 알았다. 그 인민군
군관은 밧줄을 풀고 도망치면서도 김일성 장군 만세를 불렀다
고 했다. 총에 맞고서도 산 중턱까지 치뛰다가 쓰러졌다는 그
인민군 얘기는 뒷날 마을 사람들의 입에 오랫동안 오르내렸다.

산속의 적막을 흔든 그 첫번째 총소리 이후 동오골 골짜기는
짤랑거리는 초가을 햇살 속에 조는 듯 고요했다.

그 숨 막히는 정적이 깨진 것은 동오골 안쪽에서 서너 명의
사람들이 서낭당 쪽으로 내려오면서였다. 결사대 대원 한 사람
과 손이 뒤로 묶인 인민군 포로 둘. 결사대 대원은 감두리 사는
원씨 아저씨였다. 데리고 내려온 인민군 두 사람을 서낭당 돌배
나무 아래 꿇어앉히는 원씨 아저씨의 눈에 살기가 핑핑 돌았다.

인민군 포로 두 사람은 몸을 와들와들 떨고 있었다. 그중 한
사람이 뒤에 서 있는 원씨 아저씨를 돌아보면서 울음을 터뜨렸
다. 살려주시라요. 우리 형 또래의 나이로 보였다. 다른 또 한
명의 인민군이 뒤로 고개를 돌려 힐끗 내 눈과 마주쳤다. 짐승
이 올가미에 걸려 날뛰다가 어느 순간 움직임을 뚝 그치며 사
람을 쳐다볼 때의 그 적의 가득한 눈빛. 베수건을 모자처럼 머
리에 두른 그 여자 인민군은 매섭게 다문 도톰한 입술을 달싹
여 뭔가를 말했다. 물. 그것이 어쩌면 다른 말이었는지도 모른
다. 그러나 그때 그네가 나한테 뭔가를 절실히 원하고 있었던
것만은 분명했다.

'저 아래, 별일 없쟈?'

담배를 피워 무는 감두리 원씨 아저씨의 손이 심하게 떨렸다.

그 목소리 또한 많이 달떠 있었다.

'인마, 느덜 운이 정말 좋은 거야.'

'살려주시라요. 아자씨, 제발……'

우리 형 나이 또래의 어린 인민군 포로는 계속 울고 있었다. 여자 인민군과 달리 그 인민군은 군복 대신 다 떨어진 베잠방이에 여기저기 기운 자국이 많은 고무신을 신고 있었다. 아마 어느 집에서 옷을 바꿔 입었을 것이다.

'인마, 왜 내 말을 안 믿어. 느덜은 이제 살았다니까 자꾸 그러네.'

윈씨 아저씨가 내 곁으로 다가오더니 내 귓가에 입을 가까이하고 말했다.

'저놈들을 저기 상엿집에 가둬놓을 거니까, 니가 망을 잘 봐야 한다.'

윈씨 아저씨가 턱으로 가리켜 보이는 상엿집은 서낭당 오른쪽 산 밑에 있었다.

'야, 너 성이 뭐랬어?'

윈씨 아저씨가 칭칭 울고 있는 허여멀건 얼굴의 인민군 머리를 쿡 찔렀다.

'홍천 용씹네다.'

'그래, 바로 그거야 인마. 네가 홍천 용씨기 때문에 산 거야. 우리 대장이 홍천 용씨라 그거야 인마.'

그 눈의 살기와는 달리 윈씨 아저씨는 동오골 안쪽 골짜기를 자주 올려다보며 허둥거렸다. 인민군 두 사람을 상엿집에 가둔 뒤 다시 골짜기 안쪽으로 올라가기 전에 윈씨 아저씨가 나한테 속삭이듯 말했다.

'너. 저 위에서 총소리가 많이 나두 절대 놀라지 마.'

그렇게 달뜬 목소리를 남긴 뒤 원씨 아저씨가 허둥허둥 동오골 안쪽 골짜기로 사라졌다. 그 순간 나는 이가 딱딱 부딪힐 정도로 몸이 떨렸다. 원씨 아저씨가 말한 동오골 안쪽에서 울려올 총소리가 무서워서가 아니었다. 그것은 인민군 두 사람이 상엿집에 갇혀 그 모습이 보이지 않으면서부터 몰아친 무섬증이었다.

내가 집으로 내려 뛴 일만은 분명하다. 이 부분에서 헛갈린다. 그때 서낭당에 남은 것은 나 혼자였다는, 어쩌면 영팔은 벌써 전에 서낭당을 떠났을는지 모른다는 생각. 집은 텅 비어 있었다. 물. 무울. 그 갈증은 부엌 물동이에서 물을 퍼 든 순간 나를 향해 뭔가 입을 달싹거리던 여자 인민군의 그 강렬한 눈빛을 생각나게 했다.

내가 바가지에 물을 떠가지고 다시 동오골 서낭당 고개로 치뛴 일은 결코 말짱한 정신에서 한 것이 아닐 것이다. 그러나 나는 바가지에 떠 온 물을 그네들이 갇혀 있는 상엿집까지 들고 가지 못했다. 걷잡을 수 없는 그 무섬증은 어떤 예감 같은 것이었다.

동오골 안쪽에서 총소리가 울렸다. 여러 방의 총소리가 간헐적으로 가을볕이 따갑게 내려앉은 골짜기에 쩌르렁 쩌르렁 산울림을 일으켰다.

상엿집에 뭔가 이상한 기색이 보인 것도 그때였다. 상엿집 전체가 움직이는 느낌이었다. 거기 갇혔던 인민군 두 사람이 엉금엉금 기어 나오고 있었다. 그네들이 내가 서 있는 서낭당으로 달려 내려오는 순간 나는 그 자리에 털썩 주저앉았다.

멧돼지가 내닫는 그런 뜀질이었다. 그네들이 내 곁을 스쳤다. 전기 도체에 닿는 순간의 충격 같은 것이 내 온몸을 휩쓸었다. 그네들 중 한 사람의 손길이 내 머리에 닿았다는 느낌이었다. 그네들 모습이 사라진 것은 동오골과 다른 방향의 산등성이 송림이었다.

동오골에서 울리던 총소리가 멎었다. 쏴아 하니 밀려오는 정적. 상엿집도 여전히 그 모습으로 거기 서 있었다. 거기 있으면서도 그때까지 보이지 않던 들꽃이 비로소 내 눈에 띄었다. 서낭당과 상엿집 사이의 묵밭에 핀 벌개미취 군락 그 한옆으로 샛노랗게 핀 마타리꽃. 내 바지 자락이 질펀하게 젖어 있는 것을 안 것도 그 들꽃이 눈에 들어오는 순간이었다. 손에 들려 있어야 할 물바가지가 땅바닥에 엎어져 있었다.

시퍼렇게 젊어 죽은

그날 동오골 상엿집에서 인민군 두 명이 도망친 일에 대해서도 마을 사람들의 말은 조금씩 달랐다. 그 두 사람이 쉽게 도망칠 수 있게 포승줄을 느슨하게 묶어 상엿집에 가두었을 것이란 얘기가 있는가 하면 살려주되 그네들을 국방군에 포로로 넘길 계획이었다는 것을 주장하는 사람도 있었다.

어쨌든 죽이기엔 너무 아까워 살려주려 한 것만은 분명했다. 그러나 그날 도망친 그네들이 당시 상황으로 봐 살아남기가 그리 쉽지 않을 것이란 얘기가 많았다. 다행히 살 수만 있다면 어느 곳에서고 크게 될, 그런 귀인상이었다는 말들을 빼놓지 않았다. 다만 그때 도망친 두 사람의 인민군 중 한 사람이 여자였다는 사실에 대한 별다른 뒷얘기를 듣지 못했다.

그러나 십여 년이 흐른 뒤 나는 아버지가 어머니한테 그 여자 인민군에 대해 얘기하는 걸 들었다. 그때까지도 어머니는 날이 추워도 더워도, 특히 귀한 음식을 먹을 때마다 소리 없이 눈물을 찍어내곤 했다. 그날도 아마 어머니는 당신의 맏아들 얘기로 마음이 그렇고 그런 상태였을 것이다. 정말 탐나는 아이였다고, 열일곱 그 나이에 그처럼 똑 부러지게 반듯한 인물도 흔치 않을 거라면서 사람 인연이란 모르는 일, 이승이든 저승이든 충식이가 그 처녀애와 좋은 인연으로 맺어졌을 수도 있지 않겠느냐, 아버지의 그 황당한 위로 말에 어머니가 어떤 반응을 보였던가는 기억에 없다.

아무튼 그날 내가 서낭당 앞에 주저앉아 그 두 사람의 필사적인 뜀질을 바라보며 질질 오줌을 싼 일을 아는 사람은 아무도 없었다. 그러나 그날 이후 나는 지금 이 나이에도 뭔가 불안한 상황이 생기거나 어디로 떠날 즈음이면 여지없이 심한 요의로 절절매곤 한다.

기억의 재생은 때로 원래의 그것과 전혀 다른 괴물로 진화한다. 특히 아이들의 입을 통해 전해지는 이야기의 색깔 덧칠이 그랬다. 수복이 되어 학교가 다시 문을 열었을 때 아이들은 앞다투어 자기 마을에서 있었던 일들을 이야기했다.

'시중이네 안방에서 인민군이 총을 이렇게 끌어안구 자는 걸 어른들이 문짝을 벼락같이 밀치구 들어가 덮친 거라구. 첨엔 긴 괭이루 머릴 내리쳤는데 글쎄 그게 빗나갔다지 뭐야. 한번은 그렇게 잡은 인민군을 우리 집 뒷산으루 끌구 와서 그 인민군한테 삽을 주구 땅을 파라니까 처음 몇 삽을 파더니 그냥 냅다 도망을 치더라구. 분명 산으루 치뛰는 걸 봤는데 어디서 잡혔는지 알아? 바루 우리 부엌이었다구. 그걸 내가 찾아냈다니까. 어른들을 따라 산으루 치뛰다 보니 목이 마른 거야. 집에 들어와 바가지로 물을 떠 마시는데 부엌 구석에 쌓아놓은 검불더미가 이상하더라니까. 그래서 검불더미를 다시 보니까 글쎄 뭔가 번쩍하더라구. 검불더미 속에 숨은 인민군 눈하구 내 눈이 딱 마주쳤다 그거야. 그 눈이 날 보구 뭐랬는지 알아. 그래애, 눈이 정말 말을 했다니까. 그게 무슨 말이었는지 지금은 다 잊어뿌렸지만 제발 살려달라는 그런 얘기였던 것만은 분명해. 어쨌든 그 인민군은 지가 파던 그 구덩이에 파묻혔다구. 죽이지두 않구 그냥 산 채루 묻었다는 거야. 그때 우리 할머이가 그러더라구. 불쌍하다구, 그 사람 부모가 얼매나 기다리구 있겠느냐구. 죽은 사람 이름이나 알아뒀는지 모르겠다구. 난리가 끝나면 언제구 구뎅이서 파내서 제대루 묻어줘야 한다구 말이지.'

그러나 세월이 흐르면서 그런 이야기들은 슬슬 자취를 감췄다. 시국이 시끌벅적, 이러다가 전쟁이 또 터질는지 모른다는 얘기들이 돌 때면 아예 지난날 있었던 얘기들은 입 밖에 내지도 않았다. 그때의 일이 가물가물 다 잊혀 그게 정말 있었던 일인지도 확실하지 않다고 했다.

그러나 용재두가 죽었을 때는 달랐다. 죽기 전, 풍을 맞아 몸을 제대로 움직이지 못할 때부터 그랬다.

　'지가 지은 죄를 이승에서 전부 때우고 죽는 사람이 있다더니, 용재두가 바로 그 꼴이여.'

　'그거 맞는 말이네. 사람을 좀 죽였어야지.'

　'그 사람 우리 마을에 오기 전 다른 데서는 더했다구, 지 입으루두 그러데.'

　'여북하면 아들이 그렇게 죽었을까. 술주정 끝에 내 아들 내가 죽였다구 펑펑 운 게 어디 한두 번이던가.'

　'그때 인민군 둘을 살려준 것두 다 지 아들 생각을 허구 그랬을 거구먼.'

　'아무튼 그날 인민군 갸들 두 놈은 운이 좋았던 게야.'

　'운이 좋긴. 도망치다 다 죽었을 거구먼서두.'

　'아니지. 살 운을 타고난 놈은 그렇게 쉽게 죽지 않아. 조롱골 박재명이 월남전에서 몸속에 총알 다섯 개가 박혀가지구두 살아난 거 봐. 아무리 난시라두 살 놈은 어떡하든 살더라니까.'

　1951년 1·4후퇴 때의 중공군 얘기만 나오면 나는 늘 기가 죽었다. 그 겨울 전쟁 때도 우리 가족은 할머니만 집에 남겨둔 채 남쪽으로 피란을 갔다가 다음 해 봄에 마을로 돌아왔던 것이다.

　유엔군 화력에 밀려 퇴각하는 중공군들은 일 년 전 여름 전쟁 때 인민군들이 그랬던 것처럼 우리 마을을 지나 북쪽으로 갔다.

　'중공군들은 마을을 지날 때 아예 두 손을 번쩍 들고 다녔어야.'

154

'그렇게 겁을 먹고 다니니까 잡기도 쉬웠어야. 우리 애들이 작대기를 들이대고 거기 엎드려, 그러면 고분고분 땅에 엎드렸지 뭐야.'

'뙤놈들이 양키놈들보다야 백번 나았어야. 뙤놈들은 후퇴를 하면서도 되도록 민가에 폐를 끼치지 않으려고 노력을 하더라니까. 워낙 먹을 것이 없으니까. 빈집 부엌 바닥까지 파헤쳐 감춰둔 감자며 좁쌀을 꺼내 먹기도 하고 무시래기에 밀기울 껍질을 얻어가면서도 미안하다고 허리를 굽신거렸어야.'

'뙤놈들은 그게 요강인 줄두 모르구 거기다가 시래기죽을 쒀 먹었어야.'

마을 아이들은 나달나달 낡아빠진 누비군복에다 광목천으로 발싸개를 한 채 눈 덮인 언 땅에서 무를 파내 우적우적 먹던 중공군들의 비참한 모습을 매우 연민 어린 투로 묘사하곤 했다. 더구나 중공군이 추운 겨울인데도 옷을 벗어 그 솔기에 달라붙은 보리쌀만 한 이를 손가락으로 훑어 화툿불에 넣을 때마다 탁탁 터지는 소리가 따발총 소리 같았다고 했다. 그때 우리 마을에서 죽은 중공군이 여름 난리 때 후퇴하다가 잡혀 죽은 인민군 숫자보다 몇 배 많았다는 얘기도 빼놓지 않았다.

'진짜루 많이 죽었다구. 중공군들은 모두 여자들 흰 치마를 뒤집어쓰구 다녔잖아. 눈하구 같은 색깔인데다가 흰 치마를 입구 다녀야 쌕쌕이가 마을 사람들인 줄 알구 공격을 안 할 거라 그거였는데 그게 아니었어야. 쌕쌕이가 따다다다 기관총으루 몇 번 훑구 지나가면 산골짜기가 온통 새빨갛게 물들었어야. 그때 바루 죽지 않은 중공군 하나가 우리 울타리 밑에까지 기어

와 죽었다구. 우리 할아버지가 그 시첼 눈으루 덮어뒀다는데 글
쎄 봄이 돼 눈이 녹으니까 총 맞아 떨어져 나간 팔꿈치가 불쑥
튀어나와 있더라니까.'

수복 이후 마을 아이들은 아침부터 늦은 밤까지 전쟁놀이를
했다. 산자락 이곳저곳 참호 속에 널려 있는 무기들을 집에 몰
래 감춰놨다가 밤에 들고 나왔다. 그런 무기들을 어른들한테 압
수당한 뒤에는 직접 총을 만들었다. 소총 실탄은 얼마든지 있었
으니까 나무를 대충 깎아 총신을 만들고 총알이 나갈 만한 구멍
뚫린 쇠파이프를 잘라 고정시킨 뒤 총알 뇌관을 때릴 노리쇠를
대못으로 만들어 고무줄에 걸면 되었다. 중공군이 허리에 차고
다니던 방망이수류탄이며 개구리참외처럼 암팡지게 생긴 미군
들의 수류탄도 우리의 전쟁놀이에 빠질 수 없는 무기였다. 게다
가 터지지 않은 포탄을 분해해 그 속에서 쥐똥처럼 생긴 화약을
이용해 로켓포를 쏘아 올리는 일로 전쟁놀이는 절정을 이뤘다.

전쟁놀이 중 우리가 즐긴 또 하나의 놀이는 담력시험이었다.
엄청나게 많은 중공군이 유엔군의 네이팜탄 공격으로 불타 죽
은 솔치골까지 가 그곳에 흩어져 있는 중공군이 몸에 지녔던 물
건들을 전리품으로 수거해 오는 일이었다. 그러나 그 캄캄한 밤
중에 송장 썩는 냄새가 진동하는 그 골짜기까지 직접 갔다가 오
는 아이는 별로 없었다. 대부분 솔치골로 올라가는 길가에 숨었
다가 시간이 꽤 됐다 싶으면 헐레벌떡 돌아와 너무 무서워서 전
리품을 못 가져왔다고 하면 그만이었다.

솔치골에서 불타 죽은 중공군 송장 썩는 냄새가 그다음 해까
지 났다고 했다. 시퍼렇게 젊어 죽은 귀신들이 밤이면 곡을 한

다며 솔치골 아랫마을 사람들은 마을에 무슨 재앙만 생겨도 중공군 원혼 얘기를 들먹였다. 결혼식을 사흘 앞두고 갑자기 죽은 딸이 이승에서의 원한을 풀고 극락왕생하기를 비는 푸닥거리를 할 때도 무당 목구멍에서 슬피 울부짖는 수백의 총각귀신의 울음소리가 나왔다.

마을의 재앙을 막기 위해서는 씻김굿을 한판 크게 벌여야 그 원혼을 달랠 수 있다며 그 비용을 갹출하다가 흐지부지된 일도 있었다. 적군의 원혼을 달래는 그 굿판이 반공법에 걸릴 수도 있다는 학교 선생의 유권해석이 있었기 때문이다.

어느 날 불현듯―2007

은장봉 증조할아버지 묘 벌초를 다 끝내고 땀을 들이는 참인데 휴대폰이 울렸다.

"지금 어디 계십네까?"

그 사람이다. 아까 동오골로 들어서면서 돌산의 용재두 무덤 쪽을 올려다봤지만 거기 그 사람 기척은 없었다.

벌초가 일찍 끝나 감두리강에 나가 견지낚시를 하다가 지금 동오골로 들어오는 중이란다.

"어디 계신지 제가 차가 있으니까 그리로 가면 안 될까요?"

몇 년 전에도 그랬고 오늘도 동오골 근처 어디에도 그가 타고 왔을 만한 자동차가 보이지 않았던 것이다. 읍내에서 버스를 타고 왔다면 그렇게 이른 시간에 벌초를 끝낼 수가 없었을 터.

"아니야요. 서낭당에 거의 왔습네다. 천천히 내려오시라요."

낌새가 심상찮다. 아무도 모르게 수년간 용재두 무덤을 벌초해온 일만 해도 그렇지만 다시는 생각하기도 끔찍할 동오골을 그 만남의 장소로 잡은 일부터가 그랬다.

아무튼 질긴 인연이다. 이제 오십칠 년 전의 그 장소에서 그를 세번째 만난다는 소설 같은 이 사실을 누가 믿을 것인가.

은장봉에서 동오골로 내려가려면 그때의 현장이 저만큼 건너다보인다. 몇 년 전 돌산 용재두 무덤에서 그 사람과 함께 내려다볼 때마다 숲이 더 무성하다. 삼태기처럼 우묵한 골짜기가 어느 것이 밭이고 산인지 구별이 안 되게 붙어버렸다. 오십칠 년 전 그날 이후 사람의 손길이 전혀 가지 않은 아까시나무들은 이미 거목이 돼 있었다.

아까시나무 숲 그 앞쪽 언덕의 묵밭에 그들이 묻혀 있을 것이다. 그러나 그 묵밭은 내 기억 속에만 있을 뿐 지금 그 어디에도 밭이었다는 흔적이 남아 있지 않았다. 더구나 그 언덕밭 아래쪽은 원래 물구렁텅이라 오랜 세월 씨가 날아와 저절로 자란 시닥나무와 북나무, 버드나무 등이 한데 어우러져 그대로 숲이다. 그 아래 한 마지기는 실히 될 계단식 천수답도 이미 논으로서의 모양은 찾기 어려웠다.

갑자기 그 잡목 숲에 왜자하니 소요가 일었다. 수리나 뱀한테 공격을 당했을 때 내지르는 새들의 비명이다.

그러나 숲은 금방 조용해졌다. 때로 적요가 가까이 들리는 포성보다 더 무서울 때가 있다. 오십칠 년 전의 그 공포보다 더 섬뜩한 전율이 머리끝으로 뻗쳤다. 원래 봉분이 없는 주검이 더 무서운 법이다. 그들이 정말 저 땅속에 묻혀 있단 말인가.

오십칠 년부터 저 골짜기 땅이 저처럼 철저하게 버려졌다는 것은 아직도 사람들이 그때의 일을 기억하고 있다는 것을 의미한다. 설사 저 땅속에 묻혀 있던 사람들이 누군가에 의해 발굴돼 어디론가 옮겨졌다고 해도 아직도 그때의 일을 기억하고 있는 사람들은 그 기억으로부터 크게 벗어나지 못했을 것이다.

그들은 어떻게 되었는가. 때로 나는 내가 기억하고 있는 일들에 대해 매우 회의적인 때가 있었다. 도회에서 학교를 다니다가 이따금 고향 마을에 돌아왔을 때 어릴 때의 나를 기억하고 있는 그 사람들을 내가 전혀 기억하지 못하고 있다는 단절감 같은 것. 혹은 군대에서 제대를 하고 돌아왔을 때 세상이 온통 천지개벽이나 한 것처럼 바뀐 사실 앞에 당혹해하면서 내 기억 속의 일들을 전면적으로 부정한 적이 많았다.

동오골 일만 해도 그랬다. 고향 마을 친척 어른 장사 때 학교 동창들을 만나 술을 먹다가 동오골의 그 일이 화제에 올랐다. 장영팔이와 내가 그때 죽은 사람 숫자며 그 현장에 있었느냐 없었느냐를 놓고 의견이 갈린 것도 그날이었다. 그러나 이미 사람들은 정말 호랑이가 왜갈봉에 나타났던 까마득한 그 시절의 마을 결사대의 무용담 같은 것은 관심도 없었다.

그럴수록 내 궁금증은 부풀었다. 나이 들면서 모든 것이 더욱 혼란스러워졌던 것이다. 정말 그런 일이 있었던 것인가. 그게 사실이라면 그들은 아직도 거기 그대로 묻혀 있다는 것인가.

지난 일에 묶여 있을 만큼 세월이 한가하지 않았다. 모든 가치와 질서가 너무나 빠르게 바뀌고 있어 내 과거의 기억들이 그것

지뢰밭

에 접목되기가 쉽지 않았던 것이다. 또는 상전벽해의 그 세월이라면 사람의 생각도, 그 생각으로 빚어 만든 제도나 법이 바뀌는 게 당연하다는 생각에서 생기는 혼란이었을 것이다.

'육이오 때 우리 마을에서 죽은 인민군 패잔병들은 그 뒤로 어떻게 됐지?'

술기운이었을 것이다. 그런 바보 같은 물음 또한 기억의 혼미 현상이라고 할 수 있었다.

'어떻게 되다니?'

'그 유해를 발굴해 갔느냐 그런 말이지.'

'뭐, 적과 싸우다 죽은 우리 국군 유해도 아직 거두지 못하고 있는 판에 인민군 유해를 발굴해?'

그때 장영팔이 불쑥 끼어들며 어깃장을 놓았다.

'장효식이 너. 고향 오래 떠나 있어 정말 모르고 있었구나.'

'……'

'그때 죽은 인민군 시체들 다 파 갔어야.'

'파 가다니, 누가?'

'아, 그 부모 형제들이 파 가지, 누가 파 갔겠냐, 이 정신 나간 놈아.'

정신 나간 놈은 나뿐이 아니었다. 장영팔의 그 어깃장 말에 둘러앉았던 몇 사람이 눈을 휘둥그레 놀란 얼굴을 했다. 그들 역시 기억의 혼미 상태에 빠져 있음이 분명했다.

'아재, 있었던 일을 그렇게 함부로 얘기하면 안 되지.'

친구지만 나는 영팔이와 티격태격 맞설 경우 가끔 촌수를 내세워 기세를 잡곤 했다. 그러나 쉽게 물러설 영팔이 아니었다.

'야, 조카 놈아, 너야말로 그때 얘기를 함부로 하지 말라 그 거야. 가방끈 길어 고향 떠난 너 같은 놈들이야 밝은 대낮에 삐쭉 들러 그때 일이 어쩌구저쩌구 짖어대다 가면 그만이지만 여기 평생 처박혀 사는 우린 그게 아니란 말이여. 밤마다 여기두 귀신 저기두 오싹인데 우리가 그래 그런 걸 하나하나 기억하고 싶겠냐 그 말이여.'

나는 할 말을 잃었다. 할 말이 있어도 내가 나설 처지가 아니었다. 그때의 그 일은 아직도 그네들의 현실이었던 것이다. 답을 얻었는데도 가슴 먹먹하기는 매한가지였다.

이런 세상에

동오골 산 후미를 돌아서자 서낭당 앞에 그 사람 모습이 보였다.

나는 일부러 걸음을 천천히 한다. 그 사람을 만나는 일에 내가 왜 이리 긴장을 하고 있는 것인지. 용재두의 무덤에서 우연히 이뤄진 그 두번째의 만남과는 전혀 다른 이 짐짐한 느낌의 조짐은 도대체 무엇일까.

서낭당으로 내려가는 길가에 쑥부쟁이며 벌개미취가 흐드러지게 피었다. 그날 두 사람이 도망친 상엿집 근처 산기슭에서 무심코 눈에 띄었던 그 들꽃이 저 사람의 눈에도 보였을는지. 자신이 묻힐 구덩이 앞에서 극적으로 살아난 그네들이 서낭당으로 내려오며 눈에 띈 것은 무엇이었을까. 오십칠 년 전 그 사람의 눈으로 서낭당 돌배나무를 바라본다.

동향의 동오골 서낭당이 어느새 산그늘에 들었다. 이쯤에서 바라보는 고목 돌배나무의 위용이 그럴싸하다. 동오골의 돌배나무는 한 해 열매가 실하면 해거리로 다음 해엔 몸살을 앓느라 꽃마저 별로였다. 오전에 쳐다본 돌배나무에 열매가 전혀 보이지 않았다.

오십칠 년 전 그해 가을의 돌배나무는 어떠했을까. 저 사람도 나도 분명 저 나무 아래서 만났지만 그때 우리 눈에 저 돌배나무는 없었다. 다만 저 돌배나무가 우리를 보고 있었을 뿐이다. 저 돌배나무는 우리보다 이 세상에 먼저 나와 이제 별 변고만 없다면 몇 배 더 오랜 세월을 세상에 머물다 갈 것이다. 나무의 위대함이다. 불현듯, 저 돌배나무는 모든 것을 알고 있을 것이란 생각이 들었다.

그 사람이 돌배나무 밑에서 뭔가를 하고 있었다. 서낭당 돌무더기 근처에 흩어져 있는 돌을 주워 올리기. 아마 매년 이곳에 올 적마다 저렇게 돌을 주워 돌무더기 위에 얹었을 것이다. 그는 무엇을 빌고 있는 것일까.

"일찍 오셨던 모양입니다."

그 사람은 내가 가까이 온 것을 모르고 있었던 양 적이 놀란 표정이었다.

"차가 밀릴 것 같아 새벽에 출발했는데 일찍 오니까 덥지도 않고 참 좋았습네다."

"낚시, 손맛 좀 보셨습니까?"

"아니야요. 물이 너무 차서 그런지 누치 그림자도 못 봤습네다."

그 사람은 손에 들고 있던 돌 하나를 서낭당 돌무덤 위에 정성스레 얹었다.

"매년 여기 오시는 느낌이 남다르실 거 같습니다."

불안할수록 단도직입이 된다. 나를 만나자고 한 건 그 사람인데 얘기는 내가 풀어가는 꼴이었다.

"왜 아니야요. 여기 생각만 해도 늘 가슴이 떨렸지요. 여북하면 이십 년 동안 아예 여기에 올 생각을 못 했겠습네까."

"그때 목숨을 구해준 사람 생각을 많이 하셨겠구먼요."

"맞습네다. 더구나 그분이 자식도 없이 혼자 살다가 돌아가셨다는 걸 알고 난 뒤에야 비로소 내가 이 세상에 살아 있다는 게 그렇게 신기할 수가 없었습네다."

"그때부터 용재두 씨 무덤을 찾아오시기 시작한 거구먼요."

"그분 죽은 아들 이름으로 바꿔 살기로 한 것도 그때부터야요. 허지만 그분 생전에 단 한 번이라도 찾아뵙지 못한 게 두고두고 마음에 걸립네다."

그 순간 불현듯 궁금한 게 있었다.

"사세분을 몇이나 누셨는지요?"

그 사람 역시 내 물음의 뜻이 금방 짚인 듯 얼굴에 엷은 미소를 지었다.

"딸 둘에 아들 하납네다."

"그때 여기 함께 있던 그 여자분은 지금 어디 있는가요?"

그 사람이 살아 있으니 당연히 그 여자도 살아 있을 것이란 생각이었다. 그러나 내 말에 대한 그 사람의 반응이 뜻밖이었다.

나를 바라보는 그 사람의 눈이 잠깐 동안 초점을 잃고 흔들렸다. 그리고 곧바로 나한테서 눈을 돌려 상엿집이 있던 산비탈을 무연히 바라보는 그의 얼굴 표정이 썩 밝지 않았다.

"그 사람은 그때 곧바로 죽었습네다."

얼굴 표정과 달리 목소리는 담담했다.

"여기서 달아난 그다음 날이었습네다. 구룡령 넘어가는 고개 초입에 삼봉약수가 있지 않습네까. 그 근처 산속에서 말벌집을 잘못 건드려 그렇게 된 것이야요. 내가 나무에 매달린 벌집을 머리로 받고 땅바닥에 넘어졌는데 그 벌 떼 공격을 받은 건 뒤따라오던 그 사람이었습네다. 정말 속수무책이었어요. 목이 탱탱 부어 호흡곤란으로 죽어가는 걸 그냥 지켜볼 수밖에 딴 도리가 없었습네다. 저기 있던 상엿집에서 도망치자고 한 것도 나였고 그 벌집을 건드린 것도 나니까 결국 내가 김명자를 죽인 것이야요."

전쟁이 한창인 그 판에 여자가 벌에 쏘여 죽었다는 말 같지 않은 말을 한 뒤 그 사람은 한동안 입을 열지 않았다. 나 역시 그 여자 인민군 생각을 하고 있었다. 가끔 형언하기 어려운 내 성충동과 무관하지 않은 그 여자가 그 사람에게는 평생 벗어날 수 없는 죄의식의 올가미였다니, 그 인연의 끄나풀이 참 묘하다 싶었다.

"내가 포로수용소에서 석방된 뒤 가장 먼저 찾아간 데가 바로 삼봉약수였습네다. 그 약수터 꼭대기 깊은 골짜기 바위 밑에 대충 덮어놓고 온 김명자 시신을 찾아 제대로 거둬줘야 할 것 같아서였습네다. 그러나 그 골짜길 다 뒤져도 뼛조각 하나 찾지 못했습네다. 그 뒤로도 여러 번 가보았는데 다 허사였습네다."

"어느 산골짜기고 다 비슷합니다. 그 장소를 잘못 찾으신 거지요."

"아니야요. 바위도 그거였고 그 근처 나무에 표식으로 끼워놓은 돌도 나무속에 푹 파묻히긴 했어도 옛날 그대로 있었습네다."

"혹시 그 여자분이 그때 죽지 않은 걸 그냥 두고 간 거 아닙니까?"

"바로 그거야요. 죽은 게 분명했지만 세월이 지나면서 그 기억 자체가 의심스러워지기 시작했습네다. 그 시신 흔적을 못 찾게 되면서부터 김명자가 어딘가 살아 있을 것이란 기대를 갖게 된 것도 사실이야요."

따지고 보면 우리 형도 그 주검이 확인되지 않았기 때문에 아직 살아 있는 사람이다. 그를 기억하는 사람들의 그 긴 기다림, 그 캄캄한 땅속에.

할머니는 잠이 없었다. 밤이면 대문 밖에 나가 서성거렸다. 어쩌다 늦게 들어온 아버지가 대문을 걸고 잔 날은 야단이 났다. 충식이 쟈는 내 죽은 뒤라도 꼭 돌아온다. 큰손자에 대한 할머니의 집착은 날이 갈수록 심해졌다.

비나이다 비나이다. 형이 학도병으로 싸움터에 나갔을 것이란 소식을 안고 집에 돌아온 할머니는 그날부터 우리 집 장독대와 동오골 서낭당 두 곳에 정화수를 떠다 놓고 천지신명께 손자의 무사귀환을 빌었다. 할머니는 형이 죽었을는지 모른다는 얘기만 나와도 눈을 허옇게 뒤집어쓰고 혼절했다.

훗날 할머니의 품에 당신의 증손자를 안겨드렸을 때의 일이다. '이놈이 이렇게 살아왔구나. 천지신명이 이놈을 보내주신 게야.' 할머니에겐 그 증손자가 당신이 그처럼 오매불망 기다리던 맏손자의 귀환, 그 환생이었음이 분명하다.

"자제분들을 여기 데리고 오신 적이 있으신가요?"

신수가 훤해 보이는, 그 당시 마을 사람들 말대로 죽이기엔 정말 아까웠을 그 사람의 얼굴을 쳐다본 순간 문득 종족 보존의 한 가닥 신비가 터득되는 느낌이었다.

"아닙네다. 내가 그동안 반공포로라는 그 신분을 애써 감추고 살아왔듯 이 땅에 살기 위해선 아직도 금기해야 할 것이 너무 많았습네다."

"벌에 쏘여 죽었다는 그분 얘기도 용 사장님 가족들은 모르고 있겠군요."

"지금까지 누구한테도 그 얘길 못하고 살았습네다."

그 사람은 그때까지도 동오골 골짜기를 올려다보고 있었다.

"그때 이 나무를 본 기억은 없습네다만 서낭당 이 돌무더기만은 가끔 생각이 났어요."

"여기 꿇어앉아 절을 하면서 엉엉 우시던 생각도 나십니까?"

"……함께 있던 김명자 생각만 났습네다."

그 사람의 눈길이 상엿집이 있던 산기슭에 옮아가 있었다. 그는 아직도 그 악령에서 헤어나지 못하고 있는 게 분명했다.

"저기 있던 상엿집 속에서 김명자가 내 몸에 묶인 밧줄을 이로 풀면서 물었습네다. 몇 살이냐고, 그게 우리가 나눈 최초의 말이었지요. 생일까지 물읍데다. 우리는 산속을 숨어 다니면서 명자가 벌에 쏘여 그렇게 되기 전까지 참 많은 얘기를 나눴지요. 그때 나눴던 얘기들이 왜 그렇게 새록새록 하나두 안 잊혀 지는지요……"

그 사람은 서낭당 돌무더기 위에 얹힌 돌 하나를 집었다가 다시 그 자리에 놓았다.

"우린 약속을 했습네다. 우리가 이 전쟁에서 죽지 않고 살게 되면 여기, 이 서낭당에서 꼭 다시 만나자고 말입네다."

"여길 매년 찾아오시는 이유가 또 있었군요."

"김명자는 그때 분명 죽었습네다."

"죽었지만 그 혼백이 살아 있는 사람한테 덮씌워져 있으니 그게 문제겠지요."

"맞습네다. 매년 여기 올 때마다 이 돌무더기를 유심히 살펴보곤 합네다. 김명자가 살아 있다면 아마 어떤 식으로든 자신의 존재를 알렸을 것이야요."

죽은 것이 확실한 상황에서도 그 시신이 나타나기 전까지는 끝내 실종이다. 부질없는 희망, 그리하여 실종은 생존 가능성의 동의어다.

"분명히 죽은 걸 이 눈으로 확인해놓고도 그게 믿어지지 않는단 말씀이야요. 여북하면 적군의 묘지까지 다 가봤습네까."

"적군의 묘지라니요?"

"국방부가 벌이고 있는 한국전 유해 발굴 사업은 알고 계십네까?"

"반세기가 넘은 지금에서야 그 일을 하고 있다니 정말 어처구니없는 일이지요."

국군 유해 발굴 뉴스만 봐도 가슴이 내려앉았다. 특히 학도

병 유해가 발굴됐다는 소식에 직접 현장에 달려간 일도 있었다. 하지만 여러 정황으로 보아 형이 학도병이었을 확률은 그리 높지 않았다. 유족 신고는 물론 DNA 검사까지 포기한 것도 그 때문이었다.

"발굴된 국군 유해는 우선 현지에서 간단한 위령제를 지낸 뒤 유전자 분석을 거쳐 국립현충원에 안장된다고 합네다."

"그때 함께 발굴된 북한군 유해가 가는 데가 바로……"

"그렇습네다. 아주 드문 거지만 북한군 유해 몇 구가 함께 발굴됐다는 뉴스가 올해 처음 있었지요. 세상, 많이 변했습네다."

나도 그 뉴스를 보면서 좀 뜻밖이다 싶었다. 어쩌다 함께 발굴된 것이긴 하지만 적군의 유해도 있었다는 것이 저처럼 세상에 알려지다니.

"발굴된 유해가 육이오 참전 유엔군으로 판명되면 유엔군 사령부에 인도된다고 합네다. 허나 북한군이나 중공군 유해가 갈 곳이 어디겠습네까. 그래서 적군의 묘지가 생긴 걸 게야요. 알고 보니 십 년 전에 여기저기 흩어져 있는 북한군과 중공군 유해를 모아 파주 야산에 그 묘지를 만든 겁네다. 남파 공작원들까지 포함해 삼백여 구 유해가 묻혀 있었는데 그 비목엔 대부분 무명인이라고 적혀 있었습네다. 무덤도 초라하고. 그래도 이렇게나마 적군의 묘지가 있는 나라가 우리밖에 없다고 들었습네다. 파주 적군의 묘지를 바라보면서 많은 생각을 했습네다."

평생 자신을 기다렸을 북쪽의 어머니 생각도 했으리라. 그런 저런 감회 때문일까 서낭당 돌무더기 앞에 서 있는 그 사람의 얼굴 표정이 많이 어두웠다.

"장 선생님, 내가 왜 이 눈으로 직접 확인한 김명자 죽음을 믿지 못하고 그 행방을 찾아 헤매고 다녔는지 아십네까?"

서낭신이나 알까 그 여자 인민군에 대한 그 사람의 속내를 어찌 헤아릴 수가 있겠는가.

우리 두 사람은 누가 먼저랄 것도 없이 이미 산그늘에 완전히 잠겨 썰렁한 서낭당 고개를 내려오고 있었다. 없어진 것은 동오골의 상엿집뿐이 아니라 고개 아래 옛날 우리 집도 뒤꼍의 대추나무 한 그루가 그 흔적으로 겨우 남아 있었을 뿐이다.

내가 다닐 때만 해도 학생이 사백 명 가깝던 초등학교가 현재 재학생이 스물세 명, 곧 분교가 될 것이라고 하니 농촌의 이농 현상이 정말 심각하다. 젊은이들이 모두 도시로 떠난데다 남아 있는 농촌 총각한테 시집오는 여자가 없으니 애들이 생산될 수 없는 것은 당연한 일. 장영팔이도 며느리를 필리핀 처녀로 얻어 눈이 땡글땡글한 손녀를 둘이나 두었다.

꽤 오래 뜸을 들인 뒤 그 사람이 더듬더듬 말을 이었다.

"사실은 이 남녘 땅에 발붙이고 살기 위해 아등바등하다 보니 그때 일을 생각할 그런 겨를도 없었지요. 그런데 어느 날 김명자가 꿈에 나타난 거야요. 죽지도 않은 자길 버리고 갔다고 울면서 날 원망하지 뭡네까. 잠을 깼는데도 생시같이 그 목소리가 쟁쟁한 거야요."

내 차를 세워둔 밤나무 밑까지 왔다. 그러나 그 사람이 타고 온 차는 어디에도 보이지 않았다.

"그게 한두 번이라면 내 말두 안 합네다. 어떤 때는 자기가 캄캄한 굴에 갇혀 있으니 거기서 꺼내달라고 애원을 하는 거야요.

한번은 김명자가 도저히 해독할 수 없는 난수표를 내밀면서 이게 지령이라고, 거기 적힌 대로 하지 않으면 내 가족을 다 죽이겠다고 엄포를 놓는 꿈을 꿨어요. 그런데 꿈에 그 사람을 만나는 장소가 늘 동오골 서낭당 앞이었다 그 말입네다."

그 사람을 내 차 조수석에 태웠다. 그 사람은 이때까지 동오골 근처까지 차를 몰고 온 적이 없다고 했다. 근래 자기 정체를 아는 마을 사람들이 꽤 있긴 해도 여전히 자기 모습 드러내기가 그래 멀리 감두리 강 쪽에 차를 세우고 동오골까지 걸어갔다가 외진 산길을 타고 내려온다는 것이다.

"그 사람이 하도 꿈에 자주 보여 혹시나 해서 동오골에 몇 번 왔었습네다. 그런데 이상하게도 여길 왔다 간 날은 마음이 좀 편해지면서 김명자도 꿈에 잘 나타나질 않는 거야요."

내 차에 타고서도 계속 그 얘기를 하는 것을 보면 그 꿈으로 해서 겪은 그 마음고생이 꽤 컸던 것만은 분명했다.

나도 이참에 분명히 해두고 싶은 것이 있었다. 두번째 만남에서 그가 피했던 물음이다.

"그때 동오골에 끌려와 땅에 묻힌 사람이 전부 몇 명이었습니까?"

"나도 그걸 잘 모릅네다. 죽는 걸 내 눈으로 직접 본 건 구덩이를 파는 중에 도망치다 잡혀 죽은 그 사람 하나뿐이었으니까요."

"그럼 그때 거기 끌려왔던 인민군들이 다 죽었다는 건 어떻게 아셨습니까?"

"그때 그 골짜기에서 난 총소릴 장 선생님두 들었을 거 아닙네까. 그게 얼마나 무서웠으면 살려준다는 말두 못 믿고 우리가 그렇게 도망을 쳤겠습네까."

　조수석에 앉은 그 사람이 내 얼굴을 쳐다보고 있다는 게 느껴졌다.

　"그 일을 가장 잘 알고 있는 분이 바로 장효식 선생님 아니십네까. 내가 오늘 장 선생님을 만나자고 한 것도 사실은 그 때문이야요."

　감두리 강변의 물빛이 좋았다. 그가 세워둔 지프차 뒤에다 차를 세우고 운전석에서 내리는데 내 점퍼 주머니에 든 휴대폰이 울렸다.

　"너, 혹시 오늘 저녁 약속 잊은 거 아니야?"

　읍내 사는 중학교 동창 배진태다. 그는 재향군인회 일을 보다가 지금은 그냥 놀고 있다. 옛날 권투선수 이안사노와 고종사촌간이라 그 백을 믿고 권투부에 들어갔다가 코뼈는 물론 생이빨 다섯 개나 부러뜨린 최병식도 오늘 함께 만나기로 했다. 최병식은 귀신 잡는 해병으로 제대를 한 뒤 현재 지역 해병전우회 회장을 맡고 있다. 우리 세 명은 중학교 때 늘 붙어 다녀, 자칭 삼총사였다. 배진태는 읍내 농고를 나온 뒤 입대해 월남전에 갔다가 제대를 했는데 몇 년 전 허리와 다리를 잘 쓰지 못해 진단을 빌으니 고엽제 후유증으로 판단이 났다. 그러나 가업으로 이어받은 정미소 운영이 엉망인데다가 국가보훈처로부터 고엽제 후유증 등급이 제대로 매겨지지 않은 일로 항상 불만이 이글거렸다.

　그들은 만날 때마다 베트콩 머리를 허리에 매달고 다니던 월남전 얘기에서부터 군대 시절 주둔지역 처녀 따먹던 얘기로 노닥노닥 시간을 죽였다. 그러나 정치 얘기라도 나오면 의기투합

하여 애국지사가 된다. 젊은 사람들이 말하는 보수 골통으로 참
여정부나 대통령에 대해서는 게거품을 물었다.

며칠 전 전화에서도 그들은 머리띠를 매고 북핵 폐기 서울 궐
기대회에 참여했던 얘기를 장황하게 늘어놨다. 자칭 애국자인
그들은 세상이 뭔가 잘못 돌아가고 있다고, 퍼주기 대북정책을
비판 끝에 다 새빨개졌다고, 나라가 망해봐야 그때 가서야 정신
을 차릴 거라고 개탄을 했다.

"벌초가 이제야 끝났다구. 고향 온 김에 친구를 만났거든. 저
녁은 자네들 셋이 하고 이차 자리엔 내 꼭 참여하겠네."

배진태가 벌금 어쩌고 하면서 불만을 터뜨렸지만 나는 서둘
러 전화를 끊었다. 그 사람이 아직 자기 할 얘기를 고스란히 남
겨놓고 있는 이 마당에 서둘러 떠날 수가 없었던 것이다.

그 사람이 자기 차 트렁크에서 과일 박스 한 개를 꺼냈다.

"경기도 가평 운학산 비가림 포도야요. 농약을 전혀 쓰지 않
았다고 해 오는 길에 몇 상자 샀습네다."

내가 포도 상자를 차 트렁크에 넣고 차바퀴를 점검하는 사이
그는 이미 저녁 햇살이 떠난 감두리 강물을 멍하니 내려다보고
있었다. 도대체 무엇을 얘기하기 위해 저리 뜸을 들이는 것인
가. 아무래도 그가 나를 쉽게 놔주지 않을 것 같은 예감으로 하
릴없이 그의 동태나 훔쳐보는 수밖에 없었다.

자신을 바라보고 있는 나를 의식한 듯 그 사람이 주머니를 뒤
져 담배 한 개비를 내 앞으로 내밀었다. 내가 담배를 피우지 않
는다고 하자 꺼낸 것을 다시 집어넣었다.

"천식이 있어 나도 요즘 담배를 끊는 중이야요. 이런 공기 좋

은 데서 담배를 꺼낸 내가 정말 우습습네다."

그리고 뭔가 작심이나 한 듯 입을 열었다.

"장 선생님, 내가 여기 물걸리 땅을 좀 사고 싶어 알아본 적이 있었습네다."

"어디 마음에 드는 데가 있으신가 보죠?"

"알아보니까 은장봉은 물론 동오골 골짜기 대부분이 장씨네 종중산이었습네다."

정말 어이가 없었다. 나를 만나 긴히 나누고 싶은 이야기가 고작 이것이었단 말인가.

"은장봉 일대가 우리 종중산이 맞습니다. 장씨 대종계에서 관리를 하고 있어 전 그것에 대해 아는 게 전혀 없습니다."

"부담 드리려고 한 얘기가 아닙네다. 그게 개인 땅이라면 좀 사고 싶었는데 종중 땅이라 그게 어렵다고 해 지금은 그 생각을 접었습네다."

그 사람은 조금 전 주머니에 넣었던 담배를 다시 꺼내 입에 물었지만 불은 붙이지 않았다. 그의 입에 문 담배가 좀 떨리는 느낌이다 싶은 순간 번쩍 짚이는 게 있었다. 이런 세상에. 그 꿍꿍이속을 그 사람 스스로가 풀어놓았다.

"거길 사서 당장 뭐 어쩌려고 한 게 아닙네다. 그렇게라도 하고 싶었던 내 맘을 장 선생님만은 이해하실 것 같아 말씀드린 것뿐이야요."

물귀신 작전이란 게 바로 이거 아니겠는가. 읍내 배진태한테서 온 휴대폰 통화 내용을 핑계 삼아 그대로 헤어져야 한다는 작심이 머리를 들었다.

그때 다시 내 휴대폰 벨이 울렸다. 요즘 아내의 목소리 톤이 흐린 데 없이 밝다. 며느리가 오늘 병원에 세번째 가 진단을 하니 뱃속의 태아가 자리를 잘 잡았다고, 그 핏덩이 초음파 사진까지 찍어왔다는 보고다.

그 사람은 아직 불도 붙이지 않은 담배를 입에 문 채 노을 지는 하늘에서 눈을 돌리지 않고 있다.

"가시지요. 오늘 제가 저녁을 사겠습니다. 서울은 저녁 잡숫고 가셔도 되지 않습니까."

이처럼 너그러워진 내 말소리에 나도 놀란다. 그 말을 기다리고나 있었다는 듯.

"그러잖아도 오늘 읍내에 자고 갈 숙소까지 잡아놓고 왔습네다. 다만 장 선생께서 시간을 내주실까 그게 걱정이었습네다. 그러니 오늘 저녁은 당연히 내가 사야지요."

그 사람의 몸 움직임이 빨라졌다.

지뢰밭에서 지뢰를—2007

홍천 용씨, 용우성과의 접선은 그렇게 이루어졌다. 읍내 읍사무소 주차장에 차를 세우고 거기서 다시 만나기로 하고 각자 자기 차를 몰고 물걸리를 떠났다. 내 차가 앞장서고 그 사람 차가 뒤를 따랐다. 그 사람은 내 차를 뒤따라오며 지금 무슨 생각을 하고 있는 것인가. 문득 저 사람의 오늘 출현이야말로 오십칠 년 전의 나를 만나는 일이라는 생각이 들었다. 오십칠 년 전의 실존 증명. 그리고 우리는 곧바로 다시 접선한 뒤 거창하게 뭔가를 음모하게 될는지도 모른다.

'나야요.'

밀가루고개를 넘어설 무렵 그 사람의 휴대폰을 받았다. 암호? 동오골! 오십칠 년 전 열 살 아이와 열여덟 살 인민군의 만남이다.

읍내 자기가 정해놓은 숙소에 잠자리 하나를 더 마련해놓겠단다. 오늘 읍내서 자고 내일 아침 춘천으로 함께 넘어가자는 것이다. 다분히 일방적이긴 해도 그 호의가 그다지 싫지 않았다.

지방도를 벗어나 국도에 들어서기 직전, 내 쪽도 뭔가를 보여 줘야 할 것 같았다. 나는 방금 통화한 그 휴대폰 번호를 눌렀다.

"막국수 좋아하십니까?"

"우리 나이면 메밀 맛을 다 알지 않습네까."

"읍내 못 미쳐 야시대라고, 괜찮은 집이 있는데 제 차를 따라오십시오."

그렇게 중간에 다시 만나 시작한 술자리였다. 막국수만 간단히 먹고 읍에 가 술을 마시자고 한 것인데 그가 막무가내로 조껍데기 동동주를 시켰다.

처음부터 술을 먹기로 작정한 사람 같았다. 읍내에도 최근에 대리운전이 있다는 것, 이 시골 마을까지도 부르면 곧장 달려온다는 것을 식당 주인을 통해 확인하는 일도 그 사람 몫이었다.

"막국수도 지금 바로……"

감자부침과 메밀전병을 안주로 시키자 식당 주인이 막국수도 곧바로 먹을 것이냔 걸 물어보았다. 내가 손을 내저었다.

"저는 누가 왜 하필 막국수냐고, 음식 이름을 타박할 때 이렇게 애길 합니다. 이제 막 반죽을 해서 곧바로 뽑아 먹어야 메밀 맛이 제대로 난다는 뜻의 막, 막국수라고요. 평창의 메밀국수가 육수에 말아 먹는 거라면 춘천의 막국수는 비빔국수라 무엇보다 면에 양념이 제대로 묻어야 제맛이 납니다."

요즘은 순메밀로 만든 막국수를 먹기 어렵다는 것, 순메밀 가루를 반죽을 해 곧바로 뽑아 찬물에 여러 번 씻으면 찰기가 도는 법인데, 대부분의 막국수집이 옛날 메밀 맛을 낸다고 제분소에서 전분은 기본이고 메밀껍질과 보릿가루 태운 것을 섞어 빻은 것을 재료로 쓰고 있다는 등 내가 막국수 얘기를 장황하게 늘어놓자 그가 고개를 주억거렸다.

"오늘 비로소 장 선생님 때문에 막국수 맛을 제대로 볼 것 같습네다."

우선 감자부침을 안주로 동동주 잔을 서로 부딪쳤다.

"나에 대해 궁금한 게 많으실 게야요. 혹시 간첩이 아닌지 겁도 나실 거고, 해서 내가 우선 이 남쪽 땅에서 뭘 하고 사는 사람인지 그것부터 말씀드리겠습네다."

서울에 와 공부를 하고 있던 형이 육이오 때 비행기 폭격으로 죽었다고 했다. 자신이 의용군에 자원했던 것도, 반공포로의 길을 선택했던 것도 그 형을 만나기 위해서였다고. 그러나 형이 죽었다는 것을 뒤늦게 확인한 순간 부모님이 살아 있는 북쪽으로 올라갈 방도만 찾으면서 살았지만 그게 쉽지 않았다고. 그런 중에 입에 풀칠이라도 하기 위해 취직했던 공장에서 그 사장 눈에 들어 그 집 외동딸과 결혼까지 해 나중에는 장인의 가업을 이어

받아 지금은 그런대로 밥술이나 먹고 살게 됐다는, 인생유전의 통속 드라마 같은 얘기 끝에 덧붙인 말 하나가 귀에 번쩍했다.

"장인어른이 돌아가실 때 이런 얘길 합데다. 비록 외손자지만 나를 만나 당신 핏줄을 잇게 돼 고맙다고."

"돌아가셨다는 형님께서도 자손을 두셨습니까?"

"아닙네다. 장가두 못 간 채 죽었는걸요."

"그렇다면 용 사장님께선 처가 쪽까지 두 가문의, 아니지요, 용씨네까지 세 가문 대를 잇고 계신 셈입니다."

몇 년 전 용재두 무덤에서 자신이 용재두의 아들이라고 하던 그 말이 생각난 것이다. 죽이기엔 너무 아까운, 그런 귀골을 살려준 용재두의 뜻이 하늘에라도 닿은 것인가. 아무튼 악명 높던 용재두가 그 경황에 두 사람이나 살려줬다는 그 믿어지지 않던 사실, 그렇게 살아난 사람이 지금 내 앞에 앉아 있다.

그 사람은 술을 마시되 그저 입술이나 적실 정도로 입에 댔다가 뗄 뿐 그 속도가 빠르지 않았다. 그러나 내 빈 잔에 술을 채우는 일만은 게을리하지 않았다.

그 사람이 반쯤 담긴 술잔을 한 번에 비우고 나한테 잔을 건넸다.

"내 나이 올해로 일흔다섯입네다. 세월이 칠십 킬로 속도가 아니라 백칠십 킬로로 가는 거야요. 세월이 그렇게 무상하다는 얘기를 하는 게 아니야요. 언제부터인가 이제 이 나이쯤이면, 특히 덤으로 오십몇 년을 살았으면 나도 뭔가 사람값을 해야 할 것인가 하는 생각을 하게 되면서부터 심사가 많이 불편했다는 말씀을 하는 거야요."

일흔다섯, 비록 그 목소리에 회한이 짙게 배어 있긴 해도 그 부리부리한 눈은 뭔가 큰일이라도 칠 것 같은 총기로 빛났다.

"저도 정년으로 학교를 떠날 때만 해도 잘 몰랐는데 요즘 와서 제가 지금 어디를 어떤 모습으로 걸어가고 있는지, 저를 돌아보는 시간이 많아졌습니다."

"바로 그겁네다. 그러나 내 경우는 그게 좀 심하다 싶은 거야요. 여북하면 정신과 병원을 찾아가지 않았겠습네까. 그게 바로 우울증이라는 거야요. 병이 더 깊어지기 전에 한번 스스로 노력해보는 것도 좋다고 하데요."

그 사람의 얘기가 본론을 건너뛰어 어떤 핵심에 이르고 있다는 느낌. 모르는 척 먼 산을 바라보는 것도 도리가 아닐 터.

"그동안 마음속 지뢰밭 때문에 마음고생이 크셨다는 거 잘 알겠습니다."

그 사람은 입에 대려던 술잔을 그대로 내려놓으며 내 눈에 자기 눈을 맞췄다.

"지뢰밭이라고 하셨습네까?"

굳이 에두를 필요가 없을 것 같았다.

"저 역시 그때 일로 해서 항상 마음이 꺼림했다 그 말씀입니다."

육이오 때 형의 실종으로 해서 우리 가족들이 겪은 마음고생이 만만치 않았다. 큰손자에 대한 할머니의 맹목적인 사랑과 달리 아버지는 얼마 지나지 않아 형의 실종을 쉬쉬 감추는 쪽을 택했다. 형이 학도병에 나갔을 것이란 추측과 달리 어느 날 형의 부재가 우리 식구들 얼굴에 그늘을 지우기 시작했다. 형이 실종된 지 꽤 오랜 세월이 흐른 어느 날 정보기관 사람들이 우리 집을 몇 번 찾아오면서부터였다. 야가, 북쪽에 살아 있을는지도 몰라. 아버지가 어머니한테 귓속말을 하는 것을 엿들었다. 간첩 얘기가 나오기만 해도 아버지는 기겁을 해 라디오를 껐다. 내가 사범학교에 입학을 할 때도, 졸업을 하고 선생으로 임용될 때도 신원조회 문제가 늘 매끄럽지 않았다는 것을 나중에 알았다.

"저는 고향 마을에 갈 생각만 해도 늘 마음이 무거웠습니다."

전염된 것일까. 지금까지 남들한테 하지 못한 이야기를 주절주절 꺼내고 싶은 충동이었다. 며느리의 수태 소식이 있기 전만 해도 고향 찾는 발길이 그렇게 무거웠다는 이야기도 하고 싶었다. 마음에 죄지은 것이 있다면 이참에 다 털어버리고 싶은 그런 심정이었다.

"오십칠 년 전 마을에서 있었던 그 일들이 나이가 들수록 왜 새록새록 떠오르는지 모르겠습니다. 어린 나이라 그때 뭔가를 잘못하지도 않았을 건데 말이지요."

"장 선생님, 왜 잘못하신 게 없다고 하십네까. ㅎㅎ, 그 현장에 있었다는 것이 얼마나 큰 죄가 되는지 그걸 모르시는 거야요?"

"그때 그 현장에서 본 걸 얘기하지 않고 산 죄를 말씀하시는 군요."

"말씀 안 한 게 아니라 못한 거야요. 임금님 귀는 당나귀 귀, 그 얘기라 그겁네다."

얼마나 많은 사람들이 그 지뢰 표지를 무시하고 선을 넘었다가 목숨을 잃었던가. 목숨까지는 건졌다 해도 평생을 마음의 불구로 구차스레 산 사람들은 또 얼마나 많을 것인가. 문제는 지뢰가 있다는 것을 번연히 알면서도 겨우 그 표시만 내걸 뿐 그것을 제거할 생각은 아예 하지도 않았다는 사실이다.

이제 지뢰는 이 땅에서 어떤 금기를 위한 세뇌용 상징으로 존재한다. 지뢰 표지 하나 걸어놓고 수십 년간 이 땅을 으스스한 금기 구역으로 갈라놓은 것이다.

문제는 내 안에 더 많았을 것이다. 벌써 오래전에 내 마음속에서 제거했어야 할 지뢰였다. 안에 지니고 있으면 위험하다는 걸 알면서도 그걸 털어버릴 용기가 없었던 것이다. 되도록 지뢰밭을 멀리하며 산 일이 죄라면 죄일 수도 있다.

지뢰는 숨 쉬고 있다. 그것이 살아 있기 때문에 더 무서웠다.

그 사람의 잔도 내 것도 비어 있었다. 그 사람이 먼저 술병을 잡았다.

"오늘 귀한 동지 하나를 만났습네다."

하루 내내 따가운 가을볕 속에 있다가 마시는 술 때문인가. 나 역시 어느새 말이 헤퍼지고 있었다.

"제가 열 살, 형이 열일곱에 전쟁이 났습니다. 지금 그때 헤어진 제 형을 뵙는 그런 느낌입니다. 자, 이건 우리 형한테 올리는 술잔입니다."

그 사람이 형의 실종에 대해 물었더라면 나는 꽤 장황하게 그때 얘기를 펼쳐냈을 것이다. 그러나 그 사람은 내가 내민 술잔을 받아든 채 한동안 침묵했다.

"참 대단하십니다. 그 연세에 뭔가를 계획하고 계시니 말입니다."

내가 넌지시 변죽을 울려본다. 그 사람은 들고 있던 술잔을 상

위에 내려놓으면서 말했다.

"장 선생님, 내가 요즘 귀신들 만나는 일로 제정신이 아닙네
다. ㅎㅎ."

그 말을 하면서 그 사람은 차에서 뭔가 가져올 게 있다며 몸
을 일으켰다. 갑자기 시골 식당 빈방이 휑뎅하니 넓어 보였다.

그 사람이 밖에서 들고 들어온 것은 꽤 두툼한 스크랩북이
었다.

"요즘 내가 만나고 있는 귀신들입네다."

나는 그 사람이 건네준 스크랩북 첫 장을 되도록 천천히 열었
다. 그 제목만 봐서는 거의 같은 내용의 기사들이었다.

DMZ 국군 유해 첫 발굴 (2006. 5. 6)

……유해…… 유해…… 유가족…… 유해……

**홍천서 발굴, 한국전 전사자 유해, 반세기 만에 가족 품으로
(2006. 11. 20)**

……유해…… 유해…… 유해…… 유해…… 유족……

민간인 학살, 정부서 유해 발굴 나선다 (2007. 4. 4)

…… 유해…… 유족…… 유해…… 유해……

국방부, 학도병 遺骸 발굴 착수 (2007. 4. 5)

……유해…… 유해…… 유해…… 유해…… 유가족……

**종전 반세기 만에 모습 드러낸 6·25 전사자의 유해 (2007.
6. 15)**

……유해…… 유해…… 유족…… 유해…… 유해……

생사를 함께한 형제, 같은 날 입대해 한날 전사 (2007. 6. 24)

……유해…… 유해…… 유가족…… 유해……

DMZ 내 국군 전사자 유해 발견—스푼에 새겨진 이름으로 확인 (2007. 7. 6)

……유해…… 유가족…… 유해…… 유해……

경북 경산 페코발트 광산서 한국전 희생자 유해 발굴 착수 (2007. 8)

……유해…… 유해…… 유해…… 유가족……

비무장지대 안 6·25 유해 1만3천 구 추산 (2007. 7. 8)

……유해…… 유해…… 유족…… 유해……

화천·철원 6·25 전사자 합동 영결식 (2007. 8. 7)

……유해…… 유해…… 유해…… 유가족……

발굴한 유해 사진은 물론 유해 발굴 현장의 생생한 기록들로 스크랩북 한 권이 빈틈없이 채워져 있었다.

—20여만 명 전사자들이 아직 통일화(군화)도 벗지 못한 채 땅속에 묻혀 있다.

—발굴된 수통에 새겨진 01672…… 22살의 청춘 민대식.

—죽어서도 다시 한번 하늘 보고 싶다.

—수통에 새긴, 어머니, 어머니.

—DNA 유전자 감식. 그 확률 0.00001%. 遺骸, 유해……

종이신문은 물론 인터넷 기사들까지 모두 들어 있는 그 스크랩북을 대충 훑어보고 나자 술상 위의 플라스틱 흰 식기들은 물론 젓가락까지 사람의 유해 조각으로 보였다.

많은 스크랩 기사 중 붉은 색연필로 선이 굵게 그어진 것이 하나 눈길을 끌었다.

DMZ 유해 발굴 남·북·미·중이 함께

오늘은 6·25 전쟁 57주년이 되는 날이다. 북한군의 남침으로 시작된 전쟁은 300여만 명의 사상자를 내고서야 중단됐다. 한민족 최대의 비극이었다.

하지만 세월은 전쟁의 상흔도 잊게 했다. 월간중앙이 최근 서울 시내 7개 초등학교 학생들을 상대로 조사한 결과 상당수의 학생이 6·25 전쟁을 제대로 알지 못하는 것으로 드러났다. 37.8%의 학생이 '조선시대에 일어난 전쟁'이라고 알고 있었다. 5명 중 1명은 '일본과 우리나라가 싸운 전쟁'이라고 응답할 정도였다. 너무도 빨리 6·25 전쟁의 기억을 지워버린 것이다.

그러나 전사자의 유족들에겐 결코 잊힌 전쟁이 아니다. 유해를 찾지 못해 한을 품고 사는 유족들에겐 더욱 그렇다.

아직도 시신을 찾지 못한 6·25 전쟁 전사자는 13만여 명이나 된다. 나라를 지키기 위해 목숨을 바쳤으나 시신은 구천을 떠돌고 있는 것이다. 유해를 찾지 못한 유족들이 여전히 억장이 무너지는 마음으로 6·25를 맞을 수밖에 없는 이유다.

국방부 유해발굴사업단은 요즘 의미 있는 작업을 진행 중이다. 6·25 전사자의 유해 매장 추정지를 한눈에 볼 수 있는 '유해 매장지도'를 제작하고 있다. 7월에 발간될 이 지도에는 비무장지대(DMZ)에 최소한 1만 구 이상의 국군 유해가 매장돼 있는 것으로 추정하고 있다.

DMZ는 정전협정의 산물이다. 양측의 충돌을 막기 위해 155마일 군사분계선(MDL)을 따라 남북 2km에 걸쳐 DMZ를 만들었다.

협상을 시작해 1953년 7월 정전협정이 체결될 때까지 2년여의 시간이 소요됐다. 협상 기간에 한 치라도 더 많은 땅을 확보하기 위해 DMZ 곳곳에서 치열한 '고지 쟁탈전'이 벌어졌다.

시신이 산을 이뤘다. 경기도 연천군의 '백마고지'와 DMZ에 들어가 있는 '피의 능선'에선 6만 명 정도가 전사했다. DMZ 내의 일부 야산은 양측의 수많은 포격 끝에 산 정상이 1m쯤 깎였다고 한다. 낮과 밤의 주인이 바뀐 고지도 허다했다.

치열한 공방전 끝에 정전협정이 체결되자 양측 모두 DMZ에 들어가지 못했다. 그러다 보니 엄청난 미수습 유해가 그대로 방치될 수밖에 없었다.

현재 DMZ에는 한국군 유해 외에도 북한군과 미군, 중국군의 유해 수만 구가 있는 것으로 추정되고 있다. 유해발굴사업 관계자는 "DMZ에 미군의 경우 2000여 구, 중국과 북한군의 유해도 최소한 수만 구가 있을 것으로 추정된다"고 말했다.

이 기사는 DMZ에 묻혀 있는 유해만이라도 그 전쟁 당사국인 남·북·미·중이 공동으로 발굴할 때가 되었다는 내용으로 마무리를 짓고 있었다.

모든 것이 분명해졌다. 그 사람이 나를 만나자고 한 저의가 그 스크랩북 기사 내용 속에 음험하게 도사려 있었던 것이다.

"용 사장님, 그 일이 가능하다고 생각하십니까?"

그 사람의 저의가 드러난 만큼 여러 말이 필요 없다고 생각한 것이다. 그 사람 역시 단도직입, 얘기의 핵심을 내보였다.

"쉬운 일이 아니라는 걸 알기 때문에 이렇게 장 선생님을 찾아온 게 아닙네까."

"오십칠 년 전, 저는 열 살이었습니다. 설사 그 나이에 본 걸 내가 지금 얘기한다고 해도 그걸 누가 믿어줄 것 같습니까."

누가 믿어주고 안 믿어주고는 중요한 것이 아니었다. 지금 내 열 살 적 기억은 오늘 동오골의 가을 햇살 속에 뜨거워질 대로 뜨거워져 동동주 몇 잔의 그 주기만으로도 폭발할 지경이었다. 그것이 전쟁 중에 어쩔 수 없이 일어난 일이었다는 것, 그것이 분단 이데올로기의 애국 메커니즘의 산물이었다는 것, 그리하여 묻혀 있는 것은 묻힌 그대로 두라는 그동안의 제어 장치가 말을 듣지 않았던 것이다.

"여기 오다가 보니까 위령비 같은 게 있던데 그게 뭡네까?"

그 사람의 술잔은 벌써부터 비워져 있었지만 나는 술 따르는 일을 그만두었다.

"위령비가 맞습니다. 자유수호전적비라고 쓰여 있긴 한데……육이오가 일어나기 한 해 전 북쪽 유격대가 이 마을까지 침투했을 때 마을 청년 열세 명이 죽고 부상자가 스물두 명이나 생긴 사건이었지요."

그때 안주로 묵사발을 내오던 막국수집 주인이 껴들었다.

"아이구 말두 말아유. 그때 얼매나 무서웠는지. 지금은 몇 집

안 남았지만 그 죽은 사람들 제사 땐 같은 날 여러 집에서 곡소리가 났으니께유."

"북쪽 유격대가 무엇 때문에 마을 사람들을 그렇게 죽였답네까?"

안주를 놓고 부엌으로 가던 막국수집 주인이 뭔 소리냐는 듯 몸을 돌렸다.

"지금 뭔 소릴 허시는 거유. 왜 죽였느냐구유? 그래, 여기 청년들이 뭔 잘못을 해 빨갱이들이 그렇게 죽였느냐 그 말 아니유? 허허, 이 양반 이거⋯⋯"

내가 손사래까지 하며 식당 주인을 달래고 있으려니 그 사람이 또다시 덥석 꺼들었다.

"그럼 그때 여기 왔던 그 북쪽 사람들은 어떻게 됐습네까?"

"어떻게 되긴. 그래, 죄 없는 사람들을 죽인 그놈들이 한 놈도 죽지 않고 살아 갔다 해야 속이 시원하겠수?"

"아저씨, 여기 술 반 되만 더 줘요. 막국수도 이제 슬슬 준비해주시구."

내가 서둘러 잔을 비운 뒤 그 사람에게 건넸다. 마을 사람들과 괜한 일로 시비가 붙어봤자 좋을 것이 없었던 것이다.

우리는 한동안 서로 상대의 마음을 탐색하듯 말을 아꼈다. 그 침묵을 더 참지 못하고 깬 것은 나였다.

"용 사장님, 저를 무엇 때문에 만나자고 하신 겁니까?"

그 대답이 엉뚱했다.

"장 선생님, 우리가 오늘 마신 술이 음복주라는 거 아셨습네까. 첫 잔은 나를 살려준 그 양반 제사상 음복이요. 자, 이건 선생도 만난 적이 있는 김명자한테 주는 잔이외다."

술이 조금 오른 듯 그 사람의 말이 헤퍼졌다. 말이 많아지기
로는 나 역시 마찬가지였다.

"제가 보기에 용 사장님은 지금 동오골 그 사람들 제사 음복
을 하고 계시는 것 같습니다만……"

그러나 그 사람은 뭔 소리냐는 듯 정색을 했다.

"장 선생님, 아니야요. 자고로 음복술은 제살 지내고 나서 나
눠 먹는 거 아닙네까. 헌데 지금 우리가 그 음복술을 마실 자격
이 있다고 생각하십네까?"

도토리묵사발에 양념으로 넣은 청양고추가 입에 씹히면서 입
안이 얼얼했다. 그 톤이 많이 높았다는 걸 알았는지 그 사람의
목소리가 갑자기 자근자근 낮아졌다.

"그때 우린 동오골로 끌려가기 하루 전 학교 교실에 한 사람
씩 불려나가 심문을 받았습네. 결사대 대장이 이것저것 인적
사항을 물으면 그 옆에서 누군가 그걸 기록했지요. 기록하는 사
람이 얼마나 꼼꼼한지, 용 뭐라고, 제가 아니고 재라고? 그렇게
하나하나 확인해 적곤 했지 뭐야요."

살려달라고, 삼대독자라서 자기는 살아야 한다고, 의용군에
강제로 끌려온 거라고, 이승만 대통령 만세를 부르면서 울음이
라도 터뜨린 것은 아닐는지. 까까머리 인민군의 그 앳된 얼굴
하나가 머리에 쉽게 그려졌다.

"세월이 많이 흐른 어느 날 불현듯이 그 생각이 떠오른 거야
요. 그때 우리를 심문해 적은 그 기록이 어딘가 남아 있을는지
모르겠다, 바로 그겁네다."

이 양반이 지금 무슨 얘기를 하려는 것인가. 나는 얼얼한 입안을 냉수로 헹구면서 적이 의심쩍은 눈으로 그 사람을 쳐다봤다.

"그런 거라도 찾아보자, 그렇게 마음먹은 게 얼마 되지 않아요. 그동안 나름대로 노력을 했습네다. 물걸리 복골 오홍춘인가 하는 그 영감님까지 만났시요."

불길하게도 그 사람 조심하라던 아내의 말이 떠올랐다.

"그래, 그 기록을 찾아내셨습니까?"

"그게 어디 그렇게 쉽겠습네까. 허나 그때 마분지 공책에다가 그걸 적은 사람이 누군가 하는 건 알아냈습네다."

그 순간 아버지 얼굴이 떠올랐다. 사군자를 칠 정도는 아니었지만 필체가 좋은 아버지는 동네 사람들이 필요로 하는 글들을 도맡아 썼던 것이다. 설마…… 그 설마가 사람을 잡았다.

"장 선생님 부친께서 그걸 기록하셨다는 얘길 들은 거야요. 그거 하나만은 분명합네다."

나는 망연히 그 사람 얼굴을 쳐다보았다. 이제 술을 더 먹어서는 안 되겠다는 생각이 든 것도 그때였다.

"제 선친께선 결사대 대원도 아니었습니다. 다친 다리 때문에 거동이 많이 불편하셨으니까요."

그러나 그 사람은 내 말 같은 건 개의치 않는 듯 자기 할 말만 했다.

"기록을 한 사람이 그걸 보관하고 있다고는 생각하지 않습네다. 하지만 그럴 경우도 있지 않을까 싶어 말씀을 드리는 거야요."

"그런 경우라니요. 그건 말두 안 됩니다. 지금 와서 그래……"

괘씸하고 괘씸했다. 침묵으로 내 불편한 심기를 드러내자 그 사람 역시 한동안 어둠이 내려앉은 막국수집 마당만 내다보고 있었다.

"국수를 지금 뽑을까유?"

막국수집 사람이 주방 쪽문에서 얼굴을 내밀었다. 내가 고개를 끄덕여줬다.

"너무 오래된 일이라 기억하기 어려우실 겝니다만 그래도 다시 한번……"

이런 망할…… 스크랩북을 통해 확인한 그 사람의 집착이 새삼 가슴에 서늘하게 와 닿았다.

"그때 우리 아버지가 그런 걸 지니고 있을 이유가 결코 없습니다."

"이유야 어떻든 직접 쓴 기록을 가벼이 했을 그런 양반이 아니라는 걸, 저도 들어서 알고 있습네다."

점입가경. 그 사람은 쉽게 물러서지 않았다.

"유해 발굴보다 더 중요한 게 그 기록이라는 걸 장 선생님두 잘 알고 계실 거야요. 나 같은 처지에서 기댈 데가 그런 거밖에 더 있겠습네까."

일을 벌여도 크게, 제대로 하자는 것 아닌가. 그러나 내가 마음을 다잡기도 전에 그 사람이 잔을 건네왔다.

"이제 우리가 믿을 건 장 선생님이나 내 기억입네다. 우리가 마음만 잘 맞추면 그 일을 하는 데 그리 큰 문제는 없을 것 같습네다."

참으로 기가 찼다. 우리, 그리고 그 일이라니? 음모의 연기는 이미 속수무책으로 피어오르고 있었다.

"처음부터 일을 크게 벌일 생각은 없습네다. 그동안 여러 가지 생각해봤지만 좀 전 장 선생님이 딱 들어맞는 말씀을 하신 것처럼 우선 우리 맘속에 살아 있는 지뢰부터 제거하고 볼 일이다 바로 그거야요."

내 휴대폰 벨이 울렸다. 정미소 배진태다.

"야, 효식이 너 인마 어딘데 아직 안 오고 자빠졌는 거야?"

저녁 식사를 한 한미옥에서 아예 이차를 시작했으니 빨리 오라는 배진태의 목소리 톤이 높은 것으로 보아 벌써 꽤 취한 게 분명하다. 한미옥 주인 조화자의 깔깔 웃음까지 들리더니 느닷없이 배진태 아닌 다른 사람 목소리가 귀청을 때린다.

"너 인마, 교장 해 먹었다고 아직까지 거드럭거리기냐. 야, 장효식 빨리 오란 말이야. 이 새끼들이 날 빨갱이라고 몰아치지 뭐냐. 야, 북한이 핵을 가지고 있는 거 그거 대단한 거 아니냐. 미국 놈들한테 큰소리 칠 수 있는 힘이 바로 핵이라 그거야. 그런데 그걸 왜 없애라고 지랄들이냐 그거야. 이 새끼들 이거 완전히 수구 골통이라 내가 정신교육 좀 시키고 있는 중이다, 야 인마……"

천승민이다. 그는 중학교 생물 선생을 하다가 평교사로 명퇴한 뒤 퇴직금으로 무슨 건강식품 대리점을 냈다가 그것마저 털어먹었다고 했다. 원래 반골 기질이라 교직에 있으면서도 높은 사람들과 자주 부딪쳐 인사 때마다 기피 인물로 이름이 나 있었다.

배진태가 다시 휴대폰을 잡아, 천승민은 물론 농협조합장을 지낸 한기태까지 합석을 하게 됐다며 그 경위를 장황하게 늘어놓은 뒤 한 시간 안으로 안 오면 내 앞으로 이차 술값을 달아놓 겠다는 엄포다. 한기태는 지난여름 군군 병사 유골이 묻힌 데를 제보해 텔레비전 화면에까지 나왔다.

보지 않아도 그 술자리의 소란이 어림 잡혔다. 칠순이 가까운 나이들이고 보니 모여 앉으면 모두 자기 얘기를 하느라 정신이 없다. 도대체 남의 얘기를 들으려 하지 않는 것이 나이 들면서 나타나는 두드러진 현상이다. 게다가 귀까지 어둡다 보니 목소 리 높은 건 당연지사, 남의 얘기는 모두 개소리이고 자기 생각 만 구구절절 명심보감이다.

정치 등 시국 얘기만 나오면 이건 숫제 싸움판이다. 혹 아니 면 백, 그 나눔의 편 가르기에 가차가 없다.

내가 읍내 친구들과의 휴대폰 통화가 끝나기를 기다렸다는 듯 그 사람이 내 앞으로 잔을 내밀면서 말했다.

"장 선생님, 참 부럽구만요. 나는 이 나이까지 애 재 할 친구 가 하나도 없습네다."

그 사람의 커다란 눈이 내 눈길에서 오래 떨어지지 않았다. 나 는 그 공허한 눈길에 마주친 순간 심사가 뒤틀렸다.

"친구보다 더 절실한 사람들을 만나기 위해 동분서주하고 계 시지 않습니까."

나는 술상 옆에 놓여 있는 그 사람의 스크랩북을 턱으로 가리 켜 보였다. 그러나 그 사람은 내 비아냥 같은 건 아랑곳하지 않 은 채 목소리를 더욱 낮췄다.

"벌써 십 년도 넘는, 오래전 일이야요. 테레비 뉴스에서 미국 이 육이오 전쟁 때 북쪽에서 죽은 자기네 국적 병사 유해를 발굴해 가는 장면을 보았습네다. 지금도 미국은 그 사업을 위해 북쪽에 자기네 관리까지 상주시키고 있다는 겁네다. 그런데 우린 북쪽이고 남쪽이고 그런 일에 관심도 없지 않습네까."

조금 높아진다 싶던 그 사람 목소리가 다시 낮아졌다.

"중국에서 온 오퍼상들을 데리고 화천 파로호에 갔을 때야요. 육이오 전쟁 때 거기서 중공군 수만 명을 수장시켰다고, 가이드가 당시 대통령이 그런 이름을 붙였다는 얘길 하는 순간 중국 사람들 얼굴이 굳어지는 걸 봤습네다. 그런데 그날 동행했던 사람 하나가 나한테 이제 이쯤에서 그 중공군 희생자들 영혼을 달래는 무슨 표시라도 하나 해줘도 괜찮지 않겠느냔 얘기를 했습네다. 물론 나만 듣게 낮은 소리로 말이야요."

그래서 어쩌자는 것인가. 나는 짐짓 그의 말을 무지르고 싶은 충동을 받았다.

"시간이 더 필요하겠지요. 작년에 처음 시작했다는 국군 유해 발굴만 해도 상황이 그만큼 바뀌었다는 거 아니겠습니까."

"아까 장 선생님 말씀처럼 늦어도 너무 늦은 거야요. 나라가 할 일을 제대로 안 했기 때문이야요. 국군 희생자에 대해 그 정도였으니 정말 억울하게 죽은 양민들이나 북쪽 병사들에 대해서는 그 발굴 얘기를 아예 꺼낼 엄두도 못 냈던 것입네다."

"이제 시월 대통령 방북 때 양쪽이 종전 선언이라도 하면 상황이 훨씬 달라지겠지요."

그러나 그 사람은 마뜩찮은 얼굴로 고개를 가볍게 저었다.

"이제 와서 종전이라고요? 반인륜적 살인자도 십오 년이 지나면 공소시효가 없는 이 좋은 나라에서 벌써 반세기 저쪽에서 있었던 일을 아직도 함부로 얘기 못하는 판에 종전 선언을 한다고 뭐가 달라지겠습네까. 말로는 통일, 통일 하면서도 실상은 누구도 이 전쟁이 끝나는 걸 원치 않고 있다 그 말이야요."

막국수가 나왔다. 내가 식초와 겨자 등을 넣은 뒤 이렇게 두 젓갈로 비벼야 한다고 시범을 보였지만 그는 젓가락을 들 생각도 안 했다. 그 까탈이 보통이 아니었다.

"그 생사 확인만이라도 할 수 있어야 한다, 그런 얘깁네다."

그 사람의 어조가 단호해졌다.

"장 선생님, 정말 그때 선대인께서 기록한 그 공책, 아니 그 내용이라도 대충 뒤져보신 기억이 없으십네까?"

허허. 너무 억에 넘는 말이라 헛웃음이 나올 수밖에 없었다.

"아까도 말씀드린 것처럼 처음부터 크게 벌이자는 게 아닙네다. 장 선생님과 내가 직접 겪으면서 본 그 일부터 시작하자는 것이야요. 그렇게 민간 차원에서 그 일을 벌이다 보면 국가가 나서겠지요. 물론 북쪽과 함께하면 더 좋겠지요. 그러나 그게 쉽지 않을 땐 우선 이쪽에서 먼저 시작하자는 겁네다. 못할 게 뭡네까. 대통령까지 방북하는 이 마당에 땅속에 묻혀 있는 그 사람들 문제를 놓고 얘기 못할 게 뭐 있느냐 그거야요."

예사롭지 않은 그 눈빛에 당찬 결기가 번뜩였다.

"장 선생님도 나와 같은 생각이실 거야요. 그게 그 시대를 함께 산 우리들의 책무이기도 합네다."

지뢰밭에서 지뢰를 세서하는 섯이 이 시대를 사는 우리 모두의 책무라는 것을 모르지 않았다. 그러나 그 일이 얼마나 어려운 일인가는 그 사람의 비장한 목소리가 입증하고 있었다.

읍내에서 술자리를 하고 있을 배진태 등 그 시대를 함께 산 친구들의 얼굴을 머리에 떠올렸다. 정말 이쯤에서 그들과의 만남을 핑계로 그 사람과의 자리를 끝내야 할 것 같아서였다. 어쩌면 그 사람이 막국수를 먹기 위해 젓가락만 들었어도 나는 그를 뒤로하고 일어섰을는지도 모른다. 관용도 지나치면 오히려 화가 될 수도 있을 터.

그러나 그 사람은 내 눈길을 잡는 일마저 포기한 채 자신이 만든 스크랩북만 멍하니 내려다보고 있었다. 마음 흔들림을 애써 감추고 있는 내색이 분명했다. 덮씌워진 김명자 귀신이, 아니면 동오골 그 귀신들이 또 찾아왔는지도 모르는 일.

애써 무연해 뵈려는 그 눈길이 내 마음을 움직였다. 뭔가 그 사람이 원하고 있는 사실 하나만이라도 내 입을 통해 말하고 싶은 조바심이었다.

기억은 그냥 기억일 뿐 어느 것도 그 실재와 정확히 일치할 수는 없다. 아버지는 자신의 필적이 담긴 종이들을 차곡차곡 모아 시렁 위에 올려놓곤 했다. 언제부터인가 시렁 위의 그 종이뭉치가 보이지 않았다는 그런 기억이라도 살아날 수도 있을는지 모른다.

어느 날 그 종이뭉치 속에서 공책을 본 것 같다는, 있지도 않은 거짓 기억을 그 사람에게 말하고 싶은 이 충동의 정체는 무엇일까.

그러나 내 입에서는 다른 말이 나왔다.

"용 사장님, 오늘 이 자리는 제가 계산할 거니 읍내 나가 한잔 사십시오."

내 친구들 앞에 홍천 용씨, 용우성의 존재를 까발리고 싶은 충동이었다. 그 사람이 살아온 칠십 평생의 우여곡절과 그가 지금 꿈꾸고 있는 일을 그들 앞에 얘기할 어투의 그 사특함까지도 어금니에 질금질금 물렸다.

시골 막국수집 화장실에 서서 나는 그들 앞에 쏟아놓을 말을 고르고 있었다. 어쩌면 나는 내 말에 취해 은연중 그 사람의 생각까지 내 목소리를 빌려 말하게 되는지도 모른다. 그 사람 앞에서는 결코 동의할 수 없었던 그 사람 일의 당위와 그 가치를 역설하게 되는지도.

내가 그때 거기 있었다. 그리고 보았다. 본 것을 보았다고 말하리라. 무엇이 두려울 것인가. 오랜 세월 내 안에 살아 숨 쉬고 있는 그 지뢰를 제거할 수만 있다면 그 정도는 각오해도 좋을 것이다.

죽었지만 죽지 않고 내 속에 살아 있는 볼이 팡팡하던 김명자에 대해서도 음담조로 얘기할 수 있을 것 같았다. 용우성의 꿈에도 내 꿈에도 나타나 울부짖는 동오골의 그 원혼들 얘기를 할 때는 진저리 같은 전율로 몸을 떨 수도 있을 터.

비척비척 화장실에서 돌아오는 길인데, 아직 만나지도 않은 친구들이 던진 돌이 내 말과 공중에서 부딪쳐 지뢰 터지듯 폭발하고 있었다.

나는 비틀거리며 그 사람 앞에 앉았다.

"용우성 사장님, 내 친구들을 만나시겠습니까?"

그 사람이 의아한 눈으로 나를 바라봤다.

"내 친구들 무서운 사람들이야요. 평통자문위원이었던 친구도 있고, 해병전우회 회장도 있습니다. 반골 퇴직 선생도, 유해 발굴 제보자도 있다 그겁니다. 그 사람들 앞에서도 지금 나한테 한 것처럼 말씀하실 수 있습니까."

그냥 술 취한 상태의 농담이었을 뿐이다. 당신이 하고자 하는 그 일이 우리 시대의 정서에 아직은 이르다는 것을 말하고 싶었던 것이다.

그러나 취중인데도 그 사람은 내 어리석은 말을 꽤 그럴싸하게 받았다.

"아, 좋습네다. 장 선생님 말씀을 듣고 보니 그 사람들 만나는 일이 무엇보다 시급하다는 생각이 들지 뭐야요. 우리가 장 선생님 그 친구분들 하나 설득하지 못하면서 뭔 일을 벌이겠습네까."

우리라니, 이런 제기랄. 그 사람이 던진 투망 속에 속수무책으로 갇히고 있다는 느낌이 혼몽한 취기 속에서도 또렷했다.

그때 식당 마당의 어둠을 헤치며 차 한 대가 들어서고 있었다. 식당 주인이 호출한 대리운전이 온 것이다.

일이 대책 없이 꼬여가고 있었다. 그러나 나는 치명적인 펀치를 맞고 뻗을 수도 있는 사각의 링 위에 그 사람을 올리고 싶은 유혹의 선을 이미 넘어서고 말았다.

짜 맞춘 프로레슬링 태그매치처럼 내가 결정적 위기 상황에 뛰쳐나가 멋진 드롭킥 한 방으로 상대를 제압할 수도 있을 것 같은 오기가 손에 쥐어졌던 것이다.

◦ 2008년 『창작과비평』 봄호

남이섬

나미는 남이섬을 떠나지 않았다. 섬에서 죽어 거기 어딘가 묻혀 있더라도 그 넋만은 뭔가 다른 형상으로 환생하여 섬 주변을 떠돌고 있는 것이다. 이야기 진화의 발원은 대체로 그리움이다. 애면글면 그네를 잊지 않고 살았던 두 사내가 있었다.

섬의 서북쪽, 경기도 가평 사람 김덕만 씨의 나미에 대한 추억담은 좀 거칠다.

내가 징역 살고 나온 쌍팔년까지도 그 기집이 거기 그대로 살고 있었어야.

쌍팔년은 단기 4288년, 서기 1955년으로 그때까지도 그네가 남이섬에 살고 있었다는 그 증언의 신빙성은 높다. 그러나 그는 나를 처음 만난 이십 년 전 그때에도 여전히 섬 주변에서 나미를 볼 수 있었다고 말했다.

"엊그제 비가 많이 왔어야. 그날두 기집이 그 빗속에 서 있더라니까."

이런 황당한 주장과 달리 남이섬 동쪽, 춘천 땅 방하리 사람

이상호 씨는 다소 우회적인 표현을 썼다.

"눈에 보이지 않는다고 해서 없는 건 아니지요. 물고기면 어떻습니까. 그 사람이 원래 그랬으니까요."

맹신의 무지가 그러쥐고 있는 집착은 끈질겼다.

"아무튼 나미가 섬을 떠나지 않은 건 확실합니다. 여기 말고 다른 데선 도저히 살 수 없는 그런 사람이니까요."

요즘도 심심찮게 떠도는, 청평호 주변에 나타난다는 괴물 소문의 진원이 내가 이십 년 전 만났던 그 두 사내일 가능성이 높다. 게다가 내 몸을 숙주로 아직 살아 있는 그들의 염력이 할 일을 했을 수도.

멀리 산에서 내려다보면 남이섬과 자라섬은 옛 모습 그대로이다. 그러나 그 어느 것도 옛날의 그것이 아니다. 북한강을 가로질러 새로 놓인 왕복 팔차선의 가평대교는 보납산 자락를 끼고 도는 옛 국도를 건너다보며 여봐란 듯이 그 질주가 무섭다. 가평대교 위쪽의 철교만은 옛 모습 그대로지만, 그것도 이제는 그 아래 자라섬 한가운데를 가로질러 새로 놓이는 경춘복선전철 다리 위에 세워진 우람한 아치 때문에 완전히 풀이 죽었다.

원래 중국섬이었다가 그 이름이 바뀐, 자라섬 그 아래 남이섬이야말로 정말 많이 변했다. 꽤 오랜 세월 남이 장군의 무덤이라 구전되던, 밭을 일구느라 한데 모아놓았던 돌무더기가 우람한 봉분으로 그 모습이 바뀌있나. 그 무덤의 진위를 놓고 얘기가 많듯 남이섬 나미에 대한 얘기도 그렇다. 남이섬에 나미란 여자가 살았다는. 이십 년 전까지, 아니 지금도 남이섬에 가면 그네가 환생한 괴물을 볼 수 있다는 얘기까지.

나미, 남이섬. 그 이름의 우연찮은 일치에서 오는 뉘앙스로
해서 내가 그네에 대해 더 많은 관심을 가졌는지 모른다. 나미
는 한때 남이섬 주인이었던 진 군수의 딸이라는 두 사내의 주장
말고는 남이 장군 무덤이 그러하듯 존재를 입증할 만한 기록이
어디에도 남아 있지 않다.

산을 넘는 구름의 흐름이 빠르다. 잎이 피고 지고, 순식간에
벌어진 꽃망울이 어느새 이울어 낙화로 어지러이 흩날린다. 세
찬 바람. 잔뜩 웅크린 겨울나무 위에 앉았던 박새 한 마리가 후
룩 날아오른다. 칙칙한 갈색 산이 연두색으로 옷을 갈아입으면
서 강둑 위로 아슴아슴 아지랑이가 기어오른다. 신록에서 다시
울울한 녹음으로 뒤덮이는 보납산이 북한강 물안개를 수반으로
둥둥 떠다닌다. 보납산 꼭대기에서 내려다보이는 가평읍이 육
십 년 전의 그 황폐한 취락에서 아파트가 우줄우줄 들어선 오늘
의 번화한 모습으로 오버랩되고 있다.

이처럼 사람의 일생도 콤마 촬영 영상으로 다잡으면 참 별거
아닐 것이다. 내가 이상호 씨와 김덕만 씨를 만났을 때만 해도
그들은 아직 육십 나이로 씽씽했다. 그때로부터 이십 년 세월.
이제 그들은 이 세상 어디에도 없다. 그러나 그들의 입을 통해
전해진 몇 토막의 이야기가 우주 화물선에 묻어온 외계 생물체
처럼 내 안에서 부화하는 일만은 막을 길이 없었다.

"신 기자, 요즘도 괴짜 인생들 만나러 다녀?"

아직도 나를 기자라고 불러주는 사람들이 있다. 상대의 잘나가던 시절을 상기시켜주는 그런 호칭이야말로, 자기 또한 그 무렵이 전성기였다는 것을 은연중 과시하는 방법일 터. 어이, 이 변호사. 요즘 어떻게 지내? 박 교수, 너 요즘도 그렇게 술 많이 하냐? 주로 나이 든, 바뀌어가는 세상의 속도를 도저히 따라갈 수 없는 사람들의 무력감에서 오는 과거 지향 현상이다.

나는 한때 지방 신문사에서 발행하던 『감자바위』라는 월간 잡지 편집장으로 일한 적이 있다. 말이 편집장이지 기사 취재에서 편집까지를 거의 도맡다시피 하다 보니 그쪽으로 관계했던 사람들과의 만남이 넓을 수밖에 없었다. 잡지에 글을 썼던 사람들이나 취재원이었던 사람들은 나름으로 나와의 인연을 오래 기억했다.

한때 같은 직장에서 일하던 옛 동료한테 글 청탁을 받은 것도 그런 인연이었다. 서울 올라가 무슨 대행사를 하고 있는 그는 최근에 북한강 개발과 관련된 어느 공기업의 사보를 맡아서 하고 있는데 거기 들어갈 글 하나를 써달라는 것이다.

"취재비도 넉넉히 신청하라구."

그는 내가 오래전 작가의 꿈을 접고 이것저것 잡문을 써 먹고 산다는 것을 알고 있는 터라 고료부터 들고 나왔다.

"뭔 글인데?"

마치 기다리고 있었다는 듯 입질을 했다. 나는 그즈음 어떤 사람의 전기를 써달라는 섭외를 받고 있었다. '빈공의 등대지기' 이런 투의 책 제목까지 미리 정해놓고 써달라는 주문이었다. 자료는 충분하다고, 건설업으로 돈을 좀 모은 큰아들이 육이오 참

전용사인 자기 아버지가 걸어온 반공의 외길 이야기를 기록으로 남기고 싶다고 했다.

제시해온 원고료가 생각보다 많은 편이었지만. 그렇고 그런 상투적인 문장을 늘어놓을 생각만 해도 끔찍했다. 먹고살기 위해 그런 유의 글을 두어 번 끼적이느라 시간을 죽인 적이 있었다. 전기 속의 인물을 부각시키기 위해서는 들러리가 되는 인물들을 되도록 부정적으로 묘사하지 않으면 안 되는 일도 고역이었다. 인물을 한참 미화하다 보면, 사회 정의로 볼 때 그 얘기 자체가 비판받아야 마땅한 것이라는 생각에 이르면서 문장이 캄캄 제 갈 길을 잃기 일쑤였다. 무엇보다 시대에도 맞지 않는 반공 이데올로기를 내용의 뼈대로 다뤄야 한다는 게 한심했다. 그런저런 생각으로 그 전기 청탁을 안 받기로 거의 마음을 굳힌 상태에서 그의 전화를 받은 것이다.

"이거 혹시 신 기자가 그전에 다룬 건지 모르겠는데. 북한강에 댐이 여러 개 생기면서 강섬도 많이 생겼잖아. 우선 자네가 사는 춘천 중도도 그렇고 가평에 있지만 춘천 땅인 남이섬이나……"

그런 강섬들의 이름이 생긴 유래부터 시작해 그 과거와 현재를 다루되, 주로 이미 개발에 성공한 섬 이야기를 중심으로, 글로벌 시대의 관광 문화를 주도하기 위해서는 이제 북한강도 더 이상 보존 논리에 발목이 잡혀서는 안 된다는 식의, 한마디로 개발 규제를 풀 그럴듯한 명분 찾기에 그 꿍꿍이가 있는 글이었다. 그 속셈의 고약함이 먼저의 전기와 다를 바 없었지만 나는 다시 한번 입질을 했다.

"그거 자네가 쓰면 딱 좋겠네. 원래 기사란 그 발상을 한 사람이 써야 좋은 법이지."

"신 기자, 왜 이래. 옛날 신기헌이 만난 신기한 사람들, 그 실력을 한번 발휘해보라니까."

옛 동료의 그 말이 아니라도 이미 내 기억의 그물 속에 들어와 번뜩이는 게 있었다. 강섬 얘기를 듣는 순간, 내 머릿속 어딘가 박혀 있는 김덕만 씨와 이상호 씨의 음성기록 장치가 작동을 한 것이다. 남이섬 나미가 키워드였다.

먹이를 덥석 문 것은 이십 년 전 두 사내를 취재하는 과정에 알게 된 남이섬과 자라섬 얘기만 써도 강섬 얘기는 충분하겠다는 나름의 셈이 섰기 때문이었다.

게다가 삼 년 전부터 춘천 위도가 고슴도치섬이란 명칭을 가지면서, 그 섬에 들어가 작은 카페를 운영하고 있는 고향 후배를 자주 만나 나눴던 강섬 개발 얘기가 그 일을 맡은 결정적 계기일 수도 있었다. 후배는 강섬 마니아였다. 그는 강섬이 원래의 모습을 잃어가는 일을 개탄하며 그것을 막는 일에 앞장서는 환경운동가였다.

후배는 요즘 고슴도치섬이 개발업자에게 넘어갈 조짐이 보인다며 전전긍긍했다. 그는 강섬 보존의 대안으로 원시적 자연 형태를 잃지 않은 강섬과 강섬을 오가는 뱃길 투어를 얘기했다. 대형 유람선이 아닌 옛날의 소금배나 뗏목 형태의 작은 배를 타고 세월이 네월이 흘러가는 배 위에서 섬 주변 지역의 자질한 역사와 문화를 체험하며 즐기는 친환경적 관광 상품의 개발이었다. 한마디로 속도가 생명인 디지털 시대에 천천히 걸어가는 가운데 지금까지 보고 듣지 못했던 것을 느끼게 해주는 역발상의 아날로그 관광 전략일 터.

"선배가 만났던 그 괴짜 인생들 얘기만 해도 선상 스토리텔링 투어 콘텐츠로 최고 아닙니까."

'신기헌이 만난 신기한 사람들'이란 제목으로 월간 『감자바위』에 한 달에 한 번 나가던 인물탐방 기사는 한마디로 별난 삶을 사는 괴짜 인생들을 독자들한테 되도록 재미있게 소개하자는 취지로 출발한 것인데, 지금과 달리 당시에는 그런 것을 다루는 저널이나 영상매체가 별로여서 그 시리즈에 대한 반응이 그런대로 괜찮았다. 두 눈이 전혀 보이지 않는 사람이 토종벌 오십여 통을 하는 이야기에, 삼십 년간 물가에 천막을 치고 낚시만 하면서 혼자 사는 사람이라든가 아내가 죽자 장모와 정식 결혼해 아이까지 낳고 사는 사람 얘기 등 주로 엽기 인생들을 다루는 기사였다.

섣부른 취재로 곤욕을 치른 적도 몇 번 있었다. 교통사고로 뇌사 판정을 받았던 사람이 다시 살아나 그가 저승에서 만났다는 사람들 얘기를 그 가족들을 통해 확인하자 거의 맞아떨어졌다. 그가 만나고 왔다고 내 글에 언급된 사람들 가족이 줄을 이어 찾아왔다. 그러나 그것이 내가 쓰는 글을 겨냥해 미리 짜맞춘 사기극으로 드러났다.

그 시리즈 연재 중, 그야말로 구사일생으로 살아나 지금까지 잘 살고 있는 사람 하나를 만나보지 않겠느냐 제보가 있었다. 그 제보로 만난 사람이 이상호 씨였고, 그의 얘기를 취재하는 중 역시 죽음의 고비를 비슷하게 넘긴 가평의 김덕만 씨도 만나게 되었다.

공교롭게도 그들 두 사람의 목숨이 남이섬이란 작은 섬을 인연으로 건져졌다는 것이 확인되면서 취재에 저절로 신명이 붙었다. 같은 때, 같은 장소를 배경으로 그런 일이 일어났다는 우연성이 다소 께름하긴 했어도, 앞뒤 얘기의 맥락을 짚을 때 충분히 있을 수 있는 일이다 싶어 두 사람 얘기를 함께 다루기로 했던 것이다.

나는 취재 중에 두 사람이 함께 만나 서로 이야기를 나눠보는 것도 좋을 것이란 생각에서 만남을 주선하려 했지만 그 일은 끝내 성사되지 않았다. 두 사람 모두 그렇게 만나는 일을 달가워하지 않았기 때문이다. 그들 얘기 속에 나오는 나미란 여자를 자기 아닌 다른 사람과 공유하는 것에 대한 마음 불편함 같았다.

나는 처음 나미란 여자의 존재 자체를 미심쩍어 했다. 당시 남이섬 주변의 사람들 역시 대부분 그네의 존재에 대해 긴가민가했기 때문이다. 그 존재를 인정한다 하더라도, 신 내리다 만 미친 여자 하나가 섬에 잠깐 머물다 떠났다는 소문을 들은 적이 있었다는 정도였다. 게다가 그네를 직접 섬에서 만났다는 사람이 김덕만 씨나 이상호 씨 말고는 아무도 없었기 때문에, 그들 말에 대한 믿음이 그리 쉽게 생기지 않았다.

더욱 혼란스러웠던 것은, 두 사람이 서로 상대의 나미 관련 얘기를 모두 새빨간 거짓말로 몰아붙였다는 것이다. 지기 말만 사실이고 남의 것은 모두 거짓이라는 것은 결국 두 사람 말이 모두 거짓일 수도 있다는 의구심이 생길 수밖에 없었다.

나미의 존재가 그랬다. 그것이 더 옛날 이야기였다면 거기 나오는 나미야말로 두 사내를 홀려 그 영혼을 쥐락펴락한 영락없는 귀신이었다.

강섬 취재를 남이섬부터 시작한 것도 이십 년 전 만났던 이상호 씨와 김덕만 씨를 다시 만나 그 현장에 함께 들어가도 좋겠다는 생각 때문이었다. 한때 나미에게 걸귀처럼 빠져 있던 두 사내의 지난 이야기로 남이섬의 저녁놀을 활활 태우고 싶은 충동이었다. 어쩌면 남이섬 주변 호수에 자주 나타난다는 괴물 얘기를 나미의 환생과 접붙이고 싶은, 실패한 글쟁이로서의 미련이었을 것이다.

"선배님, 거기 남이섬도 안개 대단하지요?"

지난밤 술자리를 함께한 고슴도치섬 후배다.

"아니, 여긴 아니야. 헌데 벌써 카페 문 연 거야?"

"우우, 이렇게 안개 숨소리가 들리는데 어떻게 여길 안 들어와요."

작취 미상, 지난밤 술안주로 삼던 그 여자 얘기를 다시 꺼낼 기세의 마흔 살 노총각의 목소리가 습한 안개 입자처럼 축축하다. 후배는 요즘 상사병을 앓고 있다. 감상막이 얇아 쉬 끓는 것처럼 식기도 잘하지만 이번만은 아닌 듯싶다. 원래 생살 속에 스스로 실연의 심지부터 박고 시작하는 외짝사랑이 더 힘든 법. 후배는 지금 고슴도치섬의 짙은 안개 속에서 추억 여행 캡슐을 타고 올 여자 하나를 애타게 기다리고 있다.

"이상한 건, 선배님이 찾고 있는 그 여자가 지금 내가 여기서 기다리고 있는 여자와 동일시된다는 거예요."

웬 여자. 요즘 내가 여자를 찾아 남이섬에 간다는 얘기를 술김에 홀린 모양이다. 원래 안개 속에서는 시공이 아득히 분별을 잃는다. 그러나 어찌 실없는 내 발걸음과 현재진행형의 그 애타는 기다림이 같을 수 있겠는가.

"그래, 내 그 여자 찾는 즉시 택배로 보내줌세."

"엊그제 사십구재를 지낸걸요."

문상을 간 꼴이 됐다. 가평 이화리 양지말 김덕만 씨 아들은, 지난겨울 눈길에서 장난처럼 쓰러진 뒤 그대로 저세상에 간 자기 아버지 일을 남의 얘기하듯 했다. 김덕만 씨는 그날도 남이섬이 한 뼘 거리로 가까이 내려다보이는 장수고개 꼭대기까지 갔다가 변을 당했다는 것이다.

나이 들어 농원 일에서 손을 뗀 김덕만 씨의 일상은 하루에 한 번씩 장수고개에 올라가 몇 시간이고 남이섬을 내려다보고 앉아 있는 일이었다.

"남이섬 나무 내려다보는 게 우리 아버지의 유일한 낙이었을 게야요."

나무가 아니라, 그 나무숲에 어른거리는 벌거벗은 여자였겠지. 그 아들도 모르는 김덕만 씨의 비밀을 알고 있다는 생각에 이르자 풀쑥 웃음이 나왔다.

하긴 남이섬 나무에 대한 김덕만 씨의 애착은 대단했다. 60년대 말 남이섬 개발이 시작되었을 때 그 조경수 식재에 자신의 손길이 안 간 것이 없다고 했다. 그때 한창 꼴을 갖춰가던 남이섬의 잣나무 길이며 전나무와 메타세쿼이아 길이 모두 자기가 직접 심은 묘목이 그렇게 큰 것이라 했다. 이화리에서 묘목농원을 하게 된 것도 남이섬의 조경 일이 손에 익었기 때문이라고.

"이상한 건 섬에 낭구를 심을 때면 그 기집이 나타났다 그 얘기여. 그러니 내가 낭구 심는 일에 미치지 않을 수 있겠느냐 그거여."

남이섬의 나무들이 살아 움직이는 나미로 보였을 터. 헛것을 보고도 그것이 헛것이라고 생각하지 않는 김덕만 씨 억지 탓일까. 그의 죽음 소식을 들은 뒤 복장포를 거쳐 장수고개에 올라 내려다보는 남이섬의 나무숲에 히득거리는 여자 웃음소리가 유달리 가까웠다.

1950년 7월 18일. 인공 치하. 춘천 남면 방하리 일대의 반공 산악대가 남이섬 습격을 시작으로 그 활동을 시작한 날이다. 사람들은 훗날, 그 일을 너무 서둔 탓에 나중에 죄도 없는 주민들이 큰 피해를 보았다고 아주 까놓고 얘기를 했다. 인민군이 파죽지세로 남쪽으로 내려가는 판인데 후방에서 그런 일을 벌였다는 것이 무모할 수밖에 없다는 것이다.

그러나 당시 그 일을 주도했던 산악대원들의 말은 달랐다. 그때 남이섬을 습격해 정보를 얻어내지 못했으면, 방하리와 가정리, 박암리는 물론 춘천 설악면의 젊은이들이 모두 의용군에 끌려갔거나 반동으로 몰려 처형을 당했을 것이라는 주장이다. 그때 이미 삼십 명쯤으로 불어난 산악대의 위세를 보임으로써 후방 교란작전이 전선에도 큰 영향을 줬을 것이란 자평이다.

가평 내무서원과 인민위원회 사람 몇이 남이섬 진 군수네 집에 모여 방하리 쪽 반동분자 색출은 물론 인민 의용군 차출 문제를 논의할 것이라는 정보가 들어왔다.*

진 군수가 남이섬에 들어가 살기 시작한 것은 해방이 되기 두어 해 전이었다. 남이섬에 건너와 농사를 짓던 사람들이 쓰던 농막 등 세 채의 집이 고작인, 사람이 하나도 살지 않는 무인도에 벙어리 노인 부부를 데리고 들어온 진 군수에 대한 사람들의 이야기는 별로 좋지 않았다. 해방 전 어느 지역에선가 군수를 지냈다고 하여 진 군수라고 불려진 그 사람은 일제강점기부터 골수 좌익분자로, 그 아들도 김일성대학을 나온 공산당 당원에다가 이북에서 높은 자리에 있다는 소문이었다. 육이오 전쟁 때 화악산 일대 중부 전선이 그렇게 쉽게 뚫린 것도 그동안 진 군수가 수집해 보낸 이쪽의 군사 정보 때문이라는 말들도 했다.

실제로, 난리가 나기 전 가평 지역의 좌익단체 사람들이 남이섬에 자주 드나들었을 뿐만 아니라, 삼팔선이 터진 그다음 날 가평까지 쳐내려온 인민군 높은 사람이 남이섬에 직접 들어가 진 군수를 만나 얘기를 나누는 것을 직접 봤다는 사람도 있었다.

주로 우익단체 쪽인 남이섬 동쪽 방하리 부근 사람들이 남이섬 진 군수네 집을 가평 빨갱이들의 아지트쯤으로 생각하고 있었던 것도 그 때문이었을 것이다.

그날은 음력 그믐에 날씨까지 흐려 거사를 하기에는 안성맞

---

* "그때 남이섬은 집이 세 채뿐이었고, 밤나무가 무성하게 우거진 가운데 섬 둘레에는 갈대숲을 이루어 무인도나 다름없었다." 가평향토문화추진협의회, 『가평반공투쟁사』, 78쪽.

춤이었다. 내무서원을 생포해 총도 빼앗고 정보도 얻어낸다는 작전으로 여덟 명의 공격대원을 선발했다.

방하리에서 배 두 척을 띄워 섬 건너편 가평 달전리 아래골과 섬이 가장 가까운 이화리 굼치 등 두 곳에 진을 치고 빨갱이들이 섬에 들어오기만을 기다렸다. 그날 대낮에는 가평 읍내에서 사격 연습이라도 하는지 총소리가 끊이지 않아 공격대원들을 더 긴장시켰다. 달전리 나루터에서 놋가락으로 나룻배 머리를 때리는 소리가 났다. 달전리 앞 나루터에 빨갱이들을 태운 보트가 나타났다는 신호였다.

배에서 대기하기로 한 세 사람을 뺀 나머지 공격대 다섯 사람이 진 군수네 집을 향해 움직였다. 벙어리 부부가 사는 농막은 초저녁부터 불이 꺼져 있어 그대로 통과. 공격대는 진 군수네 집 울타리 밑에 몸을 붙였다. 모기를 쫓기 위함인 듯 쑥 태우는 연기가 집 안에 자욱했다. 흐릿한 남폿불을 중심으로 세 사람이 둘러앉아 있었다. 내무서원이 메고 온 총 한 자루가 방문 곁에 세워져 있는 것도 보였다.

내무서원이 바깥의 어떤 낌새를 확인한 듯 몸을 일으키는 순간, 대원들이 벼락 치듯 방으로 뛰어들었다. 달랑 한 자루뿐인 총을 뺏기고 나자 그들은 자진해서 손을 쳐들었다.

그들을 생포하는 데 성공했지만 문제가 생겼다. 대원 하나가 겁결에 총 두 방을 공포로 쐈기 때문이다. 일을 서두를 수밖에 없었다. 그 총소리를 듣고 가평 내무서원들이 섬으로 들어올 수도 있었던 것이다.

공격대원들은 사로잡은 그들의 옷을 모두 벗긴 뒤 마당에 꿇어앉혔다. 총 개머리판으로 그들의 무릎을 내려치자 모두 술술 입을 열었다. 미리 알아낸 정보대로 그들은 섬에 모여 방하리 쪽 반동분자들 명단이며 산악대원 가족들 근황은 물론 인민 의용군 차출 문제를 의논하고 있었던 것이다.

배에서 대기하고 있는 대원들한테 신호를 보냈다. 일이 다 끝났으니 빨갱이들을 죽여 묻을 구덩이를 파라는 지시였다.

공격대원들이 들고 나온 진 군수네 남포등 불빛 주위로 날벌레들이 어지럽게 날아들었다. 발가벗긴 채 밧줄에 묶인 빨갱이들 셋 중 한 사람은 도수장으로 끌려가는 소처럼 발걸음을 앙버티며 엉엉 울었다.

어둠 속에서는 불빛에 노출된 사람의 공포가 더 큰 법이다. 호롱불을 켜 든 공격대가 밤나무 숲 어둠 속에서 들리는 여자의 째는 듯한 비명에 기겁한 것도 그 때문이었다.

그 비명으로 공격대원들의 경계가 잠시 흐트러진 사이, 빨갱이들이 도망을 치기 시작했다. 그중 두 명이 공격대원이 쏜 총에 맞아 쓰러졌다. 그러나 그들 중 갈대숲 어둠 속으로 도망친 사람은 끝내 찾지 못했다.*

공격대는 밤나무 숲에서 난 그 비명의 정체를 끝내 밝혀내지 못했다. 혹시나 해서 벙어리 부부가 사는 농막에 가봤지만 그네들은 총소리도 듣지 못한 채 잠을 자고 있었다. 그 비명이 벙어

---

* "그는 맨봄으로 강을 건너 방하리 큰말 화전민이 사는 ○○○ 집으로 올라가 옷을 얻어 입고 산을 넘어 창촌으로 갔다는 것이다." 『가평반공투쟁사』, 78쪽. 그날 밤 사건을 전하는 기록에는 "군수가 밖으로 나오는 찰나 손들엇!" 소리쳤다는 것 외에는 그 생사에 대한 어떤 언급도 없다.

리 여자가 낸 것이 아니라는 것이 밝혀지면서 산악대원들은 빨
갱이 시신 두 구를 대충 파묻은 뒤 허둥지둥 섬을 떠났다.

그날 갈대숲으로 도망친 사람이 김덕만 씨다.

덕만은 남이섬의 그 어둠에 익숙했다. 남이섬에 들어와 나미
를 만난 것이 주로 밤이었기 때문이다. 어둠 속에서 나미를 찾
아내는 일은 너무 쉬웠다. 섬에 들어서면서부터 자신의 몸속을
세차게 휘젓는 피돌기의 촉수가 그네를 향해 움직였던 것이다.

그날 밤도 덕만은 진 군수네 집 마당에 끌려 나와 옷을 벗을
때부터 나미 냄새를 맡았다. 손만 내뻗으면 잡힐 듯싶은 가까운
거리에 숨을 죽이고 서 있는 그네를 느낄 수 있었다. 그 경황에
도 덕만의 물건은 땡땡하게 섰다.

갈대숲 물속에 몸을 던지는 순간 뭔가 미끈한 것이 몸에 달라
붙었다. 여자의 벌거벗은 몸이 낙지 빨판처럼 덕만을 끌어안았
다. 워낙 혼겁한 상태라 어디를 얼마나 헤엄쳐 도착했는지 알
수가 없었다. 정신이 들고 보니 섬 바깥 여러 마을의 개들이 악
다구니 끓듯 짖어대고 있었다.

방하리 술워니 고개 밑이었다. 정작 와들와들 몸이 떨린 것은
남이섬을 벗어났다고 생각하는 순간이었다. 바위 밑에 웅크려
앉아 엄청 많은 양의 똥을 쌌다. 그러나 남의 집 빨랫줄에 걸린
잠방이 하나를 걷어 들고 산속으로 치뛸 때까지도 무섬증은 가
시지 않았다. 산속에 숨어 있다가 어느 날 내려와보니 이미 난
리가 끝난 뒤였다.

덕만은 산에서 내려온 뒤 곧바로 달전리 나루터로 달려갔다.
그러나 쪽배 하나 없는 나루터에서 마을 자경대원들에게 잡혔다.

전쟁이 나기 한 해 전 여름, 덕만은 가평읍에 하나뿐인 잡화점인 만물상회 용인으로 일했다. 남이섬 사는 진 군수가 한 달에 한두 번씩 주문하는 생필품을 배달하기 위해 가게를 나설 때만 해도, 장마철이라 하루 종일 비가 질금거렸다.

달전리 나루터에서 배를 빌려 섬으로 건너갈 때만 해도 그만하던 비가 남이섬에 이르자 그야말로 억수로 퍼부었다. 진 군수 집에서 벙어리 노인 부부를 만났다. 그들은 손을 내저어 진 군수가 지금 지금 집에 없다는 것을 알렸다. 벙어리 여자는 다리도 하나 불구여서 지팡이를 짚고 있었다.

빗줄기가 너무 심해 아에 지우산을 접어든 채 나루터로 돌아오던 덕만이 기겁을 했다. 배 안에 사람 하나가 앉아 있었던 것이다. 우비는커녕 천 쪼가리 하나 걸치지 않은 알몸의 젊은 여자였다. 여자는 덕만이 다가가자 배에서 날렵하게 몸을 날려 물속으로 뛰어내렸다.

덕만이 나룻배 위에 올라 그네가 뛰어내린 물속을 들여다보았지만 아무 흔적도 보이지 않았다. 빗속에 헛것을 본 것이 아닌가 싶어 노를 잡아든 순간 뭔가 기척이 왔다. 배에서 꽤 멀리 떨어진 섬 위쪽 갈대숲에 그네가 다시 모습을 드러낸 것이다. 할금할금 뒤를 돌아보는 모습이 영락없는 여우였다.

귀신에 홀린 듯 그 여자를 따라 갈대숲으로 들어섰다. 어쩌자고 그네 뒤를 따라 뛰었는지 모른다. 그러나 섬 한 바퀴를 돌도록 그네를 따라잡지 못했다. 그네는 계속 할금거리며 적당한 거리를 두고 갈대숲에 숨었다 싶으면 다시 물속에서 솟아오르곤 했다.

　그네와의 숨바꼭질은 벙어리 노인이 내지르는 괴성으로 끝이 났다. 그 소리가 들리는 순간 그네는 빗발이 거세게 튀는 물속으로 들어간 뒤 더 이상 모습을 드러내지 않았던 것이다.

　"그럼요. 인물 좋았지요. 게다가 함부로 대하기 뭣한 그런 기품도 있었구요."

　"이쁘고 나발이고, 발정한 암컷은 그게 다 그거고 그거여."

　나미를 얘기할 때의 그 말투는 단순히 두 사람의 교양 문제가 아닌 듯싶었다.

　"맞습니다. 하늘에서 내려온 선녀를 만난 거지요."

　"천년 묵은 구미호가 홀리는데 안 빠질 놈이 어딨어."

　김덕만 씨와 이상호 두 사람 모두 그 여자에게 홀렸다는 데 있어서는 생각이 같았지만 그 끌림의 때깔은 전혀 달랐다.

　상호가 섬에 들어가는 날은 대체로 날씨가 좋았다. 안개가 껴 사위를 분간하기 어려운 오전에도 나미의 유혹을 받았다.

　그러나 덕만은 주로 밤에 나미를 만났다. 물론 한낮에도 섬에 들어가긴 했지만 그런 날은 어김없이 비가 내렸다.

　"기집이 빗속에 홀랑 벗고 뛰는데 어떤 놈이 안 미치겠냐. 기집을 잡기도 전에 쌌다 그거여."

　그러나 김덕만 씨는 그네와의 더 구체적인 만남에 대해서는 말을 아꼈다.

　"뭘 알고 싶은 게여. 내가 그 기집하고 어떻게 했나 그걸 얘기하라 그거 아니어? 했지. 뻘거벗은 짐승들이 그런 시간에 만나서 뭐 하겠어."

말은 그렇게 쉽게 했지만 그 얼굴 내색은 뭔가 석연찮았다.

"근데 말이여. 그게 좀 이상했다 그거지. 분명 하긴 했는데……
그거 참. 한참 신나게 허구 보니까 그게 홍두깨였다 그런 옛날
얘기, 바루 그 꼴이었다 그거여.

"그냥 바라보는 것만도 좋았지요."

이상호 씨는 그 문제에 대해 입이 무거웠다. 그런 만남에서 섹
스야 당연하지 않느냐 뜻인지, 아니면 그런 것과는 거리가 멀다
는 것인지 그 내막을 전혀 알 길이 없었다.

북한강의 물안개에 실려 달전리 나루터까지 왔지만 남이섬은
이미 거기 없었다. 사면팔방 호수에서 피어오른 물안개가 사위
를 분간하기 어려운 농무로 바뀐 것이다. 물안개는 물속에서 잠
을 깬 영혼들이 합장배례로 아침을 맞는 장엄한 의식이다. 강이
흐름을 멈추고 아침 햇살과 교접해 피워 올리는 향연을 타고 떠
도는 영혼들이 미련처럼 강바닥을 아슴아슴 기고 있다.

안개로 길을 잃고 그 안개 속에서 다시 새로운 길을 찾는다.
안개 속에 서면 온갖 사념이 방종하게 몸을 섞으며 낄낄거린다.
두 사내의 기억을 빌려 아직도 내 속에 머물고 있는 나미의 숨소
리가 귓가에 가깝다. 그러나 실체를 보지 못한 소리는 그냥 소리
일 뿐 내뻗은 손에 잡히는 것이 없다. 나미란 여자가 정말 남이
섬에 산 적이 있었을까. 나는 안개 속 그 비현실감을 떨쳐버리
기라도 하듯 서둘러 달전리 신동수 영감을 찾았다.

그들 두 사내 말고 나미란 여자의 존재를 어렴풋이 인정한 사

람이 신동수 영감이다. 달전리 나루터를 한 번도 떠나 산 적이 없다는 신동수 영감은 전쟁이 나기 몇 년 전, 진 군수가 서울에서 내려오는 날 자신의 배를 탄 그 기억을 아직도 지우지 않고 있었다. 진 군수가 벙어리 부부를 섬에 데리고 올 때 그것이 남자인지 여자인지 잘 기억나지 않지만, 한 사람을 배에 더 태운 기억도 들춰냈다. 신 내린 딸의 그 요상한 신기를 감추기 위해 진 군수가 남이섬에 들어왔다는, 어디선가 주워들은 그 소문까지도.

"여기서도 조용할 때는 남이섬에서 뭘 부르는 소리는 들리겠지요?"

"들리나마나. 섬이 바로 조기잖아."

"진 군수가 늘 자기 딸 이름을 크게 불렀다는데요."

"딸 부르는 소리라……? 그건 난 몰라. 진 군수 개 부르던 소리라면 몰라두."

진 군수가 섬에서 키웠다는 암캐 얘기였다. 섬에 들쥐가 많아 뱀이 꼬였고, 그 뱀이 무서워 개를 늘 옆에 데리고 다녔다는 것이다. 개 얘기를 꺼내던 신동수 영감이 벌쭉 웃었다.

"그놈의 암캐가 풍기는 암내 땜에 이쪽 동네 수캐들이 지랄발광이 났었지. 섬 가까운 이화리 복창포 마을 수캐 몇 마리는 아예 섬까지 헤엄을 쳐 들어가는데, 야, 그거 정말 볼만하데. 대부분 진 군수가 쏜 사냥총에 놀라 되돌아왔지만, 우리 삽사린 섬에 들어간 지 꼭 닷새 만에 돌아왔어. 그 꼴루 어떻게 물을 건넜는지. 피골이 상접한 게 정말 눈으로 못 보겠데. 그러니 며칠 기신도 못하구 자빠져 앓을 수밖에. 조막만 한 놈이 세파튼가 네파

튼가 하는 송아지만 한 거하구 붙었으니 그럴 수밖에."

그 암캐가 사람으로 둔갑이라도 한 것일까. 이상호 씨와 김
덕만 씨의 얘기 그 어느 대목에도 남이섬 개 얘기는 들어 있지
않았던 것이다.

"개도 헤엄쳐 들어가는데, 그때 여기 마을 사람들이 저 섬에
많이 드나들었을 거 아닙니까."

지금처럼 하루 관광버스 오십여 대가 찾아오는 그런 건 생각
할 수 없겠지만 그래도 눈앞에 떠 있는 저 섬을 마을 사람들이
외면하고 살았을 리 없다는 생각이었다.

"물론 진 군수가 오기 전에야 저기 들어가 갤 잡아 추렴도 하
고, 몇 집이 농사도 지으러 드나들었지. 헌데 진 군수가 온 뒤로
는 그렇지가 못했어. 사람들이 섬에 들어오는 걸 싫어했으니까.
배가 섬 쪽에 가까이 다가가기만 해도 벙어리가 으어으어 하며
손을 내저었으니까."

"이상호 씨라고, 방하리 사는 그 양반은 수시로 거길 드나들
었다는데요."

"상호가 아니라 그 사람 아버이가 풍을 맞기 전 거기 들어가
농사를 지었어. 또 모르지. 즈 아버이 짓던 농사를 그 자식이 몇
해 더 지었는지."

"이화리 사는 김덕만 씨도 섬엘 자주 드나들었다고 하던데
요."

"그건 그려. 그놈 내 허락두 없이 우리 밸 끌구 들어가군 했
지. 여기 지방 빨갱이들이 난리 전후해 진 군수 만나러 섬에 많
이 드나들었으니까. 덕만이 그놈은 북면에서 민청 조직했다가

매 맞아 죽은 즈 형 원수 갚는다고 내무서 자위대에 들어가 꽤 설치고 다녀 내가 잘 알지."

"덕만이 그 양반 난리 때 저 섬에서 빨가벗은 채 헤엄쳐 나와 살았다면서요?"

"첨엔 다들 죽은 줄 알았지. 헌데 징역 살고 나온 덕만일 눈으로 직접 보고서야 살아 있었다는 걸 알았지."

"섬에 사는 여자가 자기를 살려줬다는 얘기도 했을 텐데요."

"그런 상황에서 살아난 놈이 뭔 소린 못해. 워낙 허풍이 센 놈이라……"

"방하리 사는 이상호 씨도 그 여자가 두 번씩이나 목숨을 구해줬다던데요?"

"그려. 저기 되놈섬에서 살아난 게 사실이라고, 그 얘길 작년 죽기 전까지도 입에 달고 살았지."

"아니, 방하리 사는 이상호 그 양반이 죽었단 말입니까?"

"그 사람, 갑자년 쥐띠, 나하고 동갑이오. 죽을 고빌 두 번씩이나 넘겼다지만 사람 목숨이란 다 그런 거 아니겠어."

미리 알아보지도 않고 나선 걸음이 문제였다. 김덕만 씨와 이상호 씨가 이미 이 세상 사람이 아니라는 것을 확인하는 순간, 남이섬도 중국섬도 그들과 함께 사라진 느낌이었다. 그러나 그들의 부재가 오히려 호사가의 관심을 부추겼다. 이제 그들이 얘기하던 남이섬 나미의 존재가 오롯이 내 몫으로 남았다는, 글쟁이의 야비한 속셈.

이상호 씨가 거기 없다는 것을 알면서도 굳이 방하리로 차를 몰았다. 방하리 술워니 고개 위에서 남이섬과 중국섬을 좀 더 가까이 내려다보고 싶었다. 그의 생전에 환생으로라도 보였을 수달이나 그와 비슷한 괴물이 내 눈에 보일지도 모른다는 유아적 기대였다. 어찌 허구 없는 인생이 있으랴. 여차하면 그네들 모두를 현재진행형으로 살려낼 수도 있었다.

술워니 고개. 고갯마루에서 내려다보이는 남이섬은 협곡을 거슬러 오르는 거대한 가자미의 형상이다. 이십 년 전 고갯마루에서 내가 내민 맥주 캔을 받아든 이상호 씨가 술워니 고개 이름에 대한 유래를 얘기했다. 한양서 내려온 양반 하나가 하인 두엇을 데리고 고개를 오른다. 워낙 험한 고갯길이라 목이 말라 길 떠날 때 챙긴 술 생각이 났다. 그러나 힘들기는 매한가지. 등짐까지 짊어진 하인들이 목이 말라 주인 몰래 그 술을 다 마셔버렸겠다. 술을 마시고 싶다는 주인한테 대답이 궁한 하인들, 술병이 깨져 술이 다 샜다고— 할밖에. 그렇게 원하던 술을 내주지 못한 그 얘기가 하인들 입을 통해 전해지면서 그런 고개 이름이 생겼다나.

상전벽해, 두 번이나 변한 강산. 정말 많이도 달라졌다. 당시 강 절벽을 따라 겨우 지프차 정도나 넘을 수 있던 그 험한 술워니 고개가 뻥 뚫려, 그 주변이 온통 리조트며 펜션 간판으로 즐비했다. 그날 이상호 씨는 고갯길 여러 곳에서 걸음을 멈췄다. 강을 낀 고갯길 굽이굽이를 가리켜 보이며 거기서 퇴각하는 인민군 패잔병 수십 명을 어찌어찌 때려잡았다는, 육이오 때 방하리 지역 반공산악대의 무용담이었다. 북쪽 화악산에서 경기도 용문산에 이르는 길은 군사 주요 루트라, 낙동강 전투에서 패한 인민군이 북으로 돌아갈 때도 술워니 고갯길을 통과할 수밖에 없었다고 했다.

"예가 바로 내가 굴러떨어진 뎁니다."

남이섬과 중국섬이 한눈에 빤히 내려다보이는 술워니 고개 정상에서 꽤 떨어진 절벽 비탈길이었다. 이상호 씨가 밧줄에 몸이 묶인 채 뛰어내려 목숨을 건졌다는 그 현장 비탈에 펜션형 별장 하나가 위태롭게 서 있었다.

그날 남이섬을 함께 바라보던 이상호 씨는 지금 내 곁에 없다. 다만 그의 삶을 관통한 두 번의 극적인 목숨 연장의 그 현장만이 오롯이 떠 있을 뿐이다. 오전의 그 짙은 안개가 시치미 떼듯 물러간 자리에 남이섬을 오가는 유람선이 서로 비껴 지나고 있다.

1950년 9월 16일.

안개가 뒤덮인 날 아침 상호는 산악대원 두 사람을 따라 마을로 내려왔다. 방하리 큰말 사는 심마니 김씨를 데리고 산으로 들어가기 위해서였다. 강원도 화천 살다가 난리 나기 한 해 전 방하리 들어와 사는 김씨가 아무래도 수상쩍었기 때문이다. 김씨는 두어 달 전 남이섬 진 군수 집에서 산악대원의 습격을 받고 물속으로 뛰어든 뒤 그 생사를 알 수 없는 가평읍 내무지서 소속 자위대원 김덕만의 육촌 형이다. 산악대원 누구누구가 그날 밤 남이섬으로 건너간 것까지 다 알고 있는 심마니 김씨를 산으로 데리고 들어오든가 뭣하면 아예 없애버리라는 명령이다.

그러나 심마니 김씨를 데리러 산에서 내려온 상호 등 산악대원 세 사람은, 남이섬 사건 이후 방하리에 잠복해 있던 가평 내

무서원들한테 곧바로 잡혔다. 남이섬 사건은 물론 인민군 보급 물자를 실은 배와 경춘열차까지 습격한 방하리, 가정리 중심의 산악대원들의 씨를 말릴 것이라는 정보를 가볍게 생각한 것이 탈이었다.

상호는 마을 아낙네들이 울타리 안쪽에서 지켜보는 가운데 밧줄에 묶여 가평으로 끌려가고 있었다. 상호 어머니는 큰말 고개 밑까지 따라오며 외아들 살려달라고 애걸복걸 울부짖었다.

그날 상호는 고개 비탈길에서 절벽 아래로 몸을 던졌다. 그가 안개 속으로 몸을 내던지며 내지른 외마디 고함과 함께 두어 방의 총소리가 남이섬 건너편 달전리에서 메아리로 돌아왔다.

몸을 묶었던 밧줄이 어떻게 풀렸는지, 자신이 정말 물속을 헤엄쳤는지, 헤엄을 쳤다 해도 그 먼 남이섬까지 어떻게 갈 수 있었는지. 안개의 마력. 남이섬 남단 갈대밭이었다. 몽롱한 안개 속에 서 있는 사람이 나미라는 것을 어렴풋 확인하면서 다시 정신을 잃었다. 걸쳤던 옷이 모두 벗겨져 나간 맨몸이었다. 몇 시간 뒤 깨어보니 여자의 알몸이 자신의 몸을 품어 한기를 녹이고 있었다.

갈대숲 한가운데의 낚시 좌대였다. 한때 진 군수가 쓰던 두어 평 크기의 그 낡은 좌대가 은신처가 되었다. 사람들 눈에 띌 경우 물속에 숨어 오래 버티기 위한 연습도 그 좌대 근처 물속에서 했다. 갈대 줄기를 잘라 만든 빨대를 입에 문 채 물속에 들어가는 방법을 나미가 가르쳐줬다. 갈대숲에 머문 사흘 동안 나미는 어미 새가 새끼 먹일 먹이를 잡아 나르듯 하루에 서너 번씩 상호가 먹을 음식을 날라 왔다.

남이섬 갈대숲에 숨어 사는 사흘 동안 나미를 부르는 진 군수 목소리를 듣지 못했다. 산악대의 남이섬 습격 사건 이후 스스로 섬을 떠난 것인지 아니면 그때 함께 죽어 어딘가 묻혀 있는 것인지도.

　─첨엔 우리 어머니까지두 내 얘길 믿지 않았지요. 하긴, 거푸 두 번씩이나 게다가 그 두 번 모두 같은 데서 목숨을 건졌다는 게 어디 쉽게 믿어질 일입니까.

　이십 년 전 내가 『감자바위』에 쓴 「그가 살아 있다」란 제목의 글을 찾아냈다. 죽음의 문턱에서 두 번씩이나 극적으로 살아난 방하리 이상호 씨에 대한 기록이다.

　상호는 안개 속 탈출로 목숨을 건진 나흘 뒤 다시 잡힌다. 구사일생으로 살아난 남이섬을 빠져나와 산악대에 합류하기 위해 산으로 오르던 중이었다. 자신이 죽지 않고 이렇게 살아 있다는 것을 사람들에게 알리기 위해 마을로 들어선 것이 잘못이었다. 방하국민학교 마당에는 이미 산악대원 등 인근 마을 주민 47명이 잡혀 있었다. 가평 내무서에서 퇴각하는 인민군 소대 병력을 이용해 펼친 산악대 토벌작전이었다. 지금도 방하리 등 인근 마을에는 9월 20일, 같은 날 제사를 지내는 집이 여럿 있다.

　굴원리와 방하리 근처에서 때려잡은 빨갱이 수만큼 마을 주민이 잡혀 죽었다는 당시 촌로들의 증언이다. 아, 전쟁에 져 쫓겨 가는 것도 원통한데…… 그때 빨갱이들이 이를 갈 만한 일이 어디 그뿐이었나. 남이섬 습격 사건을 시작으로 경춘선 열차를 경강역에서 습격한 것은 물론, 배로 나르는 인민군 군량미를 탈취한 전쟁 막판의 산악대 활동에 대해, 그 정도가 좀 심했던 몇 사람 이름까지 들먹었다.

그날 방하리 일대에서 잡힌 산악대원과 마을 주민들이 끌려간 곳은 가평 중국섬이다. 가평과 춘천 인근 마을에서 빤히 건너다볼 수 있는 곳이라 중국섬을 공개 처형 장소로 잡았을 것이다. 요즘은 자라섬이란 이름으로 바뀐 중국섬도 원래는 섬이 아니었다. 북한강에 합류하는 가평천 끝자락 땅으로서 장마 때마다 수몰이 되던 땅인데 청평댐이 생기면서 여러 조각으로 나뉘어 섬이 된 것으로, 해방 전까지 거기서 중국 사람들이 채소 농사를 지었다고 해서 중국섬이란 이름으로 불렸다.

그날 방하리 일대에서 잡힌 산악대원들을 중국섬으로 끌고 가는 호송 경비는 대단했다. 사흘 전 이상호를 절벽 안개 속에서 놓친 일 때문이기도 했지만, 그날 동원된 내무서원들과 인민군들의 눈에 살기가 등등했다. 상호 옆에는 내무서원 두어 명이 따로 붙었다.

쾌청한 가을 하늘. 끄엉, 산기슭 숲에 숨었던 장끼 한 마리가 요란하게 날아올랐다. 사흘 전 안개 속으로 몸을 던진 술위니 그 고개였다. 그때 상호는 얼핏 고개 절벽 바위에 얼룽이는 거울 빛 한 조각을 본 것 같았다. 어떡하든 살아야 하겠다는 생각을 한 것도 바로 그 지점이었다.

악질 반동, 죽여라, 죽여라. 중국섬에서 벌어진 인민재판은 간단히 끝났다. 인민위원장이 산악대원들의 반동 죄상을 열거할 때부터 죽이라는 고함이 여기저기서 터져 나왔다.

섬에 들어서자 내무서원들은 조별로 묶은 호송 줄을 풀고 디섯 명씩 미리 파놓은 구덩이 앞에 세웠다. 총을 빗맞은 채 구덩이로 굴러떨어진 사람을 확인 사살하는 사이, 세 사람이 약속이나 한 듯 팔이 뒤로 묶인 채 도망을 치기 시작했다. 그러나 도망치는 것을 기다리고 있었다는 듯, 인민군들이 총을 쏴 그 세 사람 모두를 사살했다. 그때부터 잡혀 온 사람 모두가 한데 뒤엉겨 넘어지면서 살려달라 울부짖었다.

다시 네댓 명의 산악대원들이 고함을 내지르며 섬 북단 가평철교 쪽으로 달아나기 시작했다. 그냥 뛰기만 하면 살 것 같았다. 상호가 섬 남단을 향해 뛰기 시작한 것도 그만한 마음의 여유가 있었기 때문이다. 그러나 겨우 물속에 뛰어들었는가 싶었는데 옆구리가 화끈했다. 그 기억을 마지막으로 상호는 정신을 잃었다.*

1985년 6월 추모위령탑 건립을 위해 발간한 그 작은 책자에도 그때 죽은 사람이 마흔일곱 명으로 기록돼 있다. 중국섬에 끌려간 사람 모두가 죽었다는 것이다. 그러나 전쟁이 끝나고 시신을 수습할 때 확인된 숫자는 그보다 적은 마흔다섯이었다. 두 사람은 도망가다가 총에 맞고 물속에서 죽어 그 시신을 찾지 못한 것으로 이야기가 전해진다.

물론 사망자 마흔일곱 명 명단에 이상호 씨는 들어 있지 않다. 중국섬까지 끌려간 사람 모두가 죽었다는 기록만 있을 뿐 그때 생존자가 있었다는 기록 또한 없다. 그것은 이상호 씨도 그 자리에 있었다는 것을 증명할 사람이 하나도 없다는 사실을 의미한다. 그때 총에 맞은 상처 자국까지 보여줘도 사람들은 이상호

---

* "패주하기에 앞서 그들은 반동 마을을 그냥 둘 수 없다며 주민 47명을 강변 섬으로 끌고 가 칼과 몽둥이 죽창과 쇠스랑 등으로 무자비하게 학살하였음." 한국방송공사, 『6·25 피학살현장』.

씨의 그 두번째 일을 믿지 않았다.

"그때 내 뱃속에 박혔던 총알이 바로 이겁니다."

이십 년 전 이상호 씨는 열쇠 줄에 달린 대추씨만 한 누런 금속 덩어리 하나를 내게 보여줬다. 원형이 잘 가늠되지 않을 정도의 오랜 세월의 손길 마모가 역력했다. 전쟁이 끝나고 십 년이 넘어서야 몸에서 그 총알을 꺼냈다는 얘기다. 허리를 뚫고 들어간 그 총알이 내장과 내장 사이에 얌전히 박혀 있었기 때문에 출혈도 별로 없이 살 수 있었다는 얘기다.

"내가 생각해도 그래요. 중국섬에서 총을 맞고 어떻게 남이섬까지 흘러갔는지. 저리 빤히 봬도 5리는 실히 될 거린데 말이지요."

그냥 무서운 꿈에 시달리다 잠을 깬 느낌이었다. 누군가 자신의 입에 뜨거운 된장국물을 떠먹였다. 며칠 전 절벽에서 굴러내려 남이섬까지 헤엄쳐 와 은신했던 섬 남단 갈대숲 그 좌대였다. 며칠 동안의 혼수상태에서 깨어나서야 이번에도 자신의 목숨을 살려낸 사람이 나미라는 것을 알았다.

그가 중국섬 물속에서 총을 맞고 남이섬까지 내려가 살 수 있었던 개연성은 단 한 가지뿐이다. 총을 맞고 곧바로 기절해 물을 먹지 않은 상태라 폐에 물이 차지 않아 남이섬까지 떠내려갈 수 있었다는.

장마 때면 북한강 상류에서 물에 빠져 죽은 시체 여러 구가 떠내려와 중국섬 어느 곳에가 걸렸다. 그럴 때마다 가평 사람들이 그 시체를 장대로 슬그머니 밀어낸다. 그것이 남이섬 상단에 걸린다는 것을 알기 때문이다. 남이섬은 강원도 땅이라 춘천경찰서 관할이었다.

물이 빠져 남이섬에 농사를 지으러 들어간 사람이 그 시체를 발견하게 되면 춘천 강촌 지서에 신고해야만 했다. 그러나 강촌 지서 순경이 남이섬까지 오려면 가평까지 와 배를 타고 들어오는 번거로움을 잘 알고 있는지라 사람들은 시체를 다시 장대로 밀어낸다. 시체가 물에 뜨는 순간부터 그것은 다시 경기도 관할에 들어가기 때문이다.

두 사람 이야기를 들으면서 내가 늘 궁금했던 것은 그들과 나눴을 나미의 말이었다. 말은 인격의 옷이기 때문이다. 그러나 두 사람 모두 그 대목에선 갈팡질팡 동문서답이다.

"번개 씹에 뭔 말이 필요해. 짐승 그 짓 할 때 얘기하는 거 들어봤냐 그거여."

이런 육담 체질의 김덕만 씨와 달리 이상호 씨는 그 가방끈 길이만큼 낭만적이다.

"잘 웃었지요. 낚시찌가 움직이기만 해도, 물오리가 먹이를 찾기 위해 자맥질하는 걸 보고도 웃었으니까요."

"결국 나눈 얘기가 없다는 건데, 그럼 그 여자 벙어리였군요."

"그건 아니지요. 아주 이따금 나한테 뭘 물어볼 때도 있었으니까요. 고기 이름 같은 거 말이지요. 나미는 낚시도 잘했어요. 잡자마자 놔주곤 했지만."

그가 조심스레 덧붙였다.

"가끔 염불 같은 걸 외는 소릴 들었지요. 어찌 들으면 예수 믿는 사람들이 한다는 방언 같기도 했고."

그럴 때 이상호 씨의 눈은 이제 막 깬 꿈을 더듬을 때처럼 몽롱했다. 나미가 잘 웃었다고. 하얗게 핀 갈대숲에서 찾아낸 작은 새 둥지를 보고도 웃었다고. 웃음이 나미의 말이었다고.

남이섬에는 진 군수가 사는 집 말고 농막 두 개가 더 있었다. 농막 하나는 진 군수네 집 가까운 데 있어 그 집의 일을 도맡아 하는 벙어리 부부가 살았다. 섬의 서북단 경작지 부근에 있는 농막은 상호 아버지가 오래전부터 남이섬에 농사를 짓기 위해 세운 것. 상호는 어릴 때부터 아버지를 따라 남이섬에 자주 드나들었다.

남이섬은 1943년 청평댐이 생기면서 북한강과 홍천강 두 물길이 막히기 전까지는 강원도 경계선 산자락의 강을 낀 갈대와 잡목이 무성한 구릉이었을 뿐이다. 주로 춘천 땅 방하리 사람들이 들어와 나무가 별로 없는 섬 한가운데를 개간해 들깨며 콩이나 깨 등 거름이 없어도 되는 작물을 심었다. 그러나 장마 때면 양수리의 남한강과 북한강이 합류하는 지점에서 물이 역류하면서 며칠 동안 섬 모양으로 고립돼 그동안 힘들인 농사를 망치기 일쑤였다.

남이섬이란 이름의 유래도 여럿이다. 남이 장군이 묻혀 그런 이름이 생겼다면, 그 섬은 이미 남이 장군이 죽을 때부터 섬으로서의 모양을 가지고 있어야 한다며 그것을 부정하는 사람들이 많다.

"달래 남이섬인가, 기껏 똥 빠지게 땅 파봐야 도지 바쳐야지, 게다가 큰물 나면 그것마저 그만이니 그게 모두 남의 것이라서 남이섬이란 말이 생긴 게여."

섬 가까이 있으면서도 우리 땅이 아닌 남의 땅이란, 가평 사람들의 심통에서 그런 이름이 붙여졌다는 얘기가 있는가 하면, 춘천의 남쪽 남면에 있는 섬이란 말이 그런 식으로 함축됐을 수도 있다는 얘기까지도 심심찮게 입에 올랐다.

상호는 전쟁이 나기 전까지 서울에서 학교를 다녔다. 그러나 아버지가 풍을 맞아 몸을 못 쓰게 되면서부터 집에 돌아와 집안일을 도맡았다. 아버지가 하던 남이섬 농사를 이어받아 섬에 나룻배를 띄운 것도 그때부터였다.

섬에 자주 드나들면서도, 상호는 섬주인 진 군수를 직접 만난 적이 한 번도 없었다. 그냥 먼발치서 그 모습을 몇 번 봤을 뿐 볼일은 벙어리 부부를 통해서 하면 됐다. 그동안 거둔 농작물 모두를 벙어리 부부 농막 앞에 가져다 놓고 며칠 뒤 그 값을 받아 오는 식이다. 진 군수는 모래흙에서 잘 자라는 참마 등 섬에서 나는 농작물 거의 모두를 사들였던 것이다.

"선배님, 콘서트 꼭 오시라구요."

초청장을 받았다. 후배는 자신이 운영하는 춘천 고슴도치섬의 카페 '사계'에서 '오월의 작은 음악회'란 이름으로 리코더 앙상블, 클래식 기타 및 색소폰 연주회를 일 년에 서너 번씩 열고 있다. 아카시아 고목의 꽃잎이 눈발처럼 흩날리는 가운데 초여름 밤의 선율이 강섬을 찾은 사람들의 낭만을 한껏 부풀릴 것이다.

"그 여자가 어제 콘서트에 꼭 오겠다고 전화가 왔거든요. 그런데 아무래도 제 예감은…… 선배님이 찾고 있는 그 여자가 분명할 겁니다."

며칠 전 안개 낀 그날의 죽음 뒷다리 같던 그 목소리가 아니다. 사건에 여자 있다, 라는 말이 달래 나왔겠는가.

클래식 음악 마니아인 후배는 가끔 현실과 비현실 사이를 넘나드는 몽환적 분위기를 연출했다. 어떤 때는 카페의 테라스에 큼지막한 돌 하나를 갖다 놓고 그것이 위도에 떨어진 운석이라며 그 옆에 '결코 돌아갈 수 없는 시간의 죽음'이란 글귀를 써놓았다. 외계인 모습으로 분장을 하고 커피를 끓이는가 하면 느닷없이 홍길동으로 어사 출도를 했다. 어린 시절 허리 관절로 십여 년을 자리에 누워 클래식 음악을 듣다 보니 공상에 깊이 빠져 현실과 환상이 구별되지 않는 유아적 사고에서 벗어나지 못한 때문이라고 후배는 자신에 대해 얘기한 적이 있다.

"그 여자 아카시아 냄새를 따라 작년 이맘때도 왔었거든요."

후배는 고객 정보를 흘리고 있었다. 자신의 주특기인 몽환적 분위기 연출에 제대로 어울리는 여자일 것이 분명하다.

냄새는 어떤 기억에 이르는 통로다. 여자는 아카시아 꽃이 핀 어떤 추억의 그림 속에 아등바등 갇혀 있을 터.

"어떤 땐 누가 보든 말든 아카시나무 밑 벤치에 누워 몇 시간을 그러고 있는 거예요."

후배는 카페에 왔던 그 여자 손님을 그려낸다. 사십이 될까 말까, 아무튼 그 분위기가 괜찮았어요. 창가에 앉아 강물만 내다보는 거예요. 앞에 물컵을 갖다 놓아도 차 시킬 생각을 안 하는 거지 뭐예요. 누구 오실 손님이 있습니까. 그제서야 기다렸

다는 듯 커피 세 잔이요, 이 집 브랜드로요—하지 뭡니까. 첨부
터 이상했지요. 사람이 오기도 전에 차를 시키는 사람은 없으니
까요. 커피가 나오자 여자는 두 잔을 자신의 건너편에 놓는 겁
니다. 그러고 담배에 불을 붙여 건너편 자리 커피잔 접시 하나
에 올려놓데요. 제가 누굽니까. 그 분위기에 맞는 노래를 넣었
지요. 여자가 자기 커피를 다 마셨기에 리필을 하겠느냐고 물었
지만 전혀 듣지 못하는 것 같았어요. 한참 뒤 여자가 나머지 커
피 두 잔을 다 마시지 뭡니까. 그 커피 세 잔을 다 마시는 데 아
마 한 시간 반은 걸렸을 거예요. 저 여자 커피가 아니라 지금 추
억을 마시고 있구나. 아니지요. 저렇게 진한 고통을 끌어안고
사는 사람도 있구나, 그래 저 사람 고통을 함께 나누자, 처음 시
작이 그랬던 거예요."

후배는 여자의 세번째 정부가 되어 그녀의 고통을 함께 즐기
고 있었다. 어쩌다 여자의 눈길이 온 듯 후배의 달뜬 된 목소리는
달달 떨리기까지 했다.

"섬 팔린단 얘긴 어떻게 된 거야?"

"팔려도 함께 떠날 사람만 있으면 돼요."

사랑의 에너지 중 가장 푹신한 것이 너그러움이다.

나는 오늘도 나미를 만나러 남이섬에 들어간다. 남이섬에 들
어가기 위해서는 가평나루에 있는 나미공화국 출입국관리사무
소에서 표를 끊어야 한다.

나미공화국. 썩 괜찮은 관광 아이템이다. 질 낮은 놀이시설과
소란스러운 유원지에서 환상의 섬으로 바뀐 남이섬 관광 개발

의 CEO 강우현은 동화 작가이기도 하다. 그의 거꾸로 뒤집어 생각하기의 상상 실험은 날개를 달았다. 놀고 즐기는 것을 넘어 '거기' 가서 보고 거기서 느끼는 자기 내면의 문화 발신 충동을 채울 수 있는 그런 공간. 강섬 개발의 성공은 매년 춘천 인구보다 더 많은 외국인 관광객 숫자로서도 여실히 드러난다.

물론 강섬 개발에 대해 안 좋은 생각을 가진 사람들도 많다. 원형 그대로를 보존하는 것만이 미래의 지속적 관광 자원이 될 수 있다는 보존 논리는 분별없이 파헤쳐 생태계를 파괴하는 강섬 개발에 대한 강한 불만을 낳게 마련이다. 강섬 대부분이 개인 땅이라 그 개발과 운영이 질 낮은 위락 관광 시설 중심으로 갈 수밖에 없는 현실에 대한 안타까움이기도 하다.

남이섬도 한때 트로트에 몸을 흔들며 술판을 벌이는 난장판 관광지의 하나였다. 그러나 남이섬은 고달픈 삶으로부터 잠시나마 떠날 수 있는, 현실 저쪽 어딘가에 떠 있는 파라다이스로 떠오르기 시작했다. 대중 아티스트들의 꿈이 안개처럼 피어오르면서 남이섬은 「겨울연가」가 연출한 한류 열풍 문화의 감성 발신지가 된다. 아티스트들의 꿈이 태양에 점화 플러그를 꽂은 것이다.

배를 타기 전 나루터 언덕의 한 식당에 들어간다. 남이섬 호수 주변의 산들이 초여름의 싱그러운 그늘을 자옥한 이내로 연출하고 있었다.

"아주머니, 여기서 물을 내려다보니까 참 좋네요."

된장 백반 하나를 주문하면서 늙수그레한 식당 종업원 여자한테 수작을 건다.

"뭐가 좋은 건지 우린 그런 거 잘 몰라유."

무뚝뚝 그 퉁명이 강원도 영서 사람이 분명하다.

"여기서는 저 물에 가끔 나타난다는 그 괴물도 볼 수 있겠네요."

바로 엊그제 인터넷 동영상에도 떴던, 남이섬 호수에 자주 나타난다는 사람 머리 모양의 괴물 이야기를 화제로 했지만 식당 종업원 아줌마의 반응은 엉뚱했다.

"여기 오는 괴물이 어디 한둘인가유. 겉은 멀쩡해두 허는 짓들은 사람 같지 않은 게 참 많지유 뭐."

일부 관광객 작태에 대한 식당 종업원 아줌마의 심통이다. 그러나 식당 카운터에 앉았던 식당 주인 남자가 내 말을 귀담아들었던 모양이다.

"괴물인가 고물인가 나타난다는 얘기가 가끔 있긴 있지만 그걸 직접 봤다는 사람은 아직 못 봤네요."

"며칠 전엔 인터넷에 직접 그림까지 떴던데요."

"하긴 그 괴물이 남이섬 안에서만 보인다구 하는 얘기가 있긴 하데요."

식탁을 행주로 훔치던 심통 아줌마가 껴들었다.

"괴물이 아니구 귀신이어유. 내가 열여섯에 홍천 내면서 저 건너 방하리루 시집을 오니까 모두들 그러데유. 남이섬하구 중국섬에서 전쟁 때 사람들이 엄청 죽었다구. 비 오는 날이나 안개 낀 날은 나두 귀신 우는 소릴 여러 번 들은 걸유. 우리 시아버이두 스물셋 나이에 중국섬에서 죽었다는데, 그 제삿날이면 제사상을 방하리 물가에 차려놓고 지내데유."

같은 날 중국섬에서 죽은 사람들은 전쟁이 끝난 직후 가족들이 모두 그 시신을 수습해 갔지만 식당 아줌마 시아버지는 손이 묶인 채 물로 뛰어들어 그 시신을 찾을 수 없다고 했다.

"우리 시아버인 죽어서 잉어가 됐대유. 그래 그런지 우리 애 가질 때 태몽두 송아지만 한 잉어가 내 품에 덥석 안기더라니까유."

잉어로 환생한 시아버지 때문에 지금도 자기 시댁 유씨 집 안 사람들은 잉어를 잡거나 먹지 않는다고, 식당 아줌마의 말문이 터졌다.

"우리 시어머인 그때 열아홉에 우리 애 아버일 뱃속에 갖고 산꼭대기에 숨어서 당신 남편이 물속에 뛰어드는 걸 직접 봤다는 거예유. 그러니까 남들처럼 제사두 지낼 수 없었다구 하잖아유. 우리 애 아버이가 다섯 살이 돼서야 제살 지내기 시작했다구 하데유. 그러더니 결국 우리 시어머인 내가 시집오던 그해 영감님한테루 가데유. 강이 꽝꽝 얼었다가 녹는 춘삼월에 영감님 찾아 그 강으루 들어간 거지유 뭐."

1950년대의 남이섬도 그 시대를 사는 사람들에게 하나의 도피처요 유토피아였을 것이다. 아버지의 땀이 밴 남이섬의 농사터를 다시 찾아 나룻배를 띄운 이상호 씨나 상점의 물건을 배달하기 위해 잠깐씩 섬에 들르는 김덕만 씨도, 끝까지 그곳을 떠나지 않았다는 나미에게도 그 섬은 세계와의 단절이며 자기 찾기의 유일한 공간이었을 터. 갇힘으로써 열리는 욕구 분출의 해방구. 그 속에서 벌거벗은 몸으로 행위 예술을 한 그네들이야말로 그 시대의 아티스트.

그네들을 만나기 위해 50년대로 가는 타임머신에 오른다. 정확히 57년 전으로 들어가는 일이다. 남이섬을 오가는 유람선을 타기 위해 줄을 선 동남아 관광객들의 표정이 밝다. 일본 여행객들이 줄어든 대신 중국이나 대만, 태국 등 동남아시아 사람들이 내국인들보다 많다고 했다. 여러 나라 말이 뒤섞여 왕왕거리는 나미공화국 전용 유람선이야말로 시공을 넘나드는 환상 연출에 그만이다.

메타세쿼이아와 은행나무 등 정연하게 뻗은 조림 길을 모두 지우고 밤나무와 버드나무 우거진 거친 숲을 만든다. 갈대와 부들이 무성한 수변을 위해 그 갈대숲이 있던 자리의 펜션과 호텔 건물도 모두 지워야 한다. 섬 한가운데 드넓은 밭이 있고 그 한쪽에 두어 개의 오두막집이 보인다. 꿩 두어 마리가 까무러치는 소리를 내며 숲에 내리꽂힌다.

그 웃음소리다. 상호는 그 웃음소리를 못 들은 척 감자밭에서 김매기를 한다. 이제 자갈돌이 몇 개 날아올 것이다. 어느 날은 이제 겨우 씨가 앉기 시작한 감자 몇 포기가 뽑힌 걸 발견한다. 허리 높이만큼 자란 옥수수가 여러 대궁 꺾이는 수도 있다. 하루는 수확을 앞둔 팔뚝만 한 마가 수십 개 뽑혀 그 중동이 모두 부러져 있었다. 나미가 그런 장난을 벌일 때마다 상호는 몸 한 구석이 불끈불끈 솟아오른다. 그는 호미를 집어 던지고 나미의 행방을 찾기 시작한다. 그네는 갈대숲 어딘가에 숨어 있을 것이다. 물속에 있을 때는 대부분 벌거벗은 몸이다.

갈대밭이나 물속에 있는 나미를 따라잡기는 쉽지 않다. 상호역시 나미를 애써 잡으려 하지 않는다. 술래잡기하듯 힐금거리며 도망치는 나미를 몇 번 잡아본 적도 있었다. 상호에게 잡힌나미는 도망치던 모습의 그네가 아니다. 얼굴이 새파랗게 질린채 온몸을 와들와들 떤다. 때로는 고함을 내지르며 살쾡이처럼암팡진 얼굴을 한다. 그 표정만 보고도 그것이 분명한 거부 의사라는 것을 알 수 있다.

그네가 스스로 곁에 다가올 때까지 기다려야 한다. 그네는 대충 한 달에 한 번쯤 높은 웃음소리를 내며 주변을 맴돌았다. 그기척을 모른 척 무시하고 있으면 그네 스스로 곁에 다가온다. 그리고 더 기다려야 한다. 섣불리 나섰다가는 그네의 웃음 걷힌서늘한 눈길과 마주친다. 그러다 어느 날 그네가 그의 손을 잡아끈다. 갈대밭 아니면 물속이다. 갈대와 물이 그네들의 몸을한데 섞어 어루만진다. 아주 잠깐 그 열락의 시간을 위해 상호는 한 달을 그렇게 기다린다.

"난리 끝나고도 꽤 오랫동안 사람들이 섬에 들어가지 않았지."

달전리 신동하 영감은 전쟁이 끝난 뒤에도 사람들이 꽤 오랫동안 남이섬 출입을 하지 않은 이유를 말했다. 거기 살던 벙어리 부부가 문둥병에다 몹쓸 돌림병을 앓고 있다는 소문에서부터 산악대가 죽였다는 빨갱이 시체가 뻘거벗은 채 널브러져 썩어가고 있었다는, 남이섬의 흉흉한 소문. 특히 겨울 난리 때 내려왔던 중공군이 미군 폭격기 불세례를 받고 남이섬 얼음 위에서 수백 명 죽어, 불탄 시체들이 얼음이 녹을 때 함께 둥둥 떠다닌 일로 사람들이 그쪽으로 눈길을 주지도 않았다고. 게다가 섬에 들어가고 싶어도 타고 갈 배가 하나도 없었다. 그 무렵 달전리는 물론 이화리, 방하리 사람들 나룻배며 쪽배가 모두 불에 타버렸기 때문이다. 인민군들이 떠나기 전 남이섬을 오간 모든 배들을 찾아내 불태워버렸던 것이다.

남이나루 선착장 주변이 꽤나 혼잡하다. 이제 막 배에서 내리는 사람들과 다시 그 배를 타고 나가기 위해 길게 줄을 선 사람들을 향한 관광 가이드들의 휴대용 마이크 소리가 귀를 찢었다.

나는 그네들로부터 서둘러 벗어난다. 섬의 북단 원래의 섬 모습이 아직도 좀 남아 있는 물가 자작나무 길에서 시작해 튤립나무 길을 거쳐, 섬의 끝자락 연인의 숲까지 가는 데 꽤 많은 시간이 걸린다. 안개에 갇혀 있던 햇살이 울울한 전나무 숲속까지 스며든다.

앞서가고 있는 걸음 하나를 앞지른다. 일행에서 떨어져 나와 나처럼 섬 한가운데가 아닌 강변의 외진 산책길을 걷고 있는 여자의 걸음이 그처럼 느리다. 흘깃 스치면서 느낀 그 분위기가 제법 단아하다. 여기도 그 나무가 있었구나. 아카시아 향이다. 고슴도치섬 후배가 애타게 기다리는 여자다. 며칠 후 후배가 여는 음악회에 꼭 가겠다고 약속한 여자. 두 사내를 지우기 위해 또 다른 사내를 정부로 두기로 작심한, 그렇고 그런 여자가 지금 내 뒤에서 걷고 있다.

실없는 생각을 지우며 다시 남이섬 갈대숲으로 가는 타임머신에 오른다. 전나무 숲을 빠져나온 햇살이 갈대숲에 하얗게 부서진다. 섬의 남쪽 끝 갈대숲이다. 며칠 사이에 목숨을 두 번씩이나 건진 은신처다. 갈대를 꺾어 엮은 도롱이를 뒤집어쓰고 낚시를 한다. 진 군수가 쓰던 두 칸 반짜리 낚싯대로 참붕어를 낚는다. 팔뚝만 한 어치가 달려 나온다. 갈대숲 물속에서 나미가 솟아오른다. 나미는 좀처럼 물속에서 온몸을 드러내지 않는다. 물이 그네의 집이고 옷이다. 이른 봄에서 늦가을까지 나미는 물속에서 산다. 겨울에도 두꺼운 얼음 구멍을 뚫어놓고 드나든다. 나미가 하는 대로 물속을 자맥질하여 민물조개를 줍는다. 그네가 이로 깐 조갯살을 씹으며 물속을 함께 떠다닌다. 물까마귀들은 그네가 다가가도 놀라 도망가지 않는다. 작은 물새 한 마리가 그네의 머리 위에 앉아 볕을 쬔다. 여기 말고 다른 데선 도저히 살 수 없는 그런 사람이지요. 내가 다시 말한다. 눈에 보이지 않는다고 해서 없는 건 아니지요. 물고기면 어떻습니까. 그 사람이 원래 그랬으니까요. 나미가 웃는다. 나미는 잘 웃는다. 그네의 말이기도 한 웃음은 아침 햇살이 수면 위에 수정처럼 부서질 때 비로소 소리가 된다. 나미가 히득히득 소리 내 웃을 때 그네의 검게 탄 살갗이 윤을 낸다. 그러나 나미와 함께 있는 시간은 짧다. 뭔가 서늘한 느낌이 오는 순간, 나미의 얼굴에서, 그 검은 눈에서 웃음이 사라진다. 사라진다 싶을 때 이미 나미는 거기 없다.

없다. 남이섬 허공 높이 허허로이 떠돌던 주행성 맹금류 새 한 마리가 질주하는 수상 스키 모터보트 소리에 진저리를 치며 사라진다.

내가 앞질러 온 그 여자가 연인의 숲에서 일행을 만나 웃고 있다.

상호는 남이섬의 오두막 근처에서 애기 울음소리를 들었다. 전쟁이 끝난 뒤 입영통지서를 받은 어느 날이다. 전쟁 끝의 뒤숭숭한 나날에다가 배까지 구할 수 없어 서너 달 만에 처음으로 들어간 섬이다. 하루 한 번쯤 피어오르는 남이섬의 연기를 보면서 나미를 생각했다. 진 군수도, 벙어리 노인 부부도 이미 사라진 남이섬에 그네가 아직 거기 살고 있을까. 나미의 기척을 찾기도 전에 갓난애의 울음을 듣는다. 어쩌면 갓난애가 아닌 고양이 같은 들짐승 소리였는지도 모른다. 그 울음소리를 확인하기 위해 오두막 근처에 갔다가 나미를 보았다. 나미가 아니었다. 여름 날씨에 두껍게 걸쳐 입은 그 옷 때문이었을 것이다. 뒤집어쓰다시피 걸친 커다란 외투에 목도리까지 둘러 얼굴을 가렸다. 게다가 눌러쓴 털실 빵모자로 해서 그네의 눈만 겨우 드러났다. 나미가 분명했다. 나미의 그 눈웃음. 나미의 눈이 상호를 향해 히득히득 웃고 있었다. 나미의 눈에 담뿍 고인 그 웃음을 보는 순간 상호는 몸을 돌려 도망치기 시작했다. 원래 그렇게 정을 떼는 거다. 무섭다며 죽어가는 남편 곁에 단 한 번도 다가가지 않던 어머니가 아버지 죽은 뒤에 하던 말이다.

입대해 초소 근무를 서는 날 엠원 소총 총구를 입에 문 채 울었다. 회한의 답답한 가슴은 화랑담배 한 갑으로도 모자랐다. 탈영 미수가 얼렁뚱땅 넘어갈 수 있었던 것은 사람 좋은 선임 하사 덕이었다.

나미의 마지막 종적에 대해 채록한 내용이다.

우라질. 징역 살고 나온 바로 그날루 섬엘 들어갔다니까. 그 기집이 그렇게 보고 싶었다 그거여. 헌데 그놈에 냄새라니. 그 때만 해두 섬에 아카시아가 지천이었어야. 그게 오뉴월이니 그 놈에 꽃 냄새가 어떠했겠느냐 그 말이여. 아니지, 그 기집이 그런 냄샐 풍기고 있었다 그거여. 꼭 암내 맡은 수캐처럼 기집을 찾아 섬을 헤매는데, 글쎄 이놈에 가운뎃다리가 뻗쳐 걸을 수가 없었어야. 그럴 만두 헌 것이 징역 사는 삼 년 내내 그 기집 품을 생각만 허구 살았으니까. 게다가 난리 나던 그 여름밤에 죽었을 놈이 이렇게 광명한 대낮에 살아 있다는 게 그 얼매나 감격스러웠겠느냐 그 말이여. 그 기집을 찾던 중에 문득 가평 사람한테 들은 말이 생각나데. 기집이 날 살려준 바로 그 밤에 거기서 총 맞구 죽은 두 인간이 아직 섬에 그대로 묻혀 있을 거란 얘기 말이지. 기집두 기집이지만 갑자기 그 두 인간 생각이 나는 거여. 여기저기 그럴 만한 데를 살피구 있는데 저쪽 물속에서 뭔가 솟아오르더라 그거여. 이런 환장, 그 기집이 정말 섬에 살아 있었어야. 원래 길긴 했지만 대충 딴 머리채가 응뎅이까지 덮구 있더라니까. 옷? 이런 양반. 아, 물속에서 솟아오른 기집이 뭘 걸쳤겠어. 그짓말 같지만 난 섬에서 기집이 옷 걸치구 있는 걸 별루 본 적이 없어야. 헌데 고것이 날 알아보구 새실새실 웃더라니까. 날 쳐다보면서 웃었다 그거여. 지금까지두 그 웃는 얼굴이 눈에 삼삼하니 밟혀야. 도저히 참을 수가 없데. 헌데 고 것이 물속으로 들어갔다간 다시 저만큼서 솟아오르기를 그전처럼 하는데 정말 미치겠더라니까. 그래, 저 기집하구 사는 거야. 느닷없이 왜 그런 생각이 치밀었는지. 그 기집 생각만 하면 감옥에서두 힘이 불끈 솟곤 했는데 내가 뭔 짓을 못하겠어. 헌데 그날따라 기집이 영 잡혀주질 않는 게야. 내 그때 첨으루 그 기집이 사람이 아니라 물에 사는 짐승이로구나 그런 생각을 했다니까. 정말 사람 같지 않았어야.

그 기집이 다시 나타난 건 시간이 꽤 지난 뒤였어야. 저기 큰 굴참나무 하나가 서 있었는데 바루 그 밑에 서 있더라구. 놀랄 수밖에. 기집이 옷을 입고 있었으니까 말이여. 첨엔 딴사람인 줄 알았다니까. 옷을 걸친 것만 해두 그런데 그 얼굴 표정이 영 딴사람이었다 그 얘기지. 왠지 서늘하더라니까. 그럴 수밖에. 내가 오기라두 기다렸다는 듯 그 기집이 나무 밑에 웅크리구 앉아 맨손으루 땅을 파는 거야. 기집이 그 나무 밑에서 파낸 게 뭐였겠어. 조개 껍질에다 자잘한 자갈돌두 꽤 여러 개 나왔는데 바로 그쯤에서 뭣이 보였는고 하니, 사실은 나두 그 속에서 뭐가 나왔는지 더 몰라야. 기집 손에 무슨 옷가지 같은 게 잡히는 순간 냅다 도망쳤기 때문이지. 뭣 땜에, 뭐가 그리 무서워 그렇게 도망을 쳤는지 지금까지 나두 그걸 잘 모르겠어야. 그래, 그랬을 거야. 송장인 건 분명한데 도대체 그게 누군지 그걸 알 수 없으니까. 그렇지, 바로 그게 겁이 났던 거여. 그 송장이 어떤 인간인지 그걸 안다는 거, 그거 무서운 거여.

이런 제기럴, 후회한다구 그게 되돌려질 일두 아니잖아. 가평 떠난 지 꼭 이태 만에 다시 돌아와보니 완전히 달라진 거야. 서울 부자한테 섬이 넘어갔다나. 일꾼 들여 잡목부터 치는 걸 보니

섬이 많이 달라질 거 같더라구. 속에서 불이 나데. 여기저기를 파헤치구 다니니까 그날 저녁 십장 놈이 내가 섬에서 일하는 사람인 줄 알고 하루 품삯까지 주더라니까. 그때부터 섬에서 살다시피 했어야. 왜긴, 일본놈 보고 왜라고 하는 거여. 그거 왜 그랬겠어. 그 기집 안 보고 내가 어떻게 살아. 내가 봤다면 본 거여.

"그럼요. 잘 알구말구요. 그 영감님하고 이 나무들 심을 때 함께 일을 한걸요."

남이섬 시설관리팀장 유씨는 올해 일흔다섯 나이로 아직 현장에서 일하고 있다. 일 능력에 따라 정년 규정에 관계없이 여든까지도 일할 수 있다는 회사 경영방침 덕을 본 것이다. 유씨는 살아생전의 김덕만 씨를 남이섬의 터줏대감 정도로 생각하고 있었다. 김덕만 씨는 수맥이 어디에 있고 어느 곳 흙은 어떻다는 등 섬 구석구석을 손바닥 들여다보듯 알았다. 특히 자기 손으로 심은 나무들에 대한 애착으로 섬 개발로 나무가 베이는 날엔 조경팀과 며칠을 두고 싸웠다. 게다가 아무 때나 섬에 들어와 몇 시간이고 정신 나간 사람처럼 여기저기를 헤매고 다녔다.

"난리 때 다 죽은 당신 목숨이 예서 살아났다고. 그놈에 똑같은 얘길 하루에두 수십 번씩 하니 실성했다는 얘길 들을 수밖에. 내가 봐도 많이 이상했지요. 비가 오는 날이면 꼭 귀신한테 홀린 사람처럼 뭔가를 쫓아 뛰어다니는 거 하며."

여자를 따라 갈대숲으로 들어선다. 그러나 갈대숲에 숨었다 싶어 나가가면 다시 저쯤 물속에서 불쑥 솟아오른다.

"영감님은 몸이 불편해 더 이상 여길 들어올 수 없을 때두 저기 저 장수고개 꼭대기서 여길 내려다보구 살았어요. 거길 한 번 찾아갔더니 나한테 그러데요. 자네 눈에 안 보이는 게 나한테 보인다고."

그러나 낌새로 봐 나미와 관련된 그 우여곡절의 황당한 이야기를 듣지 못한 것만은 분명했다. 그저 늘 듣던, 스물두 살 그 나이에 커다란 물짐승 등에 업혀 살아났다고, 지금도 그 물짐승이 섬이나 호수 주변에 나타나는 게 자기 눈에는 보인다는 정도의 얘기나 들었을까.

유씨는 방하리 이상호 씨에 대해서도 잘 알았다.

"그 양반 장가두 못 가구 늙어 죽으니까 사람들이 그러데요. 술워니 고개서 도망치다 빨갱이 총 맞구 그때부터 사내 구실을 못하게 됐다구. 서울 올라가 학교 물까지 먹은 사람이라 그 어머이 기대두 컸는데 말이지요."

죽기 얼마 전까지도 나룻배를 타고 섬 부근 물가에 나타나는 것을 보았지만 김덕만 씨처럼 섬을 드나들지는 않았다고 했다.

"아마 괴물 얘기라면 그 양반 입에서 나왔을 게야요. 사시장철 나룻배를 타고 호수에서 산 사람이니 뭔들 못 봤겠어요."

괴물 출현에 대한 유씨의 생각도 들을 수 있었다.

"괴물이 따로 있나요. 잘 보지 못하던 걸 보게 되면 그게 괴물로 보일 수밖에요. 나두 그런 거 많이 봤지요. 여기 물가에 살다 보면 별걸 다 보게 되지요. 구렁이가 떼를 지어 물을 건너가는 것두 봤구. 어떤 날은 저 산에서 내려온 멧돼지가 섬으로 헤엄쳐 오는 것두 여러 번 봤어요. 정말 장관인 건 달이 훤하게 밝은 날 사람 크기만 한 잉어가 누런 배때기를 드러내며 물 위로 뛰어오르는 거지요. 그거 정말 볼만해유. 그게 바로 괴물이지 뭐겠어요."

유씨가 덧붙인 말이 있다.

"눈에 보이는 괴물보다 더 무서운 게 뭔지 아시우? 귀신 소리요. 귀신 우는 소리."

남이섬에 귀신이 있긴 있는 모양이라고. 자기 말고도 그 귀신 소리를 펜션 관리인 박씨와 섬 순환 마차를 모는 젊은이도 들었다고 했다.

귀신은 산 사람들의 어떤 기억이 만들어내는 환영, 환청 현상이다. 펜션 박씨는 육이오 때 남이섬에서 많은 사람들이 죽었다는 얘기를 들었다고 했다. 마차를 모는 젊은이 역시 지금의 남이섬이 옛날에는 온통 갈대숲으로 뒤덮인, 밤이면 장마 때 떠내려와 섬에 걸렸던 북한강 상류 사람들의 그 주검 귀신들이나 걸어 다니는 그런 황량한 땅이었다는 얘기를, 나이 들어서 섬을 다시 찾은 옛날 사람들의 입을 통해 수없이 들었을 것이다. 그들이 귀신을 보았다는 그날 그 시간의 짙은 안개나 한밤중의 천둥 번개가 그들의 어떤 기억을 부추겼을 수도 있다.

게다가 이상호 씨와 김덕만 씨를 통해 알쏭달쏭 각인된 내 기억이 남이섬 시설관리팀장 유씨의 귀신 얘기에 빌붙어 한몫을 했다. 남이섬에 정상을 많이 벗어난 한 여자가 실제로 살고 있었다는 것을 알고 있는 이야기꾼의 얄팍한 근성이다.

"그 여자가 나타났을 때 어디선가 그 귀신을 부르는 소리가 들리지 않았어요?"

"맞아요. 누군가를 부르는 소리가 들리면서 그 귀신이 눈앞에서 사라졌어요."

"뭐라고 부르던가요?"

"글쎄 그게……"

"나미야— 그렇게 부르지 않던가요?"

"그래요. 지금 생각하니까 그런 소리가 들린 것도 같아요."

그날 이후 남이섬 외진 곳을 혼자 걸어 다니는 여자는 모두 나미의 귀신이다. 그 여자 귀신을 본 순간 사람들은 그네를 애절하게 부르는 어떤 남자의 목소리를 듣게 된다. 나미야, 네가 보고 싶구나. 남이섬 귀신 이야기에 동참한 사람들은 자신들의 환각 현상을 나름의 상상으로 각색한다.

"펜션에 든 손님한테 귀신 얘기를 하면 아주 재밌어해요."

그런 각색은 섬 순환 마차를 모는 젊은이가 한 수 앞섰다.

"바로 여기가 귀신이 나타났던 뎁니다. 저기 소나무 고목 있는 데가 옛날 집이 있던 자리거든요. 저기서 사람이 많이 죽었대요."

그는 자신의 마차에 오른 사람의 섬 순환 길을 되도록 흥미진진하게 만들 의무가 있다. 그는 섬의 서북쪽 길로 마차를 몰면서 말한다.

"오늘은 괜찮네요. 이상하게 바로 이 자리에 오면 말이 놀라 치뛰기 시작하거든요. 어어……"

그 순간 마차에 속도가 붙기 시작한다.

죽어서 떠도는 것이 아닌, 지금 살아서 떠도는 사람들도 많다는 뜻의 말을 남이섬 사람들한테 들었다. 남이섬에 혼자 들어와 몇 시간이고 머무는 여자들의 걸음걸이를 통해 그런 게 느껴진다고 했다. 섬에 혼자 들어오는 여성이 참 많은데 깊은 생각에 젖어 걷는 걸 보면 사연도 참 많구나 싶어 유심히 바라보게 된다는 얘기다. 어느 땐가는 일주일에 서너 번은 섬에 들어오는 여자가 있었다는 얘기도 들었다. 그 비싼 펜션 온 채를 혼자 빌려 자고 가는 사람도 있다고.

나야말로 떠도는 귀신에 제대로 홀렸다. 굳이 남이섬까지 가지 않고도 나미의 귀신을 만났다. 취재차 들어간 춘천의 강섬 중도나 위도에서도 물가를 혼자 거니는 여자들에게 덮씌워진 나미 귀신을 만나는 일은 이제 아무렇지 않은 내 일상이다. 굳이 강섬이 아니라 인적이 드문 산책길에서도, 안개가 우욱우욱 밀려 다니는 공지천 조각공원을 혼자 걷고 있는 여자를 보면 나미의 환생이라도 만난 듯 화들짝 놀라곤 했다. 안개 속에서 어떤 추억을 걷고 있는 그네들의 분위기에 내가 말려든 것이다. 어떤 피치 못할 사연을 품고 죽은 사람은 반드시 다른 사람 몸을 빌려 다시 태어난다는 얘기를 오래전에 별난 인생 취재 기사에 쓴 적이 있었다. 김덕만 씨와 이상호 씨 또한 죽어서도 죽지 않고 내 몸을 숙주로 과거와 현재를 넘나들며 떠도는 영혼일 터.

강섬의 관광자원화 개발 전략에 앞서 생각해야 할 몇 가지 문제. 시대의 추세인 개발 논리보다 무분별한 개발을 강력히 규제하는 보존 논리로 섬을 미래 지향의 자연친화적 낭만의 유토피아로 만드는 정책의 필요성 강조.

강원도 내륙 지방만이 가진 섬 문화 개발이란 차별화 개발 전략으로 미래 청정 자원의 상징성을 삼을 것. 섬 문화 개발은 환경, 자연, 시간, 계절을 인간 존중에 맞춰 느긋하게 살자는, 삶의 질을 먼저 생각하는 이탈리아의 '슬로우 시티' 운동을 전범으로 삼아도 좋을 듯. 섬의 원시성 그 신비감을 강물의 생명성으로 연계하는 현장 학습의 스토리텔링화 하기. 그 최적지가 춘천의 중도와 위도로 그 섬들은 더 이상 위락화해서는 안 될 것이다.

안개 늙으니 비 된다고. 걷힌다 싶던 안개가 부슬부슬 빗방울로 내리기 시작했다.

그동안 남이섬을 드나들면서도 정작 써야 할 원고에 대해서는 생각해보지 않았던 터라 막상 무엇을 쓸 것인가 아웃라인을 잡으려니 그 접근이 상투적일 수밖에. 청탁받은 글에 대한 가닥이 잘 잡히지 않는 것은 두 사내가 징글징글하게 그리워했던 나미란 여자에 대한 호사가로서의 호기심의 끈 때문이었는지도 모른다. 그것은 반세기 전 남이섬과 중국섬을 중심으로 벌어졌던 전쟁 참상을 다큐로 재구성하고 싶은 글쟁이로서의 욕심이기도 했다.

남이섬의 가을은 도열한 나무들의 단풍축제 기간이다. 은행나무와 메타세쿼이아 나무의 단풍 밑에서 사람들은 어쩔 줄 모른다. 남이섬에 안개비가 내리고 있는데도 관광객들은 꾸역꾸역 밀려들고 있었다. 평일인데도 가평 읍내서 남이섬 선착장까지 오는 데 거의 한 시간이 걸릴 정도로 차가 밀렸다. 특히 가평

군이 남이섬을 따라잡기 위해 몇 년 전부터 중국섬에 자라섬이
란 이름을 붙이고 섬을 개발하기 시작한 것이다. 자라섬은 몇 년
전 세계캠핑캐라비닝대회를 여느라 캠핑카 주차장이나 오토 캠
핑장 등을 설치하기 위해 무성하던 풀과 나무들을 모두 없애버
려 행사가 없을 때는 썰렁하기 이를 데 없다. 그러나 근래 재즈
페스티벌이 열리면서 새로운 문화 공간으로 탈바꿈하고 있다.
오늘 사람들이 이리 몰리는 것도 남이섬을 찾는 관광객들 못지
않게 자라섬 행사에 참가하는 사람들 때문인 듯했다.

　남이섬의 카페 연가지가에서 커피를 마시며 일 년 전 청탁받
은 원고 마무리를 구상하고 있었다. 안개비가 내리고 있는 남이
섬의 모든 것이 정지한 듯 사위가 적요했다. 황적갈의 메타세쿼
이아 단풍이 안개비 속에서 더욱 붉다. 비 탓인가, 관광객들 역
시 소리를 죽인 채 긴 가로수 밑을 걸었다. 방목하는 남이섬 타
조 한 마리가 관광객들을 물끄러미 바라보고 섰다.

　"선배님, 요즘도 남이섬에 자주 가십니까?"

　고슴도치섬 후배의 전화다. 밖의 안개비 때문인가, 후배 목소
리가 많이 어둡다.

　"알고 있어. 그게 낼모래지? 저녁 일곱시."

　초여름 음악회에 왔던 그 여자 때문인가, 가을 음악회 프로그
램이 꽤 알차다.

　사실은 전화를 받고서야 며칠 전 후배의 고슴도치섬 음악회
초청장이 생각난 것이다.

　"그것 때문에 전화한 겁니다. 이번 음악회 취소했어요."

　"왜, 뭔 일이 있어?"

"섬이 다른 사람한테 넘어갔대요. 여길 본격적으로 개발한다는 겁니다."

……넘어갔대요. ……개발……

나한테는 너 같은 존재는 없다고, 내가 짝사랑하던 여자애의 그 서늘한 목소리를 들었을 때의 비애. 고슴도치섬이 후배의 매직으로 안개 속으로 사라지고 있었다. 그러나 안개가 걷힌 뒤에도 고슴도치섬은 영원히 나타나지 못할 것이다. 고목 아카시아 숲의 그 냄새도.

"섬 팔린 거하고 음악회가 뭔 관계라고……"

마음을 애써 추슬러 한 말이다.

"당장 떠나려는 건 아니지만 왠지 하기 싫었어요. 사실은 더 큰 이유가 있었지만요."

"그게 뭔데?"

"선배님이 찾고 계신 그 여자가 죽었단 말입니다."

사뭇 투정조다.

"내가 무슨 여잘 찾고 있는데?"

"지금도 남이섬에 계시잖습니까."

"야, 이미 이 세상 사람이 아닌 여자 애길 조금 한 걸 가지고 뭘 그래."

"이 세상 사람이면 찾을 필요도 없잖아요. 거기 어딘가 있을 거니까 말입니다."

"죽은 사람은 '그는 죽었다' 그걸로 모든 것이 끝이야."

"남은 사람들에겐 시작이기도 하구요."

"이 사람, 누가 정말 죽기라도 한 것처럼 왜 이래."

"죽었다니까요. 선배님이 찾고 있는 그 여자가 죽었다 그 말입니다."

상실감으로 허무주의자가 된다. 고슴도치섬에도 안개비가 내리고 있을 것이다. 후배는 지금 카페 앞 고목 아카시아 나무숲을 내다보고 있을 터. 그러나 아카시아 철은 이미 지났다. 비발디의 선율로도 자메이카 블루마운틴 커피 향으로도 그 냄새를 불러오지 못할 것이다.

아카시아 나무 아래 몇 시간이고 머물다 돌아간다는 그 여자의 죽음을 얘기하고 있다. 커피 세 잔을 시켜놓고 그 잔 받침에 담배를 불붙여놓더란 그 여자가 죽었다. 후배와 함께 가을 음악회 선곡까지 했다던 그 여자가 죽었다?

"함께 술을 마셨어요. 음악회 날 온다던 사람이 며칠 앞당겨 온 겁니다. 처음부터 이상했어요. 늘 내 거까지 커피 두 잔을 시켰는데 그제는 자기 먹을 커피만 시키는 거예요."

후배도 커피 한 잔을 빼들고 그네와 마주 앉았다. 손님 취향에 따른 음악 선곡마저 잊은 채 커피잔을 들었다. 담배 안 피워요? 여자의 물음에 그가 카운터에서 담배를 찾아와 내밀자 여자가 손을 내저었다. 평소 담배를 즐기지 않는 그가 하릴없이 담배에 불을 붙여 입에 물었다. 그는 먼저의 그네가 했듯 창밖의 호수를 내다봤다. 여자의 눈길을 피하기 위해서였다. 여자는 처음부터 창밖에는 관심도 없었다. 그의 얼굴에만 눈길을 주고 있었다. 그 눈길과 몇 번 마주쳐 보았지만 전혀 칙칙하지 않았다. 담담함이 그처럼 버거운 것인 줄 몰랐다. 여자의 침묵이 너무 무거워 그가 말했다. 마음의 병을 앓고 있는 사람들이 많습니다.

여기 혼자 오시는 분들 대개가 그런 것 같아요. 그러나 여자는 이렇다 할 반응이 없이 그를 뚫어져라 바라봤다. 전혀 섬뜩함이 없는 그 침묵에 그가 허둥거리기 시작했다. 커피를 리필하기 위해 자리에서 일어서는 일 말고는 그 자리에서 일어설 수가 없었다. 그가 견디지 못하고 다시 말했다. 술 한잔하실까요. 그는 데킬라 한 잔을 스트레이트로 마시고 싶었다. 표정을 흐트러뜨리지 않은 채 여자가 물었다. 여기 소주도 있어요? 그럼요, 소주 있어요. 그가 서둘러 말했다. 어제 손님이 없어 저 물에서 낚시로 잡은 누치가 있는데 매운탕 끓여도 됩니까? 여자가 고개를 가볍게 끄덕인 뒤 물었다. 저 물속에 고기가 많이 살겠네요. 그가 대답했다. 저래 봬도 저 호수 밑으로는 물이 흐르고 있습니다. 조용할 땐 그 물 흐르는 소리가 들려요. 그래서 강은 생명이지요. 여자가 무연한 눈길로 창밖의 호수를 내다봤다. 그는 서둘러 주방으로 들어갔다.

"이상하지요. 그날 카페에 손님이 하나도 없었어요. 그 여자가 전세를 낸 것처럼 말입니다. 어쩌면 다른 사람이 왔는데도 모른 채 술만 마셨는지도 몰라요. 그런데 밤 아홉시쯤 클래식 기타 치는 재식이와 그림 그리는 후배들하고 네 사람이 섬에 들어와 합석을 했거든요. 사람들이 왔는데도 여자는 말이 없었어요. 그냥 우리 말만 들으면서 권하는 대로 술을 마시데요."

그림 그리는 친구가 이미 늦봄에 피었다 진 아카시아 향에 대해 말했다. 누군가 아카시아 꽃향보다 한밤의 밤나무 꽃향이 욕정 자극이 크다고, 함께 있는 초면의 여자를 의식해 점잖은 표현을 했다. 그가 기타를 쳤고 모두 노래를 따라 불렀다. 여자도 아주 작은 목소리로 노래를 따라 했다. 술잔이 여러 번 돌았다. 여자가 술을 먹게 하고 있었다. 묻는 말에도 거의 대답하지 않는 여자의 침묵을 깨부수기라도 할 듯 술을 마셨다. 여자에게 모두 취한 꼴이 됐다. 대리운전 좀 불러주세요. 여자 대리운전 기사를 당부하며 여자가 화장실로 걸어갔다. 야, 괜찮은 여자다. 이번엔 놓치지 마라. 카페 후배의 친구들은 두 사람의 관계를 그렇고 그런 것으로 맞춰나갔다. 카페 후배도 애써 부인하지 않았다.

밤 열두시 반쯤 대리운전 기사가 들어왔고 그네가 먼저 자리를 떴다. 모두가 카페 밖까지 나와 그네를 배웅했다. 우와, 이 냄새. 불빛에서는 모든 나뭇잎은 꽃으로 보인다. 아카시아 잎이 흰눈처럼 떨어지고 있었다. 여자가 아카시아 고목 쪽으로 걸음을 옮기는가 싶더니 돌아서 차 키를 대리운전 기사에게 맡긴 뒤 사내들을 향해 말했다. 그렇게들 서 있는 그림이 참 좋네요.

사내들은 떠나가는 여왕벌을 향해 그 자리에 선 채 오래오래 손을 흔들었다. 너 우는구나. 누군가 카페 후배를 향해 말했다. 이놈 정말 사랑에 깊이 빠졌구먼. 다른 누군가 다시 말했다. 그래, 이런 게 바로 외로움이구나. 나 지금 많이 외롭거든. 그 말에 누구도 웃지 않았다. 카페에 들어와서도 그네가 흘리고 간 무거우면서도 감미로운 분위기에 전염이라도 된 듯 모두 말을 잃었다. 누군가 흥을 돋우기 위해 이제부터 시작이라고, 술잔을 돌렸지만 잔을 비우는 사람은 없었다. 그림 그리는 친구가 갑자기 품에서 노트를 꺼내 여자 모습의 누드 크로키를 하면서 말

한다. 야, 아까 그 여자 여기 또 오면 연락해라. 그 여자 옷 벗
기고 싶어 죽을 뻔했다. 술잔을 훌쩍 비우며 클래식이 말했다.
여자의 턱 밑에 멍 자국을 봤거든. 바이올린 켜는 여자가 분명
해. 우리가 노래 부를 때 그 여자 손가락을 유심히 봤는데 지선
을 부드럽게 퉁기고 있었어야. 강섬의 밤, 눅눅한 야기가 안개
처럼 내리고 있었다.

"우린 그 여자가 떠난 지 한 시간도 안 돼 자리를 파했어요.
기타가 술을 적게 먹어 모두 그 차를 타고 섬을 나온 게 두시쯤
됐을 겁니다."

그리고 다음 날 한낮에 여자의 시신이 호수에 떠올랐다. 함께
술을 먹었던 사내 다섯이 참고인으로 조사를 받았다. 다행인 것
은 내용이 밝혀지지 않은 여자의 유서 쪽지가 그네의 차 속에서
발견된 것이다. 그네가 타고 섬에 들어왔던 승용차가 발견된 곳
은 소양강 다리 근처의 소양강 처녀 동상이 서 있는 대로변이
었다. 카페 후배가 불렀기 때문에 확인이 쉬웠던 여자 대리운전
기사에 의하면 여자는 소양강 다리를 건너자 곧바로 그곳에 차
를 세워달라고 했다는 것.

"기다렸어야 했어요. 나 혼자라도 카페에 남아 있었으면 그
여잘 다시 만날 수 있었을 거 아닙니까. 그랬다면 그런 꼴로 발
견되지 않았을 수도 있을 거 아닙니까."

죽은 사람을 생각하는 산 사람의 회한은 이처럼 깊은 성찰로
넘친다. 아무튼 그네가 다시 소양강 다리를 건너 고슴도치섬으
로 되돌아온 것은 분명하다. 그것이 죽음의 자리 찾기였는지 아
니면 술기운이 부른, 가슴 빈 데를 채우기 위한 그렇고 그런 걸

음이었는지는 산 사람 누구도 모르는 일이다.

남이섬을 나오기 위해 남이나루 선착장 앞에 줄을 선다. 이제 신생 나미공화국은 오색풍선을 탄 사람들이 붕붕 떠다니는 놀이터일 뿐 원귀로 떠도는 영혼들이 더 이상 머물 곳이 아니다. 설사 살아 있는 사람들의 기억 주머니에서 가끔 요상한 괴담이 나들이를 나간다 해도 이제 그녀들 이야기에 귀 기울일 사람은 없다. 사람들은 죽은 이들의 무덤을 파헤치기보다 터미네이터의 괴력으로 슈퍼맨의 고향 클랩톤 행성 여행만을 꿈꾸고 있다.

"어머…… 어머 어머, 세상에……"

고음의 천박한 목소리에 뒤를 돌아보니 긴 부츠를 신은 젊은 여자 하나가 휴대전화 폴더를 덮으며 호들갑이다.

"군포 여대생 죽인 범인 있잖아, 글쎄 그놈이 그 일대 여자들 죽인 것두 전부 자기가 했다고 불었대. 어, 무서 무서."

천박녀의 허리를 끼고 비벼대던 경박남이 화성으로 날아간다.

"앗싸, 야, 내 뭐랬냐. 그놈한테서 화성 연쇄살인 냄새가 난다고 그랬잖아."

사람들의 관심은 일의 충격적인 전말이다. 사건은 호사가들의 걸신들린 야비한 눈빛에 맞춰 부풀게 마련이다. 내 눈빛이 그렇게 야비하게 이글거렸을 터. 그동안 내가 남이섬 여기저기 새끼 쳐놓은 귀신만 해도 얼마나 많을 것인가.

배에 오르면서도 내 눈길은 남이섬과 중국섬을 번갈아 오간다. 지금은 가뭇없이 사라져 보이지 않는 것들이 세월의 무상을 노래하듯 물결무늬로 찰랑거린다.

아, 그 순간 나는 보았다. 남이섬과 중국섬 그 중간쯤 물 위로 솟구쳐 올랐다 사라지곤 하는 긴 머리의 벌거벗은 여자. 그리고 물속에서 그네 주위를 맴돌고 있는 두 사내의 모습도. 비록 자맥질하는 물오리의 모습으로나마 그네들은 아직도 애면글면 남이섬을 떠나지 않고 있었다.

그리움이 기도를 막아 죽은 사람이 있다. 그 숨통을 트기 위해 남이섬까지 왔던 사람들이 섬에 두고 가는 그리움과의 작별 의식으로 배 안은 들어올 때나 다름없이 들떠 있다.

멀어져가는 섬을 배경으로 함께 사진 찍기를 끝내 마다하던 여자 하나가 그 일행들이 던진 돌에 맞는다.

"쟤, 배용준두 다 필요 없다 이거구만."

"야, 누군 사랑 안 해봤냐? 으이그, 저 청승."

그러나 시집간 첫날밤에 달 보고 운, 우리 시대 마지막 갑순이의 무연한 눈길은 밀려가는 물결무늬 위에 멈춘 채 흔들리지 않는다.

나는 불현듯 휴대전화 폴더를 연다. 오늘 저녁 당장 춘천 고슴도치섬으로 들어가 후배를 만나고 싶은 충동이다. 위도, 그 원형이 머지않아 사라지고 말 그 섬 구석구석을 지금이라도 단단히 눈에 익혀두고 싶은 것이다. 사실은 한동안 후배의 영혼을 쥐락펴락할 것이 분명한, 엊그제 섬에서 물에 빠져 죽었다는 그 여자의 사련(邪戀) 사연을 들쑤셔내고 싶은 충동이다.

안개비는 그저 그런 기세로 계속 내리고 있다. 선착장에서 배를 내리고 있을 때 아까의 그 고음 천박녀의 코맹맹이 소리가 뒤를 따른다.

"오늘 넘 좋다. 우리 여기 언제 또 와?"

"담엔 너 혼자 오게 될지 모른다."

"그게 뭔 소리야?"

"나 넘 좋으면 죽고 싶거든."

"알았어, 오빠, 내가 오늘 밤 죽여줄게."

추억의 블랙박스. 남이섬이 멀리 안개비 속으로 아득하니 가라앉고 있었다.

○ 2009년 『문학과사회』 봄호

해설

마음의 감기와 은빛 상상력

우찬제(문학평론가·서강대 교수)

1. 불통의 상처에서 소통의 치유로

하늘재 무릇은 상사화와 그 생태가 같다. "잎이 없어진 뒤 꽃이 피고 꽃이 진 뒤에 다시 잎이 나"온다. "잎과 꽃이 땅 위에 머무는 시간이 서로 달라 결국 둘은 영원히 만날 수 없"다. 전상국의「물매화 사랑」을 읽으며 알게 된 사실이다. 잎과 꽃이 서로 만날 수 없기에 서로를 그리워해서, 이름마저 상사화일까. 마음은 있으되 서로 만날 수 없다는 것은 가슴 아픈 일이 아닐 수 없다. 반대로 마음은 없는데 어쩔 수 없이 만나는 것은 더 고통이다. 혹은 마음과 상관없이 만나서 함께 일하거나 생활해야 하는데 마음이 통하지 않고 교감이 어려우면 그 또한 평화롭지 못하다. 가령 "상호작용이 아닌 자기 생각의 일방적 관철을 위해 상대의 굴복을 요구하는 말"에는 교감이나 소통의 시니피에가 없다.「물매화 사랑」의 여주인공이 울증에 걸린 이유 중의 하나도 바로 그것이다. "사람들이 원하는 것은 말을

256

많이 하지 않고도 그 실체가 속속들이 보이는 그런 관계의 만남이다." 그런데 그런 만남은 쉽지 않다. 그래서 사람들은 말을 많이 하게 되는데, 그러면서도 혹은 그럴수록 진정성 있는 실체를 공유하는 만남에 실패하는 경우가 많다. 「물매화 사랑」은 교감 없는 일방적 말에 의한 상처와 교감을 통한 치유 지향의 대조를 보이는 소설이다. 여기서 주인공은 신비 체험처럼 물매화가 피어나는 모습을 보게 된다. "백여 송이 물매화 꽃망울이 앞다투어 한꺼번에 꽃으로 벌어지고 있었다. 꽃망울이 모두 꽃으로 피기까지 걸린 시간은 그리 길지 않았다. 물이 충충하게 고인 도랑가 산기슭에 해맑은 우윳빛 유방운 한 자락이 내려와 깔렸다." 7월 초에 꽃망울이 올라오기 시작해 거의 두 달이 넘어서야 꽃을 피우는 게 물매화다. 그런데 그 물매화 피기를 애타게 기다리던 '그'가 있었고, 그와 교감하며 그를 마음으로 지지하던 주인공 그녀가 있었다. 그는 살아갈 시간이 그리 많이 남지 않은 시한부 환자로서, 희망을 버리는 희망을 지닌 사람이다. 뒤늦게 물매화의 아름다움에 빠져 물매화와 교감하며 아름답게 피어나기를 고대하는 것으로 나날의 시간을 보낸다. 그런 교감과 기원이 신비 체험을 가능하게 한 것일까. 단지 새벽 비가 내렸을 뿐인데 백여 송이 물매화 꽃망울들이 한꺼번에 피어난 것이다. 이 황홀경 앞에서 주인공은 교감의 신비를 절감한다. "등 뒤에서 내 어깨에 올린 그의 손을 느낄 수 있다. 그와 함께 물매화를 보고 있다. 그가 물매화와 나눈 말들이 은밀하고 따스하게 내 안으로 들어온다. 눈앞의 이적, 나는 이 비현실감이 너무 벅차 그를 향해 돌아선다."

해설—마음의 감기와 은빛 상상력

물론 교감이나 소통의 어려움은 가장 기본적인 말의 문제뿐
만 아니라 제도와 체제, 성이나 인종 등 인간 사회를 규율하는
여러 기제들과 복합적으로 관련된다. 지난 20세기에 한국인들
은 원활한 소통을 어렵게 하고 불통을 조장하는 불통 콤플렉
스와 더불어 살았다고 해도 과언은 아니다. 일제 강점과 전쟁
및 분단, 오랜 군부 독재와 산업화의 갈등 등 이런저런 사정들
이 그 콤플렉스를 조장한 요인들이었다. 소년기에 한국전쟁을
체험한 전상국은 이렇듯 곳곳이 '지뢰밭' 형상이었던 20세기의
고단한 역정과 맥락을 헤아리면서 불통의 상처에서 소통의 치
유로 나가려는 서사적 수고를 아끼지 않은 대표적인 작가이다.
「아베의 가족」으로 대표되는 일련의 분단 소설에서 보인 분단
의 상처들을 비롯하여, 「우상의 눈물」 같은 소설에서 보인 진
정한 소통이 결여된 타락한 권력관계의 문제성으로 인한 상처
들을 떠올린다면, 전상국이 그동안 그의 소설을 통해 수행했던
20세기 상처의 진혼 도정을 어렵지 않게 짐작할 수 있을 것이
다. 특히 21세기 이후 전상국의 소설 작업은 사람과 사람, 혹
은 사람과 자연 사이의 허물없는 소통 가능성을 탐문하는 데
집중된다. 그 과정에서 세상과 인간을 성찰하는 작가의 원숙한
시선과 생철학을 느낄 수 있다. 실험적인 젊은 탈주의 감각만
으로는 포착하기 어려운 삶의 심연을 웅숭깊은 서사적 탐문을
통해 풀어 보이면서 교감과 지혜가 어우러지는 이야기 향연을
빚어내는 수고를 아끼지 않았던 것이다. 직전 소설집『온 생애
의 한순간』에 이어 이번 소설집『남이섬』에서도 그와 같은 작
가의 성찰적 장기가 과연 잘 드러나 있다. 새 소설집을 관통하

는 작가의 서사적 질문은 크게 세 가지로 요약된다. 첫째, 고통스러운 역사에서 비롯된 상처를 치유하기 위한 인간 개개인의 노력은 어떻게 전개되어야 하는가? 즉 상처의 역사성과 개인성의 복합적 소통 문제로서, 한국전쟁과 관련된 「지뢰밭」 「남이섬」 「드라마 게임」 등에서 던지는 공통 질문이다. 둘째, 진실의 소통은 가능한가? 「한주당, 유권자 성향 분석 사례」에 이어 「춘심이 발동하야」에서 관심을 집중한 질문으로, 이는 실제의 삶과 허구적 삶, 그러니까 인생과 소설 양면에 걸친 진실의 소통 방식과 근원적으로 관련된다. 셋째, 인생의 허망함 혹은 허무는 초극 가능한 것인가? 또는 그것을 초극하거나 견디게 하는 윤리는 무엇인가? 「온 생애의 한순간」에 이은 「꾀꼬리 편지」에서 인상적으로 펼쳐지고 있거니와 「남이섬」에서도 중층적으로 제기된다.

2. 분단 상처와 마음의 감기

「아베의 가족」의 비극을 겨레와 더불어 앓았던 작가답게 전쟁과 분단으로 인해 받아야 했던 상처의 이야기와, 그 상처의 고통을 함께 나누며 치유하려는 서사 기획은 언제나 전상국에게 진행형인 것 같다. 「드라마 게임」에서 허정임은 만약 전쟁을 겪지 않았더라면 그렇게 살다 죽지 않았을 것이다. 또한 그녀의 동생 허선구 역시 그렇게 하염없이 땅굴만 파는 두더지 인생에 머물지 않았을 터이다. 허정임의 장례식이 치러지는 현재 시간에 과거의 고통스러운 파편들이 마치 색 바랜 흑백사진처럼 끊어질 듯 이어진다. 그 단속적인 흑백사진들이 그녀의 비극적 과거를 짜 맞춘다. 미국 신부의 후원으로 중학교도 진학하고 영어도 배울 수 있었던 정임은 전쟁이 나던 그해 가을 미군기의 폭격으로 부모를 한꺼번에 여의게 된다. 누나가 영어를 잘하는 게 자랑이었던 동생 허선구였다. 그런데 그 영어 잘하는 누나가 미군 비행기를 보고 웃으며 손을 흔들었는데 이내 폭격이 있었고 부모가 죽었다. 오비이락이었을까. 동생 허선구의 누이 미워하기는 여기서 비롯된다. 누나 때문에 부모가 돌아가셨다는 망상의 기원이다. 그럼에도 누나는 양갈보 소리까지 감내하면서 동생을 보살핀다. 전쟁 후에도 두 차례의 결혼 실패를 겪지만, 그 상처를 뒤로하고 친정에서 동생과 그 가족들 뒷바라지하는 일에 전념한다. "보험설계사에서 파출부에 이르기까지 평생 가리는 일 없이 열심히 살"(74쪽)았다. "넝쿨식물처럼 생명력이 질긴 그 억척스러움"(73쪽)을 보이던 그녀는 늙어 몸이 부실해지자 교통사고를 위장해 육신을 스스로 거둔다.

그런가 하면 동생 허선구는 땅굴 파기에 집착하는 것으로, 누나를 "겨냥한 트라우마 게임"(88쪽)을 벌인다. 왜, 어떻게, 얼마나 땅굴을 팠는가에 대해서는 땅굴 밖의 사람들에게 제대로 알려진 바 없다. 다만 그것이 어린 시절 피폭에 의해 부모를 한꺼번에 여읜 트라우마와 관련된다는 것은 어렵지 않게 짐작할 수 있다. 일찍이 어린 몸으로 뒷산에 있던 엄청난 바윗덩어리를 그 자리에 옮겨놓는 상징적 행위로 그 트라우마의 사건을 스스로의 짐으로 짊어지는 모습을 보였던 그였다. 한편으로는 스스로 짊어지고 다른 한편으로는 누나에 대한 속절없는 원망을 더해갔다. 힘든 일이 생길수록 실실 웃으면서 억척스럽게 살아가는 누나를 외면하며 어두운 땅굴을 계속 파 들어갔다. 어쩌면 요나 콤플렉스였을까. 허선구는 트라우마 사건 이후 타인과 세상과의 소통에 무척 힘들어했다. 세상은 그에게 안전한 거주지일 수 없었으며 불안의 요철일 따름이었다. 그러니 땅굴일 수밖에. 누나에게 세상의 업을 각인하듯 덮어씌우고는 누이로부터 벗어나서 모태와도 같은 땅굴로 퇴행할 수밖에. 물론 드라마처럼, 결구에서 새로운 소통이 이루어지긴 한다. 허선구가 오로지 혼자서 누이의 사후 안식처인 묏자리를 동굴처럼 팠다는 것, 이 지점에서 누이로부터 벗어나기에서 누이 감싸안기로 전환되는 정서적 승화를 감지하게 된다. 물론 누이 살아생전 화해를 이루지 못한 것은 무척 안타까운 일이지만, 죽어서라도 누이에게 다가서게 된 것은 나름대로 고무적인 일이다. 또 누이의 자리를 파느라고 연장이 망가졌다는 것은, 이제 그가 더 이상 땅굴을 파지 않을 것이라는 암시를 가능케 한다.

그러나 그렇다고 해도 동굴의 어둠을 넘어 세상의 빛과 소통하는 것은 여전히 쉽지 않은 일이다. 화자의 아버지 허선구가 보인 대인 기피증과 어둠 애호증을 아내 역시 비슷하게 보인다. 부모의 불화와 이복형제들의 알력 등으로 복잡했던 집에서 자란 그녀기 보이는 우울증을 의사는 일종의 "마음의 감기"(100쪽)라고 표현한다. "본인 스스로가 자기를 미워하고 학대하는 과정을 거쳐 다시 자기 사랑으로 돌아오기까지 기다리

는 것이 좋다고"(100쪽) 충고한다. 고모의 상을 치르면서 화자
는 자기가 충분히 기다려주지 못한 것을 반성적으로 인식한다.
「물매화 사랑」에서의 남편이나 시어머니와는 다른 모습이다.
아내의 "마음의 감기"를 마음으로 '감응하는 기운'이라는 의미
에서 '마음의 감기(感氣)'를 느끼게 하는 대목이다. 여기서 아
내의 어둠을 다시 인식하는 과정은 곧 아버지의 땅굴을 새롭게
성찰하는 과정이기도 하다. 소설은 마치 '드라마 게임'처럼 인
물들의 갈등을 적절하게 해소하려는 의지를 보인다. 일생의 대
부분을 누이 벗어나기로 일관했던 아버지가 누이와의 거리를
좁히는 심리적 움직임을 보였다는 점은 이미 언급한 바 있거니
와, 신혼 첫날밤에 화자로부터 고모의 사연을 들었을 때 "아,
지리멸렬해. 무슨 드라마도 아니고"(75쪽)라며 시큰둥해했던
아내도 고모의 죽음을 진심으로 애도하며, 조카를 서울로 데려
가 양육하겠다는 말을 하는 것으로 타인과 세상을 향해 닫았던
문을 열게 된다. 오랫동안 어둠에 집착해왔던 아버지와 아내의
어둠 벗어나기의 여명을 '드라마 게임'처럼 펼치는 것이다. 그
것은 고모가 겪고 평생 감내해왔던 역사적 상처에 대한 진정한
이해와 애도 작업이 동반되었기에 아마도 가능한 일이었을 터
이다.

　요컨대 혹독한 전쟁의 상처로 몸과 마음 모두 고통으로 얼룩
져야 했던 고모는 그럼에도 자기 마음의 감기를 앓기보다는 남
의 마음(동생 허선구와 그 가족)의 감기를 헤아리는 감기를 보
이며 "세상과 맞서 싸우는"(100쪽) 삶의 양상을 보였다. 그 반
대편에 아내의 삶의 양식이 있다. "오직 자기 안의 어떤 것과

겨루기 위해 안간힘 쓰는 아내의 그 어둠"(100쪽)이라고 서술되고 있거니와, 이렇게 마음의 감기를 앓고 있는 아내는 고모라는 타자에 대한 마음의 감지를 보임으로써 고모의 역사적 실존적 상처를 애도함은 물론 자기의 감기도 치유하는 이중의 심리적 효과를 거둔다. 그 중간쯤에 그러나 아내 쪽에 가까운 자리에 아버지의 좌표가 놓인다. 아버지는 역사적 상처를 이해하려는 의식과 그럼에도 도저히 이해할 수 없고 화해할 수 없는 트라우마에 대한 무의식적 반응 사이에서 요나 콤플렉스를 보이며 땅굴로 들어갈 수밖에 없었던 인물이다. 그 기원과 관련해 역시 역사적 상처를 환기한다 하겠다.

「남이섬」에도 한국전쟁 당시의 죽임과 죽음의 상처가 인상적으로 각인되어 있거니와, 그 상처에 대한 살아남은 자들의 윤리를 인상적으로 강조한 작품이 「지뢰밭」이다. 「지뢰밭」의 초점자 용우성(홍천 용씨)은 전쟁 때 북쪽 유격대로 참전했다가 붙잡혀 꼼짝없이 죽을 처지였으나 가까스로 살아나 남쪽에서 용케 생업을 일군 일흔다섯의 노인이다. 서술자인 '나'는 열 살 때 그 현장에서 도망가는 용씨를 본 적이 있는 인물로, 열일곱이던 그의 형 또한 육이오 때 실종되어 그 생사를 알지 못한다. 용우성은 자기를 살려준 용재두가 자식도 없이 죽었다는 말을 듣고 그의 아들로 이름도 바꾸고 해마다 그의 묘를 벌초하며 의리 있게 산다. 그러나 전쟁이 끝난 지 50년이 넘도록 전쟁터에서 죽어갔거니 실종된 사람들에 대한 상처와 기억이 지뢰밭처럼 그를 괴롭힌다. 하여 그는 개인적으로 그 지뢰를 제거하기로 작정하고 실천에 옮긴다. 이제까지 제대로 밝혀지지 않은 실종자들이나 전사자들의 명단을 찾아내 밝히는 작업이 바로 그것이다. 그가 서술자인 장 선생을 찾아온 것도 바로 그 때문이다. 그때 동오골에서 북쪽 유격대원들을 심사할 때, 장 선생의 선친이 그 인적 사항을 꼼꼼하게 기록했다는 사실을 알아내고는 그 기록을 확보할 수 없겠느냐며, 장 선생을 찾아온 것이다. 교직자로 정년을 마친 장 선생 역시 용씨의 사업에 공감을 하면서도 자기 마음속의 지뢰밭을 먼저 보게 된다. 오랜 반공 이데올로기로 인해 금기와 억압의 지뢰밭이 마음속에 많았기 때문이다. 전쟁 체험 세대치고 마치 '마음의 감기'와도 같은 그 지뢰밭으로부터 자유로울 수 있는 자 그 누구랴. 더욱이 용씨의 제안은 국군의 그것이 아니라 북한군의 소재 파악을 위한 것이었다. 그러니 장 선생의 지뢰밭은 더 험해질 수밖에.

용씨는 중국에서 온 오퍼상들을 데리고 파로호에 간 적이 있는데, 가이드가 한국전쟁 때 중공군 수만 명을 수장시킨 호수이며 당시 대통령이 그렇게 이름을 붙였다고 설명하는 순간, 중국 사람들 얼굴이 굳어지는 것을 봤다고 했다. 어떤 동행자는 그에게 "이제 이쯤에서 그 중공군 희생자들 영혼을 달래는 무슨 표시라도 하나 해줘도 괜찮지 않겠"(192쪽)느냐고 말했다는 것이다. 국군 유해 발굴 작업도 너무 늦었다고 탓하면서 국가가 할 일을 제대로 하지 못했다고 용씨는 과감하게 비판한다. 그러면서 "국군 희생자에 대해 그 정도였으니 정말 억울하게 죽은 양민들이나 북쪽 병사들에 대해서는 그 발굴 얘기를 아예 꺼낼 엄두도 못 냈던 것"(192쪽)이라고 말한다. 그러면서 그는 "우리 맘속에 살아 있는 지뢰부터 제거하고 볼

일"(190쪽)임을 강조한다. 지금까지 한국전쟁과 그 상처에 대해서 묻어두려 한 경우가 많았던 게 사실이다. 진실을 낱낱이 드러내 밝히기보다는 감추고 묻어두어 상처를 덧나게 하지 말자는 심사도 없지 않았다. 그것은 살아남은 자들이 부지불식간에 드러낸 생존을 위한 감각이기도 했다. 그러나 작가 전상국은 그런 상태를 넘어서 이제는 정리할 것은 정리하고, 드러낼 것은 드러내고, 파헤칠 것은 파헤치자고, 무엇보다도 풀어낼 것은 풀어내자고, 진지하게 제안한다. 아군이든 적군이든 가리지 말고 실종되었거나 전사한 이들을 위해, 살아남은 사람들이 더 이상 미뤄둘 수만은 없는 일을 실천하자고, 그것이 도리이고 윤리라고 강조한다. 마음의 지뢰밭을 거두고 교감의 지평을 넓혀, 비극적 과거를 치유하고 희망의 미래를 기획하자는 진정성 있는 제의가 아닐 수 없다. 오랫동안 분단 시대를 체험하고 성찰한 작가 전상국이 찾은 실천선(實踐善)이요, 실천윤리의 단면을 소설 「지뢰밭」은 웅숭깊게 보여준다.

3. 진실의 자리와 소통의 감기

「남이섬」은 겹의 이야기이다. 한국전쟁 당시 남이섬을 무대로 한 격동 속에서 극적으로 목숨을 건진 두 인물이 있다. 섬의 서북쪽 가평 사람인 김덕만과 동쪽 춘천 방하리 사람 이상호가 그들이다. 이 둘은 애면글면 '나미'라는 여성을 잊지 않고 살다가 죽어간 사람들이다. 그래서 나미는 이야기의 중핵에 자리한다. 두 인물의 전쟁 체험기의 밖에는 그 둘의 이야기를 통해 나미를 추적하는 잡지 기자 출신 '나'의 이야기가 있다. 서술을 담당하는 '나'는 시간적으로 과거와 현재를 넘나드는데, 그런 '나'의 이야기의 바깥에는 또 그 후배와 카페 여성의 이야기가 전개된다. 서술자 '나'의 관심은 물론 독자들의 관심도 최종적으로는 이야기 동심원의 중핵에 위치한 나미와 동심원의 바깥을 휘감고 도는 여성의 관련 맥락을 찾는 일이 된다.

각각 좌우익과 연계된 김씨와 이씨는 죽을 고비에 처해 강에 투신하여 나미의 도움으로 살아났다는 환상을 지니고 있다. 그리고 이후에도 줄곧 나미의 환각 속에서 살았던 인물이다. "눈에 보이지 않는다고 해서 없는 건 아니지요"(199쪽)라는 이상호의 말에서도 알 수 있는 것처럼, 그들은 나미에 들린 채 살았던 인물이다. 그러면서도 그들은 나미를, 더 정확히는 나미에 대한 기억을, 배타적으로 독점하고 싶어 했다. 자신이 본 나미만이 사실이고 남의 나미는 거짓이라고 우겼던 것이다. 서술자는 이미 20년 전에 이 두 인물을 취재하여 신기한 사람들로 다룬 바 있거니와, 이제 새로운 원고 청탁으로 그 둘의 이야기를 다시 끌어낸다. 현재 시점에서는 고슴도치섬에서 카페를 운영하는 강섬 마니아 후배와 그 손님인 한 여성의 이야기가 원경으로 잡힌다. 이미 두 번의 사랑을 떠나보낸 여성이 후배의 카페에 들러 분위기에 취해 잠시나마 교감했다가 강섬에서의 자살로 끝을 내는 이야기이다. 이 현재의 겉 이야기는 과거의 속 이야기인 김덕만·이상호의 나미 이야기와 겹쳐진다.

이 소설에서 서술자는 물론 독자들도 시종 이야기 동심원의 중핵을 차지하는 '나미는 누구인가?'라는 질문을 던지지만, 그 답은 소설이 끝날 때까지 거듭 차연되기만 한다. 그 실체를 알 길이 막연하다. 마찬가지로 이야기의 바깥 바퀴를 도는, 강섬에서 자살한 여성의 실체 또한 헤아리기 어렵다. 잠시나마 그 여성에게 이끌렸던 카페 후배는, 그녀가 바로 선배님이 찾는 그 여인(나미)이라고 말한 적이 있는데, 어쨌든 나미라는 코드에 부합하는 여성임에 틀림없다. 김덕만과 이상호의 강력한 주장에도 불구하고 나미의 실재를 뒷받침할 만한 증거는 없었던 게 사실이다. "이야기 진화의 발원은 대체로 그리움"(198쪽)이라고 서술자가 적고 있거니와, 나미 역시 환상과 그리움으로 끊임없이 재생산되는 어떤 것이었을까? 20년 전 두 사람의 신기한 사연을 취재할 때부터 어쩌면 서술자는 환각처럼 나미에 붙박여 살았는지도 모른다. 염력이 동할 때마다 그 또한 나미에 대한 환각을 자주 체험했으니 말이다. 도대체 나미는 누구인가? 그들의 주장대로 여인인가. 아슴아슴한 인어인가. 아니라면 잉어였던가. 혹은 괴물? 또는 귀신? 그 어떤 것도 확실치 않다. 어쨌든 한국전쟁 당시 죽음의 위기에서 목숨을 살린 어떤 것을 지시하는 떠도는 기표이다. 불가항력적으로 생명을 구한 어떤 것이기에 두 사람의 입장에서는 한없는 그리움의 대상 그 이상이다. 그렇다면 그 이야기를 전해 들은 혹은 그 이야기를 전하고 있는 서술자는 왜 그토록 나미에 이끌리는 것일까? 특별한 증거가 없긴 하지만 나미는 두 사람의 역사적 실존적 상처를 위무하는 치유의 환각제가 아니었을까, 라고 서술자는 생각했던 것 같다. 그들에게 중요한 것은 나미라는 실체 그

해설—마음의 감기와 은빛 상상력

자체가 아니라 나미라는 떠도는 기표가 그들에게 어떤 의미 자장에서 소통되었는가가 중요한 것이었다고 서술자는 바라보고 있는 것처럼 느껴진다. 남이섬에서 음차했을 것이 틀림없는 나미라는 떠도는 위무와 치유의 환각제는, 비단 그 두 사람에게만 국한되는 것은 아닐 것이다. 남이 장군 설화부터 근대 중국 섬으로 불렸을 때, 그리고 전쟁 때의 엄혹한 상처 등등으로 남이섬은 상당히 비극적인 콘텐츠를 많이 지니고 있는 섬이다. 비록 드라마 「겨울연가」 신드롬으로 인해 감성의 발신지가 되고 있긴 하지만, 작가는 남이섬에서 더 많은 것을 환각처럼 느끼고 볼 수밖에 없다. 그 중심에 바로 나미가 있었던 것이다. 그런데 나미라는 이 위무와 치유의 환각제는 때때로 안개 이미지에 싸여 새로운 비극을 연출하기도 한다. 강섬 여자의 자살 사건이 그것을 암시한다. 상처가 치유되기만 할 수는 없는 것. 때때로 덧나고 더 부풀 수도 있는 법. 꼭 역사적 상처가 아니라고 하더라도 개인들의 상처의 심연은 안개처럼 깊을 수도 있는 것. 그럴 때 치유의 환각제도 무기력할 수밖에 없을 터. 카페 후배의 절망과 아쉬움도 그런 것을 반영한 심리적 상관물일 것이다. 요컨대 「남이섬」은 역사적 상처를 견디며 치유하는 하나의 환각적 방식과, 치유되지 못한 실존적 상처가 과도하게 덧났을 때 나타날 수 있는 비극적 단면을, 겹쳐서 보여주는 소설이다. 김덕만과 이상호 모두 나미에 대한 아득한 그리움으로 살다가 갔다. 강섬 여자 또한 구체적으로 드러나지는 않았지만 아득한 그리움을 주체하지 못한 채 육신을 거두었다. 남이섬 강물 따라 그녀 또한 나미가 되었을까?

「춘심이 발동하야」는 「남이섬」과는 분위기가 아주 다른 소설이지만, 진실의 떠도는 기표라는 맥락에서 보면 같이 읽어도 좋다. 이미 전상국은 한 카페를 중심으로 진실과 소문의 역학을 매우 흥미롭게 형상화한 「한주당, 유권자 성향 분석 사례」를 비롯한 몇몇 소설에서 이 테마를 다룬 바 있다. 노년층을 대상으로 한 풍속소설의 일종으로 보이기도 하는 「춘심이 발동하야」에서 우리의 관심은 도대체 안병신은 어디로 갔을까에 집중된다. 전처 성춘양으로부터 전략적으로 이혼당한 이후 "발광 같은 춘심 발동"(44쪽)을 보이다가 돌연 행방이 묘연하게 된 안병신의 처소를 궁금해하는 친구들의 수소문담을 이야기의 주축으로 삼고 있다. 이 소설에서 문제적인 것은 진실이 소통되지 않는 인간관계가 편만화되어 있음을 환기하는 대목이다. 안병신과 전처 성춘양은 물론, 안병신과 친구들, 안병신과 정신과 의사, 이혼 이후 안병신과 관계를 맺었던 몇몇 여성들의 관계가 대부분 공허하기 짝이 없다는 사실이다. 그 어떤 것도 진실의 소통과는 무관한 관계이다. 그러니 안병신이라는 인물의 실종을 다룬 이 소설은 차라리 진실의 실종담이라고 해도 좋을 것이다. 그런 면에서 보면 안병신은 단순히 진실의 떠도는 기표가 아니다. 진실의 자리 혹은 진실이 거부된 자리를 환기하는 떠도는 기표라고 하는 것이 조금 더 정확할 것이다. 소통의 소망마저 독하게 감기 든 것 같은 상태에서, 마음에 커다란 감격을 느끼고 분발히여 일이닌다는 의미에서의 감기(感起), 다시 말해 진실한 소통의 감기(感起)를 작가는 그토록 열망해 마지않았던 것이다.

4. 은빛 그리움과 투명한 비움

「남이섬」에서 두 남자는 평생 나미에 대한 그리움으로 살다 갔다. 자살한 여성도 "그리움이 기도를 막아 죽은 사람"(254쪽)에 속한다. 그리움은 '오래된 미래'와도 같은 문학의 모티프이거니와, 작가 전상국은 그윽한 눈길로 그 그리움의 세계를 세심하게 성찰한다. 그리움의 감각의 절정을 보인 소설로, 애잔한 아름다움을 주는 「꾀꼬리 편지」가 단연 주목된다. 노년기의 연애 감정 혹은 그리움이나 기다림의 감수성을 이토록 섬세하고 그윽하고 아름답게 그릴 수 있을까. 이미 전상국 이전에도 여러 원로 작가들에 의해 노년 서사들이 다양하게 전개되어 왔지만, 노년의 연애 감정을 이처럼 그윽하면서도 열정적이고, 곡진하면서도 애잔한 파동으로 넘쳐나고, 슬프면서도 아름답고, 정서적이면서도 생태적인 파토스와 로고스가 농밀하게 교호하는 모습으로 그려놓은 소설을 찾아보기는 쉽지 않다. 소설의 처음부터 독자들은 이 도저한 노년의 은빛 감수성에 그저 사로잡힌 영혼이 되고 만다. 오로지 은발이 성성한 노년 세대의 영혼과 감수성을 진솔하게 투사할 수 있는 시선만이 포착할 수 있는 곡진한 '은빛 그리움'의 세계와 그 꽉 찬 그리움을 역설적으로 비워내는 투명한 비움의 웅숭깊은 패러독스를 이 소설은 잘 보여주고 있다.

「남이섬」에서 강섬 카페 여자가 이미 두 사랑을 보낸 것으로 얘기되거니와, 「꾀꼬리 편지」에서도 주인공은 자신이 그토록 열망해 마지않았던 두 남자를 차례로 보낸다. 예순을 앞둔 쉰

아홉의 주인공은 유아기의 어느 날 제재소 앞에서 버림받고 대책 없이 오래 서서 울며 기다려야 했던 트라우마를 지닌 인물이다. 그때부터 그녀는 기다림의 생을 살게 된다. "몸과 영혼이 온통 기다림이란 날줄과 씨줄로 직조되었다는 생각"(15쪽)을 하면서, "몸과 마음이 하나로 열릴 수 있는 그런 대상에 대한 그리움"(17쪽)으로 살아왔던 여성이다. 초헌과 만나 복사골로 들어와 그런 그리움을 열락으로 풀어보기도 했다. "자연 속에서 둘이 하나가 되는 절정, 그 열락이 사랑의 본색이라고 믿"(18쪽)게 했던 초헌이 어느 날 '허망'에 빠지게 된다. "허망…… 나는 초헌의 말갛게 비어 있는 눈에서 허망을 보았다. 마음이 몸을 떠났고 몸도 마음을 등지고 있었다."(18~19쪽) "체념이란 비움의 도일 터"라고 "비움으로 가득한 마음"이 된 초헌으로 인해 그녀는 "그리움의 조갈증"(19쪽)에 시달린다. 그러다 초헌의 손아래 아재비 우목을 알게 되면서 다시 기다림병이 도진다. 「꾀꼬리 편지」는 3년 전 초헌을 먼저 보낸 주인공이 우목을 보내는 장례 날을 현재 시간으로 삼고 있다. 초헌이 그랬듯이 우목도 그녀가 사는 복사골 나무 밑에 뿌려지기를 원한 터라, 복사골에서 그녀가 우목의 유해를 초조하게 기다리는 장면으로 소설이 시작된다. "습관의 관성은 집요하다. 한 줌 재가 되어 나타날 사람을 이토록 초조하게 기다릴 건 뭐람. 먼 길을 줄곧 가늠하려니 생전의 그를 향했던 기다림까지 한꺼번에 조여들어 흐린 시야를 채운다. 실상 우목이 복사골에 나타나면서 기다림 병이 도졌다. 우목이 올라온다고 한 날은 온대서 마냥 들떴고 약속이 없는 날은 혹시나 하면서 기다렸다.

뇌일혈로 쓰러진 우목이 거동을 못하는 그 괘씸하고도 괘씸한 상황 속에서도 나는 올라오는 승용차가 없나 하루 내내 아랫마을 신작로에서 눈을 떼지 못했다."(10~11쪽) 그녀의 그리움은 그윽하면서도 곡진하다. 그 정조로 인해 복사골의 자연 현상도 달리 보인다. 이 소설의 제목이 되기도 한 '꾀꼬리 편지'를 우목과 함께 관찰하는 대목은 관찰과 교감의 엑스터시로 인해 상큼한 생태적 진실을 느끼게 한다.

꾀꼬리가 아닌 거위벌레의 작품이었다. 거위벌레 성충이 낳은 알이 우화되기까지의 집이며 먹이였다. 애벌레에서 성충이 된 뒤 불과 이십여 일 사는 동안 거위벌레 암컷은 짝짓기를 한 뒤에는 곧장 산란할 나뭇잎 하나를 선택해 오랜 시간 재단을 한다. 잎 하나를 이리저리 깔축없이 재고 난 뒤에는 잎의 위쪽 부분을 가로로 삼분의 일쯤에서 삭삭 절단, 다시 잎의 아래위를 오르내리며 엽맥 깨물기. 마지막으로 잎 끝에 구멍을 뚫고 거기에 한 개의 알을 낳은 뒤 잎을 착착 말아 올려 만든 요람이다. 그렇게 거위벌레가 말아놓은 잎이 간댕거리고 있으면 호기심 많은 꾀꼬리가 그것을 부리로 쪼아 땅에 떨어뜨렸다…… 꾀꼬리 편지.(25쪽)

우목이 이름 붙인 꾀꼬리 편지의 형성 과정을 핍진하게 묘사한 부분인데, 이 대목이 이토록 선연할 수 있는 것은 바로 우목과의 절정의 순간에 함께 지켜본 풍경이기 때문이다. 사진을 비롯한 그 어떤 복제 기제로도 복제가 불가능한 생태적 아우라로 충일한 그 장면을 주인공은 자기 생의 절정이라고까지 여긴다.

등빨간거위벌레 암컷이 졸참나무 잎에 산란을 한 뒤 잎을 말아 올리는 일을 하루 내내 우목과 함께 지켜보던 그 봄날의 숨죽였던 시간을 나는 생의 절정이라고 생각했다. 사진을 찍고 싶었지만 우목이 고개를 저었다. 생전의 초헌도 자연을 모사하는 일을 그리 달갑지 않게 생각했다. 세상의 온갖 예술은 자연을 모방하는 것인데 그것이 자연보다 낫다는 자신이 없으면 아예 손을 대지 말 일.(25쪽)

짝짓기를 한 후 거위벌레 암컷이 꾀꼬리 편지를 만드는 과정은 주인공에게 결여의 대상으로 남겨진 것이어서 더 애틋하다. 예전의 초헌과 그랬듯이 몸과 마음이 하나로 열리는 그런 그리움의 향연을 욕망했지만, 현실적으로는 그럴 수 없는 처지이다. "보고 싶어요." 그녀는 "하루에도 몇 번씩 목련나무 숲에서 달뜬 목소리로 중얼거"리며 "그런 말을 몸 전체로 드러내며 복사골을 헤매고 다녔"지만, "갈증처럼, 안에서 끊임없이 갈구하고 있는 어떤 신명"(27쪽)을 채울 수는 없는 노릇이었다. 다만 초헌이 죽고 우목도 뇌출혈로 쓰러진 후 몸이 성하지 않은 상태로 휠체어 신세를 진 채 복사골에 왔을 때 그녀는 단 한 번 "절절한 기다림 속에 빚어됐던 말"을 처음이자 마지막으로 발화한다. "저도 많이 뵙고 싶었어요."(33쪽) 그리고 이제 한 줌의 재를 기다린다. 오래된 은빛 그리움은 이제 투명한 비움의 경지로 승화된다. 이 대목은 다소 길게 느껴지더라도 함께 되새겨보기로 하자.

해설―마음의 감기와 은빛 상상력

드디어 늙음도 없고 죽음도 없으며 늙음과 죽음이 모두 없어졌다는 생각조차 없다는 절간의 말씀처럼 모든 것을 관통하여 하나 되기, 그 없음이 바로 죽음이 아니겠는가. 화살이 시위를 벗어나 과녁에 맞는 그 순간까지가 인생일 터. 화덕을 거쳐 기계공이로 빻은 뼛가루가 이렇게 산 사람의 손가락을 통해 술술 빠져나가 바람으로 물로 사라지는 이 투명한 비움.

우목의 가족이 돌아간 뒤 유골함을 열고 그가 생전에 좋아하던 백합나무 밑에서부터 목련나무 숲 전체로 뼛가루를 뿌리기 시작한다. 초헌 때는 잘 몰랐는데 우목의 뼛가루는 손을 대기 어려울 정도로 뜨겁다.

뼛가루에 아직 머물고 있는 우목의 온기, 화덕의 열기가 아직 식지 않고 있는 것이겠지만 이 순간 이 열기가 우목의 마지막 몸이며 마음이라는 감회에 젖는다. 산행 때 오르막길에서 이따금 부축해주던 그 손길의 온기가 아닌, 평생 처음이자 마지막인 우목의 몸과 마음 전부를 온전히 만지는 뜨거움이다. 아직 이승에 발을 끌고 있는 자의 이 더러운 미련. 허리를 펴는 순간 나는 가벼운 어지럼증으로 이마를 짚는다.

샘물이 솟아나듯 생명이 태어나는 것 막을 수 없고 구름이 흩어지듯 허무로 돌아가는 것 막을 수 없나니. 지금 복사골 계곡을 졸졸거리는 저 물과 수천 년 전 흘러갔던 그 물이 무엇이 다르겠는가. 먼저 간 초헌은 어디 있고 지금 뼛가루로 흩어지는 우목은 또 어디에 머물 것인가. 말을 떠나 있는 이 지극한 슬픔도 슬픔을 지닌 사람이 사라지기도 전에 이미 잊힐 터. 슬픔 중 가장 큰 슬픔이 마음이 죽는 일이라 했던가. 우목의 뼛가루가 손가락에서 다 빠져 나가자 생전의 그 형체가 기억에서 아득히 멀다.(36∼37쪽)

앞에서도 보았듯이 그녀는 우목을 열정적으로 욕망했으되 윤리적으로 억제될 수밖에 없었다. 이 점에서는 우목 또한 사정이 비슷했다. 그의 유족들이 우목의 유지를 좇아 유골함을 그녀에게 온전히 맡기고 떠난 것도 그 때문이다. 그 유골을 자기와 함께 교감을 나누었던 장소에 뿌리면서 그녀는 그리움의 죽음을 체감하고 "바람으로 물로 사라지는 이 투명한 비움"의 경지를 절감한다. 그다음 이어지는 장면은 특별한 감각에 의해 빚어진 에로티시즘의 절정에 값한다. 초헌 때는 몰랐는데 우목의 뼛가루는 손을 대기 어려울 정도로 뜨겁다고 했다. 초헌과는 마음과 몸으로 뜨거운 열정을 나눈 사이다. 우목과는 그럴 수 없었다. 그리움과 욕망은 끊임없이 미끄러지기만 했다. 그러므로 그 뜨거움이 단지 화덕의 열기의 잔여물일 수만은 없을 터이다. "평생 처음이자 마지막인 우목의 몸과 마음 전부를 온전히 만지는 뜨거움"이라고 했던가. 이 엑스터시로 인해 그녀는 가벼운 현기증까지 느낀다. 죽음으로 투명한 비움을 실천한 우목을 뿌리면서 처음이자 마지막으로 뜨거운 엑스터시를 경험하고는 이내 그것을 다시 큰 슬픔 안에서 투명하게 비운다.

이렇게 전상국의 노년 인물을 대상으로 한 은빛 상상력은 그윽하고 깊은 심연에서 우러나다. 정성스레 우러낸 녹차의 향기를 낸다. 그렇다는 것은 이러한 노년의 은빛 그리움과 투명한 비움의 정조를 그리는 과정에서 보인 정신의 품격과도 관련

된다. 그녀의 그리움의 대상이었고 또한 그녀를 그리워했던 초헌과 우목은 대체로 고전적 품격을 지닌 정신세계의 소유자로 그려진다. "땅의 참주인은 그 땅의 속성을 속속들이 꿰뚫어 알아 그것을 손수 가꾸는 사람"(13쪽)이라며 자기 땅을 가꿔주는 용씨를 존중해 마지않았던 초헌도 그렇고, "말 못하는 저 사람 눈에 비친 내가 참 나일"(13쪽) 것이라고 말하는 우목 역시 그렇다. 그들은 노자와 자연, 천도(天道), 유용(有用)과 무용(無用) 등의 화두를 일상처럼 주고받는다. 그와 같은 동양의 고전적 교감이나 소통의 지혜의 측면에서는 그녀 역시 그 품격을 나란히 한다. 가령 이런 장면들을 쉽게 찾아볼 수 있다.

쓰임새가 있어 잘리는 옻나무보다 무용의 쓰임으로 오래 존재하는 나무들이 더 많지요. 유용의 쓰임은 알아도 무용의 쓰임은 모르고 있는 사람들에 대한 나름의 개탄을 하면서도 우목의 눈길은 늘 무연히 먼 숲에 머물고 있었다.

나무는 시간을 초월한 존재지요. 저 퇴침으로 살아 있는 향나무만 해도 그렇지요. 초헌의 비위라도 맞추는 양 우목이 다시 말했다. 저 나무도 우리 나이쯤은 돼 보이네요. 허나 초헌 말씀처럼 쓰임이 없는 나무라, 아마 지금의 우리 나이보다 몇 배는 더 많은 세월을 이 세상에 머물겠지요.

지나치게 사려를 추구하면 위태로운 법. 마음이 어지러이 뒤섞이고 흔들려 근심 걱정이 태산이로다. 내가 초헌의 무언에 그 화법으로 아재비 조카의 대화에 끼어들었을 때 두 남자가 함께 큰 소리로 웃은 적도 있다.(20쪽)

이런 화법들은 물론 인물들의 단순한 상고(尙古) 취향일 수 없다. 경박하고 표층적인 관심에 이끌리는 세속의 풍경과 대조해서 이 대화의 정경을 관찰하면, 잘 익은 능금의 깊은 맛을 느낄 수 있다. 이런 성찰과 정신의 깊이는 적어도 세 가지 측면에서 의미심장하다. 첫째, 문학의 언어가 감각의 언어에서 그칠 수 없고 성찰의 언어를 통해 깊이를 더하는 것이라고 할 때, 전상국의 노년 서사에서 보이는 이와 같은 성찰의 언어는 전통적 지혜와 현대적으로 교감하면서 한국문학의 깊이를 더욱 심원한 것으로 만들고 그 저변을 확대한다. 둘째, 이 성찰의 언어는 「꾀꼬리 편지」에서 대안의 정념의 언어, 혹은 감성의 언어와 교감하고 삼투되면서 수사학적 상승효과를 발한다. 그녀를 중심으로 한 그리움의 감수성이나 기다림의 조갈증을 드러내는 정념의 언어들과 이 성찰의 언어들이 서로 스미고 짜이면서, 파토스와 로고스가 소용돌이치다가 정화의 한 지점으로 다가섰다가 물러나기를 반복하는 형상과 흡사하다. 셋째, 그것은 단지 언어의 목소리나 톤, 분위기, 스타일의 교감이나 소통에서 그치는 것이 아니다. 무엇보다도 전상국의 성찰의 언어와 정념의 언어가 어우러지는 오케스트라가 최종적으로 빚어내는 것은 인생의 허망함 내지 허무를 견디게 하는 자연적 지혜이다. 두 노인의 죽음과 그 죽음을 받아들이는 투명한 비움의 의식을 통해, 인생의 허무를 넘어서 큰 자연의 지혜에 어울리는 성찰의 방향을 지닐 수 있도록 이 소설이 안내하고 있기 때문이다.

이렇게 『남이섬』에 수록된 작품들은 심원한 은빛 상상력으로 빛난다. 한국전쟁과 같은 역사적 동인에 의한 상처이든, 사회적 맥락에서 불통의 현실에 의한 상처이든, 실존적인 죽음으로 인한 상처이든, 상처 받아 '마음의 감기'를 앓고 있는 사람들의 마음을 어루만지는 섬세하고 너그러운 손길과 말길을 작가는 사려 깊게 보여준다. 그러면서 상처 받은 상징적인 감기 환자들에게 치유와 소통의 감기(感起)를 부여하기 위한 넉넉한 상상의 도정을 펼친다. 그 과정에서 오랜 경륜을 바탕으로 살림살이와 세상과 자연에 대한 전면적 성찰의 감각과 깊이로 풀무질한 '은빛 상상력'이 돌올하게 부각된다. 한국문학이 더이상 청년 문학에만 집중할 수 없음을 작가 전상국은 조용하면서도 뜨거운 상징으로 웅변하고 있는 셈이다.

작가의 말

　세 편의 단편소설과 두 편의 중편소설을 한데 묶어 『전상국 중단편소설 전집10』을 낸다.

　본디 과작이긴 하지만 2006년에서 2009년까지 4년여에 고작 다섯 편의 작품이라니. 어쩌면 그것은 교직 사십 년을 끝낸 생활인으로서의 해방감, 그 피로 치유로서의 긴장, 그 숨 고르기 세월이 글쓰기의 신명과 죽이 잘 맞지 않은 탓이었는지도 모르겠다.

　그런대로 「꾀꼬리 편지」 「춘심이 발동하야」 「드라마 게임」 등 세 편의 단편소설은 정년, 그쯤 나이에 바라보는 저녁노을 그런 감성 무드로 석별의 그리움이나 세상살이의 덧없음 또는 온 생을 고행으로 자초한 인생에 대한 연민의 서사와 디테일에 한껏 공들인 작품들이다.

중편 「지뢰밭」은 분단의 비극 그 언저리를 즐겨 다룬 작가로서 상상력의 발원 또는 그 진원이라고 할 수 있는 열 살 내 유년의 각인된 기억, 혹은 그 기억의 굴절 현상을 통해 그 세대가 숙명처럼 끌어안고 산 금기의 벽에 구멍 하나 뚫자는 작심을 드러내는 일로 신명을 낸 작품이다.

　「남이섬」은 북한강 한가운데 떠 있는 하중도(강섬) 남이섬의 오늘 여기, 이 눈부신 땅의 어제, 그 아픈 역사의 원형을 뒤적이며 오늘을 걷는 사람들의 이야기를 당시 그 지역에 실제로 있었던 일들을 실루엣으로 띄워 읽는 이들에게 현장감을 주고자 많이 힘들인 작품이다.

　늘 그러했듯 전집 묶는 일이 즐겁다, 내 상상력으로 빚은 이야기가 최상의 언어 예술로 형상화됐다는 자족, 그 버거움이다.

　강출판사에 거듭 고마움을 표한다.

2025년 11월 춘천 금병산 자락 문학의 뜰에서

전상국

작가 연보

1940년 3월 12일(음) 강원도 홍천군 내촌면 물걸리 1102번지
에서 부 전석주, 모 박춘봉의 장남으로 출생(정선전씨
석릉군파 47세손).

1946년 홍천읍으로 이사.

1950~1953년 홍천국민학교 4학년 때 6·25 전쟁이 일어나 고
향 마을 동창국민학교 졸업(10회).

1954년 홍천중학교 입학. 읍내에서 처음으로 서점 발견, 생애
최초로 교과서가 아닌, 탐정소설 따위의 책을 서점에
서 읽기 시작.

1957년 홍천중학교 졸업(6회). 춘천고등학교 입학. 1학년 때
담임이 시인 이희철 선생으로 2학년 때 문예반에 들어
간 결정적 계기.

1958년 춘천 지역 문예반 학생 중심의 '예맥문학회'를 만들어
문학적 방종에 탐닉.

1959년 최초로 쓴 소설 「산에 오른 아이」가 제6회 학원문학상

에 3위 입상.「황혼기」가 강원일보 신춘학생문예에 당
선 없는 가작 1석 입상, 작품이 신문에 연재됨.

1960년 경희대학교 문리과대학 국어국문학과에 문예장학생으
로 입학. 처음 사 신은 구두를 신고 4·19 시위에 참가,
발뒤축에 상처를 입다.

1962년 경희대학교 제6회 문화상 수상, 장학 혜택.

1963년 조선일보 신춘문예에 단편소설「동행(同行)」당선. 12
월 31일자 대학 졸업. 경희대학교 제7회 문화상 수상.

1964년 원주 육민관고등학교 국어교사로 부임. 단편「광망」
(『현대문학』 2월호) 발표.

1966년 춘천중학교 국어교사로 부임. 단편「해바라기 시계」
(『문학춘추』 1월호) 발표.

1967년 10월 9일. 김옥자와 결혼.

1968년 10월 24일. 큰딸 소영 출생.

1970년 7월 22일. 아들 경구 출생.

1972년 3월. 은사 조병화 선생의 부름으로 서울 경희고등학교
국어교사로 부임.

1973년 3월 1일. 작은딸 소옥 출생.

1974년 서울 상봉동 105-37 자택에서 작가 조선작을 만나 새
로이 글쓰기를 시도, 그 첫 작품「전야」를『창작과비
평』 가을호에 발표하면서 재등단.
춘천의 소설 동인 모임 '예맥동인'에 참가. 작가 유재
용과 면목동 그의 문방구에서 처음 만남.

1975년 단편「할아버지 묻힌 날」(『현대문학』 2월호),「소인의

나들이」(『세대』 2월호), 「돼지새끼들의 울음」(『현대문학』 9월호), 「육아일기」(『예맥문학』 1집) 발표.

1976년 단편 「악동시절」(『현대문학』 3월호), 「껍데기 벗기」(『월간문학』 9월호), 「사형」(『현대문학』 12월호) 발표.

1977년 단편 「맥」(『현대문학』 3월호), 「바람난 마을」(『뿌리깊은 나무』 3월호), 「바다 재우기」(『월간문학』 7월호), 「여름 손님」(『현대문학』 10월호) 발표.
　　　단편 「사형」과 「껍데기 벗기」로 제22회 현대문학상 수상.
　　　첫 작품집 『바람난 마을』(창작문화사) 출간.

1978년 단편 「침묵의 눈」(『한국문학』 2월호), 「산울림」(『뿌리깊은나무』 5월호), 「고려장」(『현대문학』 6월호), 「안개의 눈」(『문예중앙』 여름호), 「망각의 집」(『주간조선』 7월 10일), 중편 「물걸리 패사」(『소설문예』 2월호), 「하늘 아래 그 자리」(『문학과지성』 겨울호) 발표.
　　　'작단' 동인 활동을 시작함.

1979년 단편 「초혼」(『월간문학』 1월호), 「수렁 속의 꽃불」(『한국문학』 3월호), 「잊고 사는 세월」(『현대문학』 4월호), 「그 먼길 어디쯤」(『작단』 1집), 「우리들의 날개」(『작단』 2집), 「진화설」(『문학사상』 6월호), 「암코양이의 식성」(『월간중앙』 4월호), 「겨울의 출구」(『창작과비평』 가을호), 「실반지」(『현대문학』 12월호), 중편 「아베의 가족」(『한국문학』 10월호), 「외등」(『문예중앙』 겨울호), 「공터 사람들」(『신동아』 9월호) 등 한 해에 단편 9편과 중편 3편 발표.

「아베의 가족」으로 제6회 한국문학작가상 수상.

작품집 『하늘 아래 그 자리』(문학과지성사) 출간.

1980년 단편 「우상의 눈물」(『세계의문학』 봄호), 「이것은 기분
문제가 아니다」(『작단』 3집), 「어떤 이별」(『소설문학』 8
월호), 「달평씨의 두번째 죽음」(『한국문학』 9월호), 중
편 「여름의 껍질」(『문예중앙』 여름호), 「추억의 눈」(『문
학사상』 12월호) 발표.

「아베의 가족」으로 대한민국문학상 자유문학부문 수
상, 「우리들의 날개」로 제14회 동인문학상 수상.

작품집 『아베의 가족』(은애), 『우상의 눈물』(민음사 오
늘의작가총서) 출간.

1981년 중편 「외딴길」(『문학사상』 5월호) 발표.

콩트집 『식인의 나라』(소설문학사), 작품집 『우리들의
날개』(동서문화사) 출간.

1982년 장편 『길』의 연작 중편 「출향」(『문예중앙』 봄호), 단
편 「술래 눈뜨다」(『현대문학』 3월호), 「이산」(『세계의문
학』 봄호), 「좁은 길」(『문학사상』 9월호) 발표. 장편소설
『불타는 산』 연재(『경향신문』 1982. 3. 15~1983. 3. 30).

경희대학교 대학원 국어국문학과에 입학.

1983년 단편 「이류 속에서」(『한국문학』 8월호) 발표.

장편소설 『불타는 산』(고려원) 출간.

전업작가를 꿈꾸면서 중화동 28-11에서 중화동 286-7
로 집을 옮김.

1984년 중편 「허허벌판」(『문학사상』 3월호), 「산 넘어 강」(『현

대문학』 9월호), 단편 「관심」(『한국문학』 12월호) 발표.
경희호텔경영전문대학에 출강.

1985년 단편 「악의 사슬」(『말과 삶과 자유』, 문학과지성사), 「그
늘무늬」(『문학사상』 9월호), 「왜」(『현대문학』 10월호),
「술법의 손」(『동서문학』 11월호) 발표.
장편소설 『길』(정음사) 출간.
국립 강원대학교 인문대학 국문학과 교수로 발령이 나
면서 서울 탈출.

1986년 중편 「음지의 눈」(『소설문학』 4월호), 「형벌의 집」(『문
학정신』 10월호), 단편 「먹이그늘」(『현대문학』 8월호),
「송충이의 칩거」(『강대신문』 3월 14일) 발표.

1987년 중편 「썩지 아니할 씨」(『문학사상』 2월호), 「지빠귀 둥
지 속의 뻐꾸기」(『문학사상』 12월호), 단편 「퇴장」(『한
국문학』 4월호), 「밀정」(『문예중앙』 봄호) 발표.
작품집 『형벌의 집』(한겨레) 출간.

1988년 단편 「잃어버린 잠」(『현대문학』 3월호), 중편 「투석」
(『현대문학』 11월호) 발표.
「투석」으로 제4회 윤동주문학상 수상.

1989년 중편 「사이코 시대」(『동서문학』 11월호) 발표.
작품집 『지빠귀 둥지 속의 뻐꾸기』(세계사) 출간.

1990년 중편 「시인의 겨울」을 연재.
「사이코 시대」로 제1회 김유정문학상 수상. 강원도 문
화상 수상.

1991년 『문학사상』(1989년 10월호~1991년 4월호)에 연재한 소설

창작교실 『당신도 소설을 쓸 수 있다』(문학사상사) 출간.

1992년 중편 「거울의 알리바이」(『문학사상』 9월호) 발표.

콩트집 『장난 전화 거는 남자를 골려준 남자』(판) 출간.

1993년 장편소설 『裕貞의 사랑』(고려원) 출간.

1994년 콩트집 『우리 시대의 온달』(작가정신), 작가연구 『김유정』(단국대출판부) 출간.

1995년 한국대표작가선집 『투석』(신원문화사) 출간.

1996년 중편 「개미거미들의 화음」(『문예중앙』 봄호), 중편 「시인의 겨울」(『작가세계』 봄호) 발표.

작품집 『사이코』(세계사), 테마소설집 『애비』(열림원) 출간.

『사이코』로 제33회 한국문학상 수상.

1997년 중편 「너브내 아라리」(『21세기문학』 가을호) 발표.

1999년 중편 「실종」(『문학과의식』 봄호) 발표.

2000년 「실종」으로 제8회 후광문학상 수상.

첫 수필집 『우리가 보는 마지막 풍경』(북스힐), 회갑기념문집 『세미나와 재미나』(북스힐) 출간.

2001년 중편 「한주당, 유권자성향분석사례」(『문예중앙』 봄호), 단편 「이미지로 간다」(웹진 『인스워즈』 5월호) 발표.

『아베의 가족』 스페인어로 번역, 페루 리마 PUCP 출판사에서 출간.

2002년 단편 「플라나리아」(『동서문학』 봄호), 「온 생애의 한순간」(『현대시』 6월호) 발표.

김유정문학촌 개관과 함께 초대 촌장을 맡음.

2003년   단편 「소양강 처녀」(『문학수첩』 여름호) 발표.

　　　　「플라나리아」로 제27회 이상문학상 특별상 수상.

2004년   단편 「물매화 사랑」(『문학사상』 10월호) 발표.

　　　　「플라나리아」로 제8회 현대불교문학상 수상.

　　　　'아베의 가족'이란 이름의 개인 서재를 춘천 석사동에

　　　　마련.

　　　　경희문인회 회장.

2005년   강원대학교 정년 퇴임. 황조근정훈장 수훈. 남북작가

　　　　대회 참가(평양).

　　　　작품집 『온 생애의 한순간』(문학과지성사), 문학 이야

　　　　기 『물은 스스로 길을 낸다』(이룸), 산문집 『길 위에서

　　　　만난 사람들』(이치) 출간.

2006년   단편 「꾀꼬리 편지」(『세계의문학』 겨울호) 발표.

　　　　강원대학교 명예교수.

2007년   김유정탄생100주년기념사업회 추진위원장.

2008년   중편 「지뢰밭」(『창작과비평』 봄호) 발표.

　　　　『아베의 가족』 독일어로 번역, 독일 페퍼코른 출판사

　　　　에서 출간.

　　　　경희대학교 객원교수.

2009년   중편 「남이섬」(『문학과사회』 봄호) 발표.

　　　　단편 「춘심이 발동하야」(『계간문예』 겨울호) 발표.

　　　　황순원기념사업회 초대 회장. 김유정기념사업회 이사장.

2010년   단편 「드라마게임」 (『세계의문학』 여름호) 발표.

2011년   작품집 『남이섬』(민음사) 출간.

2013년 춘천시 신동면 풍류1길 84-7(증리 562-6) 문학의 집 '동행'에 입주.

2014년 제8회 동곡문화상 수상. 제27회 경희문학상 수상.
바이링궐 에디션 『Ahbe's Family』(아시아), 『전상국의 춘천 산 이야기』(조선뉴스프레스) 출간.

2015년 단편 「집을 떠나 집에 가다」(『문예중앙』 여름호), 「가을 하다」(『대산문화』 여름호) 발표.
이병주국제문학상 수상.

2016년 단편 「어디에도 없고 어딘가에 있는」(『현대문학』 1월호) 발표.
단편 「봄봄하다」(『대산문화』 봄호) 발표.

2017년 단편 「오래된 나무는 나무가 아니다」(『월간태백』 3월호), 「춘천아리랑」(김유정학술발표지 2017) 발표.
산문집 『춘천 사는 이야기』(연인M&B) 출간.

2018년 중편 「굿」(『문학의오늘』 여름호) 발표.
대한민국예술원 회원. 보관문화훈장 수훈.

2019년 전상국 중단편소설 전집 1 『동행』(강) 출간.

2020년 에세이 『작가의 뜰』(샘터) 출간.
전상국 중단편소설 전집 2 『하늘 아래 그 자리』(강) 출간.

2021년 단편 「저녁노을」(『문학사상』 6월호) 발표.
춘천 신동면 금병산예술촌에 '전상국 문학의 뜰' 개관.
전상국 중단편소설 전집 3 『아베의 가족』(강) 출간.

2022년 전상국 중단편소설 전집 4 『우상의 눈물』(강) 출간.

단편 「조롱골 우리집 여인들」(『한국소설』 9월호) 발표.

전상국 중단편소설 전집 5 『우리들의 날개』(강) 출간.

2023년 작품집 『굿』(문학과지성사) 출간.

전상국 중단편소설 전집 6 『길 · 외등』(강) 출간.

2024년 서울문화투데이 문화대상 대상 수상.

전상국 중단편소설 전집 7 『지빠귀 둥지 속의 뻐꾸기』(강) 출간.

전상국 중단편소설 전집 8 『사이코 시대』(강) 출간.

2025년 전상국 중단편소설 전집 9 『플라나리아』(강) 출간.

『우상의 눈물』 일본어 번역판 출간.

전상국 중단편소설 전집 10 『남이섬』(강) 출간.

전상국 중단편소설 전집 10

남이섬

ⓒ 전상국

1판 1쇄 발행 | 2025년 12월 24일

지은이 | 전상국
펴낸이 | 정홍수
편집 | 김현숙 이명주
펴낸곳 | (주)도서출판 강
출판등록 | 2000년 8월 9일(제2000-185호)

주소 | 서울시 마포구 동교로17안길 21(우 04002)
전화 | 02-325-9566
팩시밀리 | 02-325-8486
전자우편 | gangpub@hanmail.net

값 22,000원
ISBN 978-89-8218-376-8   04810
      978-89-8218-245-7(세트)